퀸 1

ⓒ최준서 2017

초판1쇄 인쇄	2017년 8월 3일
초판1쇄 발행	2017년 8월 10일

지은이	최준서

펴낸이	박대일
편집	이문영 · 임유리 · 신지연 · 박현주 · 전보라
교정	김미영
마케팅	송재진 · 임유미
디자인	김은희

펴낸곳	파란미디어
출판등록	2004년 9월 14일 제313-2004-00214호

주소	04072 서울시 마포구 성지1길 32-36 (합정동)
전화	02.3141.5589 영업부 070.4616.2012 편집부
팩스	02.3141.5590
전자우편	paranbook@gmail.com
카페	http://cafe.naver.com/paranmedia
페이스북	http://www.facebook.com/paranbook

ISBN	978-89-6371-452-3(04810)
	978-89-6371-451-6(전2권)

Queen 퀸 1

최준서 장편소설

파란

차 례

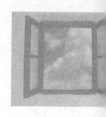

Chapter. 1

All my possessions for a moment of time.

한 순간을 위해 내가 가진 모든 것을.

_엘리자베스 1세

[안녕하세요. 플래너 이미정입니다. 많이 바쁘신지 계속 연락이 닿지 않아 문자를 보냅니다. 예비 약혼자 분은 피팅이 완료된 상황인데, 예비 약혼녀님이 아직도 예복 피팅을 못하신 상태라서요. 약혼식이 열흘도 남아 있지 않아서 시간이 매우 촉박합니다. ㅠㅠ 문자 보시면 제발 연락 좀 주세요.]

독촉과 애원 섞인 문자에서 눈을 뗀 여자는 컴퓨터 모니터에 갇힌 파란 하늘과 푸른 초원을 바라보았다. 그림처럼 아름다운 나파 밸리의 풍경과 달리 그녀의 얼굴은 장전된 총알이 발사되기 직전처럼 팽팽한 긴장감이 흘렀다. 무의식적으로 올린 손을 지근지근 깨물다 놀라 떼자 벌써 분홍색 손톱 끝은 울퉁불퉁 갈라져 있었다. 등받이에 기대며 짜증스러운 눈을 감았다. 장세아, 몇 살인데 이러니? 어린애처럼.

"팀장님."

파티션 너머로 고개를 올리자 김시진 대리가 미팅 룸을 가리켰다. 망할 손톱을 제쳐 두고 시계를 보았다. 11시 3분. 회의 자료를 챙겨 일어나자 짧아진 머리카락이 목덜미를 간질였다. 자르지 말걸. 이런 스타일, 좋아하지도 않는데.

'자기는 어쩜 5년을 넘게 봤는데 스타일이 한 번도 안 변해? 이제 서른인데, 인생의 터닝 포인트에 맞게 변화가 필요하지 않겠어? 자긴 피부가 하얘서 이렇게 레이어드 된 보브컷에 레드 립스틱 좀 바르고, 얼마 전에 전지현이 드라마에 입고 나온 쓰리버튼 재킷 봤어? 엄청 쌔끈하던데. 거기에 톰포드 핸드백이면 게임 끝.'

헤어 디자이너의 말에 세아는 웃으며 대꾸했다.

'난 전지현이 아니잖아요.'

'자기가 어때서? 본판이 받쳐 주는데, 꾸미면 전지현보다 못할라고.'

그러다 문득 생각난 얼굴로 '아, 곧 약혼식 한다고 했지? 그러면 자르면 안 되겠다.' 하는 말에 청개구리처럼 '아니요. 잘라 주세요.' 했던 제 입을 때려 주고 싶었다.

걸음마다 거슬리는 귀밑머리를 무시하고 미팅 룸으로 들어가자, 커피 잔을 두고 둘러앉은 팀원들이 환호를 올렸다.

"오오! 멋집니다, 팀장님!"

"그러게, 분위기가 확 다르네. 요즘 TV에 나오는 배우 같아요."

"다들 너무하세요. 저번에 저 보브컷 단발로 자르고 왔더니 황 과장님 저더러 유치원 다니는 애 엄마 같다고 놀리셔 놓고."

이 대리가 골난 얼굴로 뺨을 부풀리자 팀원들이 하하, 웃음을 터트렸다. 가만히 듣고만 있던 세아는 가볍게 테이블을 두드려 분위기를 환기시켰다.

"자, 자. 머리 얘기는 이쯤에서 그만두시고 회의 바로 시작하겠습니다. 저희 슈가스윗은 올해 크루아상을 제치고 업계 1위, 매출 1위를 차지했습니다. 국내 베이커리 업계의 점포 수 비율을 보면 슈가스윗이 34.5퍼센트, 크루아상이 28.6퍼센트, 3위는 브레드&케이크가 뒤따르고 있죠. 2009년에 첫 점포 오픈을 시작으로 슈가스윗은 연 30퍼센트의 고속 성장을 이뤄 왔습니다. 슈가스윗의 성공은 가히 한강의 기적에 비유될 정도죠. 하지만 크루아상이 카페테리아 형식으로 베이커리의 변주를 시도하고 있고, 브레드&케이크는 그 뒤를 바싹 쫓아오고 있습니다. 문제는 바로 내년입니다."

PPT 자료를 띄우자 복잡한 그래프가 연이어 이어졌다.

"우리는 두 마리의 토끼를 다 잡아야 합니다. 국내 시장과 함께 회장님께서 특별히 신경 쓰시는 중국 같은 해외 시장이죠. 그 시작이 바로 커피입니다."

PPT는 빠르게 '국내 커피 수입 시장 분석도' 표로 넘어갔다.

"2000년대 초기, 우후죽순으로 늘어난 커피 체인점과 브랜드에 전문가들은 이제 커피 시장이 포화 상태가 됐다고 했지만, 여전히 커피 시장은 매년 15퍼센트 이상의 성장을 이뤄 내고 있죠. 커피는 단순한 먹거리가 아닌 현대인의 생활, 소비의 한 축이 되었습니다. 특히 중국의 커피 시장은 무궁무진합니다."

'Special Coffee'라는 카피 뒤로 파란 물결이 넘실넘실 몰려왔다.

"커피는 변화하고 있습니다. 트렌드는 믹스 커피와 브랜드 커피를 지나 개성과 품질에 중점을 둔 스페셜 커피로 옮겨 가고 있습니다. 이미 크루아상이 한발 앞서 커피와 베이커리를 접목시킨 카페테리아를 시작했습니다. 아직 점포 수도 많지 않고 메뉴도 미비한 상태지만, 그쪽은 벌써 10미터는 앞질러 달리고 있어요. 우리에겐 지금 특별한 무언가가 절실히 필요합니다. 내년 초까지는 이 프로젝트가 가시화되어 있어야 해요."

'경쟁력 있는 메뉴, 저렴한 원두의 안정적인 공급, 공격적인 마케팅'이라고 띄워진 뿌연 화면 아래 세아가 물었다.

"황 과장님. 팜베이와 콜롬비아빈 미팅 건 언제로 정해졌나요?"

"팜베이는 26일 워싱턴 팜베이 지사에서 보기로 했는데, 콜롬비아빈은 계속 퇴짜를 놓네요."

다이어리를 펼치자 빈 공간 없이 빼곡히 스케줄이 들어찬 11월이 나왔다. 한 장 넘긴 12월도 만만치 않았다.

"콜롬비아빈은 제가 접촉해 볼 테니 연락처 좀 주세요. 팜베이는 광둥식품과 MOU 협약 건 마무리하고 하루 늦은 27일에 합류하겠습니다."

"오시게요? 콜롬비아빈 일정까지 하면 일주일 정도 걸릴 예정인데요."

황 과장이 걱정스러운 눈빛으로 되묻자 세아는 영문을 몰라 '그래서 뭐가 문젠가요?' 하는 시선으로 그를 보았다.

"팀장님 약혼식이 12월 1일이잖아요. 시간 여유롭게 두는 게 낫지 않으실지. 여자들은 그런 행사에 특히 준비할 게 많지 않나요?"

"당연하죠. 머리 손질도 받아야 하고, 전신 마사지도 받아야 하고, 화장 잘 받게 푹 자고 쉬어야죠."

안타깝게도 이 대리 말처럼 여유롭게 누워 마사지를 받는 호사를 누릴 일은 없을 것이다. 그 시간 그녀는 미국에서 원두 유통사와 미팅을 하고 있을 테니.

관자놀이가 기분 나쁘게 두근거렸다. 또 두통이 올 징조인가. 눈 옆을 지그시 누르며 27일부터 12월 1일 사이로 '워싱턴 팜베이, 콜롬비아빈 미팅'이라고 썼다.

약혼식은 치러지지 않을 거다. 회사는 발칵 뒤집어지고, 여기저기에서 약혼이 틀어진 이유에 대해 억측과 뜬소문만 흉흉할 테지. 일 핑계로 잠시 피해 있는 것도 나쁘지 않으리라. 우선은 4년 동안 얼굴 맞대고 일한 팀원들에게도 비밀로 해야만 한다.

"저 먼저 며칠 당겨 돌아오더라도 우선 합류하겠습니다."

"아이고. 그냥 미국 일정은 저희한테 맡겨 두시지."

"괜찮습니다. 다음은 김 대리님, 수도권 내 커피&베이커리 메뉴 조사 발표 부탁드려요."

회의를 마치고 사무실을 나선 세아는 화장실에 들렀다. 두 통약 두 알을 입에 털어 넣고 우둘투둘한 손톱을 내려다보았다. 손질하고 싶었으나 백 안에는 도움이 될 만한 무엇도 없었다. 하는 수 없이 파우더만 두어 번 두드린 얼굴을 확인하고 나오다 핸드폰을 챙기지 않은 것을 깨닫고 사무실로 돌아왔다. 문을 열자 탕비실 안쪽에서 소곤거리는 목소리가 들렸다.

"늘 같이 일해서 지나치고 모르다가도, 가끔씩 좀 독하달까? 확실히 우리랑 다른 세계 사람이구나, 느낀다니까요. 어쩌면 그렇게 사무적이고 냉정할 수가 있죠? 본인 약혼식인데."

이 대리의 목소리에 문손잡이를 미는 손힘이 느슨해졌다.

"당연히 다른 세계 사람이지. 이 대리야말로 같이 일하니까 같은 팀원이구나, 그렇게 편하게 생각한 거야? 오너의 손녀딸이야. 중견 기업이라고 해도 100대 기업 안에 드는 강산 그룹의 손녀딸이라고. 우리랑 다른 게 당연하지 않아? 결혼식도 아니고, 가족끼리만 간소하게 치르는 약혼식이라니 크게 감흥이 없나 보지. 원래 우리 회사 3대 워커홀릭으로 유명하잖아. 회장님, 장 팀장, 최명훈 본부장. 요 세 명. 하하. 그러고 보니 다 한식구가 될 사이들이네."

"그래도 좀 너무하다 싶을 때가 있다니까요. 저번에 구내식당에서 식사하고 엘리베이터를 탔는데, 최명훈 본부장님이 타고 있는 거예요. 마케팅팀 지철환 팀장님도 우리랑 같이 계셨는데, 지 팀장님과 최 본부장님 입사 동기잖아요. 지 팀장님이 인사를 하니까 최 본부장님이 '식사는 맛있게 하셨습니까?' 물었죠. 지 팀장님 대답이 '맛으로 먹나요. 살려니 먹지.' 엘리베이터 안에서 다들 빵 터졌죠."

"지 팀장님이 확실히 유머 코드가 있지?"

"네. 그래선지 마케팅 1팀은 늘 분위기가 좋다니까요. 눈만 마주치면 일, 일, 일 하며 닦달하는 우리 팀장님이랑 너무 비교돼요."

"그건 그래."

저 사람들이! 없을 땐 나라님 욕도 한다지만, 사무실 나온 지 몇 분이나 됐다고 자리 펴고 뒷담화들이세요. 상사가 사정권 밖에 나가는 걸 확인하고 하셔야지.

하하 호호 신나서 떠드는 소리에 절로 한숨이 흘러나왔다. 세상에서 당사자가 아니면 제일로 신나는 이야깃거리가 가십 아니던가. 세아는 소리 나지 않게 문을 열어 잡고는 문틀에 기대어 뭐라고 하는지 더 들어 보기로 했다.

"또, 또 옆길로 샌다. 그래서 엘리베이터에서 최 본부장님이랑 만나서 어쨌다고?"

황 과장의 핀잔에 이 대리가 삼천포로 흐를 뻔한 이야기를 다시 제자리로 끌어왔다.

"아. 최 본부장님이 장 팀장님한테 또 묻더라고요. 식사 맛있게 하셨느냐고. 최 본부장님이 부드럽고 젠틀 하게 웃으며 묻는데, 엘리베이터 안의 모든 여자들이 기대에 부풀어 장 팀장님을 봤죠. 그랬더니 눈도 안 마주치고 '맛있게 먹었습니다.' 그러고는 내리더라고요. 헐. 난 무슨 약혼할 사이가 아니라 철

천지원수 사이인 줄."

황당한 얼굴로 탕비실 쪽을 노려보았다. 나 참, 어쩌라고. 만원 엘리베이터 안에서 눈웃음이라도 치며 '네, 마시쩌쪄용. 본부장님은 머 드셔쩌요?' 콧소리로 그랬으면, 이 대리 또 막 비웃었을 거면서.

"그러면 그 사람 많은 데서 하하 호호 좋아요, 해? 장 팀장, 공과 사 분명한 사람이잖아."

"단지 그 이유 때문만이 아닌 것 같아요. 혹시 그 소문 못 들으셨어요?"

김시진 대리가 은밀하게 목소리를 낮추자 절로 귀가 쫑긋섰다.

"본부장님한테 여자가 있다는 소문이 있어요."

"여어자?"

황 과장의 놀라 되묻는 소리에 일순 세아의 눈빛이 무겁게 내려앉았다.

"나도 그 소문 들었는데. 되게 예쁘게 생겼대요."

"누가?"

"그러니까 건너 건너……."

당황해서 웅얼대는 이 대리의 대답에 황 과장이 쯧쯧, 혀를 찼다.

"그놈의 건너 건너는. 내일모레 약혼식 올릴 사람들이야. 어디서 헛소문을 듣고 와서 경사에 초를 치려고 그래?"

"초를 치는 게 아니라, 솔직히 둘 사이에 대해 말이 많긴 많잖아요. 회장님은 어린 시절부터 왕래해 온 친우의 손자라고 진작부터 손녀사위로 점찍어 두셨다는데, 둘은 한 회사에서 일하면서도 데면데면하니 별로 친해 보이지 않고. 아무리 로열패밀리 간에는 애정 없는 정략결혼이 다반사라지만, 우리밀 사업도 최 본부장님은 손해가 날 거라고 반대했는데, 장 팀장님이 부득불 이끌고 한 거잖아요. 결과적으로는 팀장님 말대로 잘되긴 했지만. 가만 보면 둘이 약혼할 사이가 아니라 회사 지분 가지고 경쟁하는 사이 같지 않아요?"

고개를 돌려 창밖에 펼쳐진 마천루를 바라보았다. 매연에 겨울 황사가 섞여 뿌옇게 드리운 하늘 아래 누가 더 높은지 경쟁하듯 우뚝우뚝 솟은 고층 빌딩과 그곳 안에 갇혀 매일을 치열하게 싸우는 사람들. 이곳은 정글이다. 바짝 정신 차리지 않으면 순식간에 커다란 아가리에 꿀꺽 잡아먹히는 회색 정글.

"나만 그렇게 느낀 게 아니었구나. 난 솔직히 회장님이 이해가 안 가요. 스펙으로 보나 능력으로 보나 손녀가 오너 자리에 부족함이 없는데, 왜 굳이 남인 최 본부장님을 차기 회장 자리에 앉히시려는 건지 모르겠다니까. 그거 남녀 차별 아니에요? 요즘 남자보다 더 능력 좋은 여자 오너가 얼마나 많은데."

"회장님도 다 뜻이 있으시겠지. 근데 내가 최명훈 본부장님이라도 부담스러울 것 같아. 장 팀장님 알파걸이잖아요. 스펙으로 눌러, 능력으로도 눌러, 남자 입장에서는 얼마나 가슴이 탁탁 막히겠어요."

김시진 대리의 말에 이 대리가 콧방귀를 뀌었다.

"이럴 때 보면 남자들 진짜 웃겨. 능력 좋고, 돈 많고, 얼굴 예쁜 여자 좋다면서요. 그런데 내 여자 하기는 좀 부담스럽네? 나보다 잘나서? 그러면 약혼 안 하면 되죠."

"그 자리가 어떤 자린데, 어느 멍청이가 강산의 차기 후계자 자리를 마다하겠어?"

"뭐예요. 김 대리님은 왜 자꾸 이랬다저랬다 하는 거예요?"

"아, 몰라. 내가 최 본부장님도 아닌데 왜 고민해야 하는지 모르겠네."

둘이 투덕거리며 싸우는 소리에 정신을 차리고 손목을 올려 시간을 확인했다. 더 이상은 약속 시간까지 지체할 여유가 없었다. 손잡이를 밀자 삐걱하는 문소리에 두런거리는 목소리가 잦아들었다.

"현 대리님 벌써 사 오셨……."

발소리에 이어 탕비실에서 나온 이 대리가 그 자리에서 돌이 되어 멈춰 섰다. 아무렇지 않은 얼굴로 종종걸음으로 가 책상에 놓인 핸드폰을 집어 들며 세아는 말했다.

"이걸 놓고 가서. 갈 테니까 마저 하세요."

그리고 하얗게 질린 얼굴로 선 이 대리를 지나쳐 사무실 밖으로 나왔다.

W호텔 지하 주차장에 도착한 시간은 12시 47분. 약속 시간보다 17분이나 늦었지만 서두르지 않고 백을 챙겨 엘리베이터에 올랐다. 3층 버튼을 누르고 오후에 할 일을 체크했다. 우선

최 본부장, 다음은 최 본부장의 아버지인 최훈 사외 이사. 마지막은 할아버지까지. 이미 반나절이 지났으나, 얼마나 길고 고된 하루가 될지 가늠할 수가 없었다.

'스트레스를 가슴에 가두면 안 돼요. 날 끌어내리고 주저앉히지 않게 방어해야 합니다. 호흡과 함께 모두 밖으로 내보낸다고 생각하면서 후우! 다시 한 번 후우!'

명상 선생에게 배운 대로 가슴이 터질 때까지 숨을 들이마셨다가 바람 빠진 풍선처럼 그 공기를 다 뱉어 냈다. 후우! 어깨가 들썩이도록 숨을 토해 내며 고개를 끄덕였다. 그래, 잘할 수 있어. 당연하지. 못할 이유가 없잖아?

3층에 있는 '이즈미'에 들어서자 매니저가 룸으로 안내했다. 문을 열자 핸드폰을 내려다보고 있던 명훈이 고개를 들었다. 자동적으로 그의 입가에 천천히 미소가 지어졌다. 장막을 친 듯 속마음을 보이지 않는, 입꼬리만 살짝 올라가는 미소. 이 대리가 봤다면 또 부드럽고 젠틀 하다고 칭찬했겠지. 하지만 세아는 그것이 진심이란 존재하지 않는 조건 반사적인 매너일 뿐이라는 걸 잘 알고 있었다.

"시간이 빠듯할 것 같아 늘 먹던 점심 특선으로 시켰어요."

뭘 시켰든 어차피 그 점심은 먹을 수 없을 테지만, 잘하셨다는 공치사를 건네며 자리에 앉았다.

"장 팀장 머리 스타일이 바뀌었네요."

어깨에 닿도록 짧아진 머리칼에 머문 시선에 고개를 끄덕였다.

"네."

"분위기가 또 다르네. 잘 어울려요. 내일 상하이에 이사단과 함께 동행 예정이죠?"

"네. MOU 협약 잠깐 들러서 보고, 전 커피 프로젝트 때문에 다른 볼일이 있어서요."

"그렇군요. 그러면 26일에 돌아오나요?"

"아니요. 원두사 미팅 때문에 워싱턴 출장 바로 잡혀 있어요."

명훈이 소리 없이 웃자 고운 미간이 모아졌다.

"왜 웃으세요?"

"장 팀장 스케줄이 너무 살인적이어서. 가녀린 몸 어디에서 그런 에너지가 나올까 가끔 놀란다니까. 혹 너무 바빠서 1일에 약혼식이 있는 걸 잊은 건 아니죠?"

"잊었을 리가요."

백 안에서 준비한 서류 봉투를 꺼내 테이블에 놓자 명훈이 궁금증이 인 얼굴로 봉투 안에서 문제의 사진과 서류를 꺼내 살피기 시작했다.

"그날 약혼식은 없을 거예요."

그의 뺨에서 서서히 핏기가 사라지는 걸 보며 무심한 얼굴로 말했다. 그의 뒷덜미를 잡는 건 예상보다 쉽지 않았다. 거의 모든 것이 완벽했고, 빈틈이라곤 보이지 않았다. 만약 이 한 장의 사진이 아니었다면 최명훈을 세상에 없을 완전무결한 남자라고 인정할 뻔했다.

그의 손에 들린 사진 속의 남녀는 번잡한 거리의 수많은 인

파 속에 서 있었다. 비밀 첩보 작전을 방불케 하는 데이트가 전부였던 여자와 남자는 편안한 옷차림과 푹 눌러쓴 모자로 위장하고 사람들로 붐비는 거리로 나왔다. 꽉 잡은 두 손은 단단했고, 서로를 바라보는 눈빛은 깊었다.

"꽤 유명인이더군요."

세아를 더 놀라게 한 건 상대 여자가 TV 드라마에서 몇 번 본 적 있는 배우라는 사실이었다. 시선을 붙잡는 화려한 이목구비와 글래머러스한 몸매의 여자 뒤로 고즈넉한 한옥과 등허리 꼿꼿이 세우고 앉아 난을 치는 그의 할아버지이자, 장 회장의 가장 절친한 친우인 서예가 최갑수 옹이 떠오른 건 어쩔 수가 없었다. 여자의 동생 명의로 사 준 오피스텔 계약서와 그들의 밀월여행 기록을 살피는 명훈의 얼굴은 더욱 침잠하게 흐려졌다.

"언제부터 내 조사를 한 겁니까?"

"충분히 오래전부터요."

복잡한 속을 어쩌지 못해 가지런한 머리를 흩트리는 명훈은 폭풍의 눈처럼 고요하게 앉은 그녀를 쳐다보았다.

"하……. 무서운 사람이네요, 장 팀장. 다 알고 있으면서도 약혼 준비를 하다니. 그런데 왜…… 이걸 지금에야 빼 드는 이유를 물어도 됩니까?"

세아는 대답 대신 찻잔을 들어 한 모금 들이켰다. 목구멍으로 흘러 들어가는 찻물이 그녀의 기분처럼 씁쓸하고 미지근하게 식어 있었다. 명훈이 재차 물었다.

"혹시 그동안 날 방패로…… 삼은 거예요? 장 팀장을 볼 때면 그런 생각 했어요. 왜 나와 약혼을 하려는 걸까? 날 전혀 좋아하지 않으면서. 싫다고 하면 억지로 약혼을 강행할 회장님이 아니신데. 그저 할아버지 말을 거역하고 싶지 않은 건지, 혹은 숨겨 둔 다른 사람이 있는 건지, 아니면 정말로 감정이란 게 없는 사람인지. 그런데 이제 보니 장 팀장은 상대가 내가 아니었대도 지금처럼 똑같이 했을 거라는 생각이 드네요."

명석한 사람이야.

쓸데없는 상상이지만 정말로 그와 결혼한다면 어떨까라는 생각이 들었다. 사랑하진 못했대도 좋은 파트너가 될 수는 있었겠지. 물론 그에게 여자가 없다는 전제 조건하에서다.

"본부장님이야말로 절 방패로 삼으시려던 것 아니었나요? 지난 몇 년 간 세력 규합도, 주식 거래도 전무하시더군요. 절 이용해서 강산의 왕좌에 오를 목적은 아니셨단 이야기죠. 그럼 결론은 하나, 그 여자를 공개하기 전까지 시간을 벌 요량이셨던 거 아닌가요? 분명한 건, 제가 약혼을 깨지 않았대도 본부장님은 저와 결혼하지 않으셨을 거예요. 딱 그 전까지만 제가 필요하셨을 테니까."

무장 해제되어 항복을 청하는 적군처럼 명훈은 허무한 웃음을 흘리며 고개를 주억거렸다.

"정말, 정말 장 팀장은 못 이기겠군요. 맞아요. 미안해요. 난 시간이 필요했어요. 그러면 대체 장 팀장이 얻어 내려던 건 뭐였나요?"

신뢰와 인정, 그리고 강산. 당신 손 앞에 놓여 있던, 하지만 취하지 않았던 그것. 당신은 모를 거야. 내가 그걸 얻으려고, 당신을 넘어서려고 얼마나 노력하고 달렸는지.

세아는 대답 대신 클러치 백을 들고 일어났다.

"마음 단단히 먹으셔야 될 거예요. 두 할아버님이 대로하실 테니."

"그러시겠죠."

"최대한 빨리 핑계거리를 준비하시든, 방안을 찾으시는 게 좋을 거예요. 오후에 한국대에 들를 예정이니까요."

한국대는 강산 그룹의 사외 이사로 있는, 명훈의 아버지 최훈 교수가 경영학 교수로 재직하고 있는 곳이었다.

세아가 자리를 뜨려 하자 명훈이 다급히 일어서며 그녀를 잡았다.

"조금만……. 단 이틀만이래도 내게 시간을 달라면, 장 팀장은 거절한 건가요?"

세아는 말없이 당황한 명훈의 얼굴을 바라보았다.

"우리 둘 다 서로를 기만한 거래도, 이건 너무 갑작스럽군요. 내게 준비할 시간은 줘야 하잖아요."

"만약 본부장님이 먼저 약혼을 깼다고 해도 제게 시간을 주셨을까요?"

"그건…….."

"죄송해요. 솔직히 본부장님 사정은 제 알 바가 아니에요."

미닫이문을 반쯤 닫으며 세아는 이 말로 그와의 인연을 끝맺었다.

"행운을 빌죠."

한국대 경영학 건물을 나선 차가 언덕길 아래로 내달리자 갓길에 쌓여 있던 낙엽들이 우수수 일어났다. 산 너머로 해가 뉘엿뉘엿 지고, 아름답기로 유명한 모교의 드넓은 교정을 가로등이 하나둘 불을 밝히기 시작했다.

'미안하네. 미안해. 다, 다 내가 자식 잘못 키운 불찰이야. 그 녀석이 이런 짓을 벌이고 있을 줄이야. 세아 양이 얼마나 충격을 받았을지. 너무 부끄러워 뭐라고 얘기를 해야 할지 모르겠구먼. 내가 세아 양이랑 장 회장님을 뵐 면목이 없어. 내가…… 모두 만나 뵙고 말씀드리겠네. 다시 한 번 미안하네.'

한 올의 죄책감도, 털끝의 미안함도 없던 명훈과의 만남과 달리 최 교수와의 만남은 가시방석에 앉은 듯 불편하기 그지없었다. 평생 연구와 학생 가르치는 일밖에 모르시던 분이었고, 한국대 경영학과 재학 당시 그녀의 담당 교수였다. 황망한 얼굴로 어찌할 줄 몰라 하며 한참이나 어린 옛 제자에게 사죄를 건네는 걸 보는 건 세아로서도 쉬운 일이 아니었다. 그 자리에 몇 분만 더 있었다면, 애초에 약혼은 올리지 않았을 거고, 저 역시도 교수님 아들을 이용한 거라고 말할 뻔했다.

녹초가 되어 차를 끌고 어둠이 내리기 시작한 도로를 달렸다. 제일 큰 산을 넘기도 전인데, 온몸이 전소되어 먼지로 풀풀 흩어져 버릴 것만 같았다. 뿌드득, 가죽 소리가 울리도록 핸들

을 움켜쥐며 소리쳤다. 정신 차려! 아직 끝난 게 아니야. 진짜
는 이제 시작이라고.

한적한 도로 옆으로 차를 세우고 핸드폰을 들었다. 더 망설
일 시간이 없다. 벌써 소식이 장덕수 회장 귀에 들어갔을지도
모르는 일이다. 대만은 시차가 한 시간 느리니까 5시 즈음. 세
아는 서둘러 통화 버튼을 눌렀다.

Rrrrrr…….

신호음이 울리는 동안 그녀의 심장은 터질 듯 뛰었다 멈췄
다를 반복했다. 받지 않는 전화를 끊고 할아버지의 수행 비서
인 박 비서에게 전화를 걸었다. 통화 연결음이 나오기도 전에
"네." 하는 단조로운 목소리가 저편에서 울렸다.

"박 비서님. 저 장 팀장입니다."

— 네.

"할아버님 지금 어디 계신가요? 전화를 안 받으셔서요."

— 지금 이동 중이신데, 쑤닝사 대표와 동행하셨습니다.

입술을 깨물었다 빠르게 놓았다.

"오늘 할아버지 일정이 어떻게 되시죠?"

— 만찬이 끝인데, 술을 조금 하실 듯합니다.

"그러면 제가 박 비서님께 드린 서류 할아버지께 전해 주시
겠어요? 술 많이 안 드시면 오늘 저녁에 부탁드리고, 아니면 내
일 아침에요."

— 알겠습니다.

"박 비서님."

담박한 박 비서의 목소리와 달리 한없이 흔들리는 제 목소리가 싫어 세아는 눈을 감았다.

　"할아버지께…… 죄송하다고 전해 주세요. 서류 보시고 많이 화내실지 몰라요. 옆에서 박 비서님이 혈압 체크 좀 해 주세요. 부탁드릴게요."

　― 알겠습니다. 걱정하지 마십시오.

　전화를 끊고 핸들에 팔을 얹어 얼굴을 묻었다. 도시에 검은 어둠이 드리울 동안 그녀를 지나치는 희미한 차 소리를 들으며 그렇게 있었다. 그러다 벌떡 몸을 세워 어디론가 전화를 걸었다.

　"J. 나 술 좀 사 줘."

　퇴근길 러시아워를 뚫고 이태원에 있는 J의 작업실에 도착했을 때는 7시가 넘은 시간이었다. 주차를 시키고 계단을 올라가 벨을 누르자 안에서 "기다려." 하는 목소리가 울렸다. 등을 돌려 좁고 구불구불한 골목을 내려다보았다. 낡은 이발소와 액세서리 공방, J와 몇 번 간 적 있던 파키스탄 사람이 하는 인도 음식점에서 시선을 올려 까만 하늘을 보았다. 도시의 빛이 스민 뿌연 어둠뿐, 하늘에는 별도 달도 보이지 않았다. 초겨울의 서늘한 바람에 뒷덜미가 오싹해 어깨를 움츠리는 찰나, 빛과 함께 문이 열리며 회색 맨투맨 티를 입은 금발의 남자가 그녀를 맞았다.

　"안주는 사 왔겠지?"

　대뜸 묻는 말에 남자의 어깨를 치고 들어가며 세아는 등 뒤로 빈손을 들어 보였다.

"양심이 있냐? 돈도 잘 버는 애가."

볼멘 목소리에 휙 뒤돌아선 그녀가 백에서 지갑을 꺼내 강속구로 던지자 남자가 "어쿠쿠!" 가슴으로 받으며 웃었다. 지갑을 열어 플래티넘 카드를 꺼내는 J의 갈색 눈동자가 반짝거렸다.

"뭐 사 올까? 비싼 거 먹어도 되지?"

"마음대로 해."

3인용 낡은 소파에 지친 몸을 던지자 녹슨 스프링이 끼럭끼럭거렸다. 오래된 가죽 냄새가 나는 팔걸이에 얼굴을 묻고 힘없이 웅얼댔다.

"진짜 여기 사람 너무 많아. 3킬로미터 남겨 두고 도로에 얼마나 붙잡혀 있었는 줄 알아? 집 근처에다 얻지, 월세도 비싸고 사람도 많은데 왜 여기다 사무실을 내서."

"난 여기가 좋거든. 새롭고 에너지가 넘치고, 인종, 성별, 취향 차별 없이 모두 존재하는 파라다이스지."

J가 문으로 향하며 말을 이었다.

"쉬고 있어. 뭐 좀 사 가지고 올 테니까."

문 닫히는 소리를 들으며 똑바로 누워 천장을 올려다보자 하루가 마치 끔찍한 악몽처럼 스쳤다. 이제 어떻게 될까? 한동안 깨진 약혼을 두고 시끄럽겠지만 그런 것들은 신경 쓸 계제가 아니었다. 문제는 할아버지다.

지기의 손자, 사외 이사의 아들, 명훈은 완벽한 장 회장의 사람이었다. 명석한 머리에 업무 능력도 뛰어나고, 성품도 발랐다. 아들 내외가 죽고 난 뒤 애지중지 돌본 손녀딸에게 더할 나위 없는 배필이자, 당신을 이어받을 후계자라고 생각하셨을 것이다.

팔을 올려 뜨거운 눈두덩을 가렸다. 불같이 역정을 내시겠지. 여자를 숨긴 명훈도, 그 사실을 알고도 약혼식을 며칠 앞두고 터트린 그녀도 그 범위에서 벗어날 수 없을 거다. 다행인 건 더 이상 명훈에게 미련을 두지 않으실 거고, 후계자 자리는 다시 공석이 되었다는 점이었다. 하지만 그를 대신할 누군가를 곧 찾아오시겠지. 이번엔 여자 문제 없는 남자로.

최대한 약혼을 미루고, 약혼식을 코앞에 두고 파혼을 한 이유는 그 때문이었다. 괜히 빨리 터트려 봐야 최 본부장을 대신할 누군가를 또 데려오실 거고, 그녀는 무슨 수를 써서든 그 남자를 또 떨궈 내야만 할 테니. 몇 번이나 이 일을 더 해야 끝이 날까?

"자?"

J의 목소리에 팔을 내리자 눈앞에 쇼핑백과 비닐봉지가 대롱거렸다. 풍겨 오는 음식 냄새에 참을 수 없는 허기가 일었다. 약혼을 취소하러 다니느라 점심은커녕, 종일 먹은 거라고는 아침에 우유 한 잔 말고는 없었다.

일어나 J가 치우고 있는 넓은 테이블 앞에 앉았다. 종이 더미 맨 위에 놓인, 나무에 바나나 모양의 전구가 매달려 있고 금목걸이에 스냅백을 쓴 고릴라들이 춤을 추고 있는 아트워크 포스터를 보며 물었다.

"요새 작업하는 거야? 힙합?"

"응."

"일 없어 매일 굶는다더니, 이 거짓말쟁이야."

"진짜 삼시세끼 라면만 먹었어. 얼마 만에 들어온 일거린데."

J가 컬쳐라운드라는 그래픽 디자인 회사를 그만두고, 이태원에 'J LAB'이라는 작업실을 연 건 올해 봄부터였다. 호주인 아버지와 한국인 어머니 사이의 혼혈인 그는 유쾌하고 즐거운 일을 쫓는 자유로운 영혼의 소유자였다. 그래서인지 조용한 작업보다는 음반이나 연예 전시회 쪽 아트디렉터로서 두각을 나타냈고, 퇴사 후에도 막역하게 지내던 이들의 소개로 건너 건너 오더를 받아 일을 했다.

J가 초밥과 해물 떡볶이를 꺼내는 동안 세아는 다른 아트워크도 찬찬히 살펴보았다. 예전부터 둘은 성격부터 추구하는 그림 스타일까지, 전부 정반대였다. 따스한 색감과 생동감 넘치는 그림을 주로 그리던 세아는 한국예고 시절 르누아르 장으로 불렸고, 반대로 기하학적이고 철학적인 그림을 고수하던 J는 피카소 제레미로 불렸다. 만약 12년 전에 그 사고만 없었더라면, 그녀도 계속 그런 그림을 그리고 있을지도 모를 일이다. 따스하고 생동감 넘치는.

"요새는 그림 전혀 안 그려?"

J의 물음에 아트워크를 놓고 간장에 초록빛 와사비를 풀며 답했다.

"그림 그릴 시간이 어딨니. 잠잘 시간도 없는데. 키보드 자

판이나 치고, 기획안이나 작성하는 손가락, 다 굳어서 개발새
발일걸."

"그래도 그 실력 어디 갈까. 어렸을 때부터 우리 엄마, 만날
나한테는 그것밖에 못하냐고 혀를 끌끌 차면서도 네 칭찬은 입
이 닳도록 해서 한동안 너 미워했잖아."

"맞아. 너 그랬어. 내가 왜 화났느냐고 물어봐도 안 가르쳐
주고, 진짜 유치했는데."

연어 초밥을 집어 오물오물 삼키며 J와의 20년 역사를 떠올
렸다. 그녀가 열 살일 때, J네 모자가 성북동 이웃집으로 이사
를 왔다. 그네들의 첫인상은 일종의 문화 충격이었다. 한국인
엄마와 혼혈인 아들, 아버지 부재의 이혼 가족. 난생처음 대하
는 독특한 가족 구성에 당황한 것도 잠시, 소년과 소녀는 금세
친구가 되었고, 우연찮게 그림이라는 관심사도 일치했다. 둘은
아침부터 해가 저물도록 그림책을 보고 그림을 그렸다. 둘은
전혀 다른 관점과 스타일을 가지고 있었지만, 캔버스에 펼쳐지
는 세상에 대한 애정만큼은 똑같았다. 하지만 열여덟 살을 기
점으로 세아가 경영학과 진학을 선택하면서 둘의 인생은 전혀
다른 노선을 가게 되었다.

"머리는 왜 그래?"

J가 새빨간 해물 떡볶이를 집어 먹으며 그녀의 짧아진 머리칼
을 쳐다보았다. 세아는 가볍게 찰랑이는 머리를 흔들어 보였다.

"그냥 해 보고 싶어서. 별로야?"

"응. 별로네."

1초의 고민도 없이 응? 입 발린 칭찬도 않고 별로네? 세아는 입술 끝을 비틀며 응수했다.

"팀원들은 다 멋지다고 칭찬했거든."

"다들 해태 눈들인가 보지. 그런 아부성 발언들만 귀에 쏙쏙 들어오는 거 보니 너도 벌써 꼰대 다 됐다."

"뭐가 어째? 그러는 너야말로 나이가 몇인데 만날 금발로 염색하고 다니는 건데?"

"난 외모가 이국적이라 나이 상관없이 금발이 어울려. 넌 긴 머리가 더 어울리고. 그런 머리는 세련된 여자들한테나 어울리는 스타일이지."

"난 촌스럽니?"

울컥해서 되묻다 문득 점심에 팀원들이 나누었던 뒷담을 기억해 냈다. 더 듣고 있었다면 '오늘 장 팀장 머리 진짜 이상하지 않았어요?' '그런 스타일이 본인한테 어울린다고 생각하고 자른 건가?' 하는 소리를 듣고 왔을지도 모를 일이다.

식욕이 떨어져 젓가락을 놓자 그녀의 눈치를 살피던 J가 일어나 사무실 한쪽에 놓인 와인셀러로 향했다.

"술은 뭐 마실래?"

"노스텔지아Nostalgia 1995년산."

셀러 안의 와인을 살피던 J가 어이없다는 표정으로 소리쳤다.

"야! 겨우 초밥에 떡볶이 먹으면서 노스텔지아 1995년산이 가당키는 하냐? 그거 백만 원짜리야."

"스테이크에 푸아그라가 없는 게 내 탓이야? 지갑 줬는데 네가 사 온 거잖아. 그러지 말고 선심 좀 써. 넌 또 있잖아."

"입사 기념이라고 한 병, 프로젝트 성공했다고 한 병, 팀장 달았다고 또 한 병. 네가 야금야금 마셔서 열두 병 있던 거 이제 네 병밖에 안 남았어. 내가 너 때문에 데스페라도Desperado를 못 가져다 놓는 거야. 그것까지 아작 낼까 봐."

치사한 놈. 쓸데없이 기억력은 좋아서.

"나만 마셨어? 너도 네 애인이랑 마셨을 거 아니야."

"승우는 아이스와인이나 모스카토 같은 달콤한 와인밖에 안 마시거든."

세아는 희멀건 얼굴에 민트 향 담배 내음을 풍기던 묘한 분위기의 남자를 떠올렸다. 일 관계로 만난 공연 기획자라던 남자는 그 뒤로도 가끔 마주쳤고, 그녀는 곧 두 사람이 연인 사이라는 걸 알아차렸다.

"생긴 것도 기생오라비처럼 생겨서 입맛 하고는." 하고 조그맣게 중얼거리자 J의 눈빛이 더 사나워졌다.

"너 아라비안나이트에 나오는 낙타 같은 거 알아?"

"무슨 낙타?"

"낙타가 사막을 가다가 날이 저물자, 천막을 치는 주인에게 밤에 너무 추우니 코만 천막 안에 넣고 자게 해 달라고 부탁해. 주인이 그러마 하고 허락하니까 낙타는 자기의 코는 많은 공간을 차지하지 않으니 목까지 집어넣게 해 달라고 하지. 그리고 계속 조금 더, 조금 더 하면서 결국은 낙타가 천막을 다 차지하게 된다는 이야기 말이야. 너, 밖에서는 정나미 떨어질 정도로 칼같이 굴지? 다른 사람들은 네가 이러는 줄 꿈에도 모를 거야."

세아는 콧방귀를 뀌며 어이없다는 표정으로 되물었다.

"그래서 양심 없는 낙타가 네 사무실을 차지하고 와인셀러를 털고 있다? 너야말로 하늘을 우러러 부끄럼이 안 드니? 회사 관두고 일거리 없다고 해서 밥 사 줘, 월세 내라고 통장 털어 돈 빌려 줘. 그동안 내가 너한테 돈을 노스텔지아 200병만큼은 썼어."

"너는 부잣집 딸이잖아."

"웃겨. 너희 집이 더 부자잖아! 레이너 와인에 비하면 강산은 골목 슈퍼지."

레이너 와인은 대량 생산되는 저렴한 와인부터 한 병에 몇백만 원을 호가하는 프리미엄 와인까지 생산하는 호주 최대 와인 기업이었다. 그 회사의 오너가 J의 아버지인 마이클이었고, 그의 형인 딘이 5년 전 마이클이 돌아가시고 난 뒤 회사를 이어받았다.

"하지만 난 집안에서 받은 거라곤 돈이 아닌 와인뿐이거든."

마이클은 죽기 전 회사와 포도 농장을 딘에게 물려주면서, 만약 J가 지금이라도 레이너 와인에 들어와 일을 배운다면 당장 유산의 10퍼센트를 양도하겠노라 했다. 그 말인즉 한국에서의 모든 걸 다 접고 호주로 오란 소리였다. 물론 거절하면 단한 푼도 물려받을 수 없다는 말도 덧붙여서. '포도밭을 일구지 않은 손으로는 와인으로 번 돈을 쓸 자격이 없다.'라는 확고한 경영 철학이 묻어나는 유언이었다. J는 유산을 포기했고, 돈은 별로 없고 와인만 넘쳐나는 빈털터리가 되었다.

"그러게 땡전 한 푼 없으면서 무슨 배짱으로 유산을 포기했어?"

"안 포기했으면, 진작 코뚜레 꿰여 호주에서 포도 농사 짓고 있을걸."

J가 생각만 해도 끔찍하다는 듯 어깨를 부르르 떨자 세아가 피, 웃음을 흘렸다.

"그게 어때서? 매일 코피 터져라 디자인 시안 만들어 내도 월세도 못 내고 쪼들리는 것보단 백만장자 와이너리Winery* 영농 후계자가 훨씬 낫지."

"네가 와이너리 생활과 와인 메이커Wine Maker의 삶을 몰라 그래. 몇십 킬로를 달려도 우거진 포도밭뿐, 사람이라곤 코빼기도 찾아볼 수가 없고, 1년 365일 매일 흙먼지를 뒤집어쓰며 여름에는 벌레, 겨울에는 추위와 싸워 가며 포도나무를 키워야 하지. 더 큰 문제는 와인 블렌딩Wine Blending이야. 향수 만드는 조향사 알지? 조향사가 탑노트, 미들노트, 체향과 섞였을 때의 향을 상상하고 향수를 만들잖아. 와인 블렌딩도 그것과 비슷해. 아니, 더 어렵지. 와인 메이커는 여러 포도즙을 혼합했을 때의 맛과 향의 황금 비율을 찾는 것뿐만 아니라, 그 해의 테루아Terroir**가 포도 맛에 미치는 영향과 몇 개월 숙성 후의 상태까

---

* 포도주를 만드는 양조장.
** 포도가 자라는 데 영향을 주는 모든 자연조건.

지 예측할 수 있어야 하니까. 어마어마하게 정밀한 센스와 상상력과 스킬이 필요하다고. 코피만 터지는 게 아니라 머리도 터지겠지? 만들고 싶다고 아무나 다 만들어 내는 와인이 아니란 말이야."

"그래서 애초에 힘든 길, 욕심 부리지 않고 포기했다?"

벽에 등을 기댄 J가 쿨 한 얼굴로 고개를 끄덕여 인정했다.

"난 와인을 마시는 게 좋지, 만들고 싶진 않아. 지금의 내 생활에 만족해."

인생 편한 녀석. 어려서부터 그랬다. '세상만사 바람처럼, 구름처럼, 흘러가는 대로'가 인생 모토인 J는 수업을 빼먹고 전시회를 보러 다녔고, 면접 보러 가야 할 날 배낭여행을 떠났다. 즉흥적이었고, 자유분방했고, 자기애가 강한 나르시시스트였다. 녀석에게 중요한 건 자신의 꿈과 자유 의지였고, 돈이니 권력이니 명예 같은 것들은 결국 손가락 사이를 스쳐 지나가는 무의미한 것이라고 믿었다. 그러니 세계적인 와인 그룹의 아들임에도 불구하고 가업을 물려받지 않겠다 선언하고, 남들은 못 들어가 안달하는 디자인 회사를 2년 만에 그만두고 프리랜서로 전향한 건 어쩌면 그의 성격상 당연한 일인지도 모른다.

와인에 거나하게 취한 J는 종종 지위나 명예가 인생 최대의 가치인 양 추구하는 그녀의 삶이 얼마나 덧없는가를 주장했고, 세아는 그럴 때마다 철이 덜 든 피터 팬 증후군 환자라고 응수했다.

"그러니까 그 좋은 와인 지금 마시자니까."

"저번에 까면서 결심했다. 네 번째 병은 네 결혼식 날 내놓겠다고."

약혼도 깨고 온 마당에 결혼은 무슨.

"결혼 안 해. 독신으로 살 거니까 그거 지금 까."

"한 치 앞도 모를 앞날을 장담 말고 다른 거 마셔."

"제레미 제발. 오늘 이 누님이 진짜 괴로운 날이거든."

세아가 테이블에 엎드려 불쌍한 표정으로 그를 올려다보자 J는 한숨을 내쉬며 천장을 올려다보았다. 그에게 어려운 부탁을 할 때, 혹은 아주 많이 화가 났을 때, 그녀가 J 대신 제레미라고 부르는 걸 잘 알고 있기 때문이었다.

J의 본명은 제레미 레이너로, '레이너 와인'의 오너였던 마이클 레이너가 그의 아버지고, 사진작가인 김수지 여사가 그의 어머니였다. 35년 전, 김수지는 호주에 사진 촬영차 갔다가 우연히 들른 광활한 포도밭에 매료되었고, 그곳의 주인인 거칠고 매력적 남자에게 푹 빠져 버리고 말았다. 둘은 운명 같은 이끌림에 곧 결혼식을 올리고, 그녀는 끝도 없이 펼쳐진 포도 농장의 여주인이 되었다. 그 후 열정적인 남편과 10년간의 결혼 생활 동안 딘과 제레미 두 아들을 낳아 키우며 화목한 가정을 일구었지만, 그녀의 가슴속에는 꺼지지 않는 꿈과 고향에 대한 그리움이 있었다. 결국 그녀는 이혼을 하고, 남편과 열 살의 딘을 남긴 채 다섯 살의 제레미를 데리고 한국으로 돌아왔다.

세아의 성화에 결국 J가 길쭉하고 검은 와인 병을 꺼내 테이블 중앙에 올려놓으며 말했다.

"말해 봐. 뭐 때문에 괴로운지 우선 들어 보고. 또 프로젝트 어그러졌어? 아니면 할아버지랑 싸웠어?"

풀하우스, 포카드 급의 대박 사건이 아니면 이 와인을 딸 일은 절대 없을 거라는 경고가 엿보이는 얼굴에 대고 담담한 얼굴로 답해 주었다.

"나 약혼 깼어."

그러자 J는 지체 없이 신속한 동작으로 와인의 캡슐을 따고 스크루를 돌렸다. 그러고는 볼이 넓은 와인 잔에 조금 따라 그녀에게 내밀며 말했다.

"축하해."

"약혼 깼다니까. 불난 집에 기름 끼얹어?"

잔을 받아 들며 어이없는 얼굴로 묻자 J가 천진한 얼굴로 답했다.

"진심이야. 네가 여자 있는 남자와 약혼식을 올렸다면 천하의 바보 멍청이라 생각할 참이었거든."

"안 할 거라고 했잖아."

"그래. 이유라랑 그 남자랑 같이 있는 걸 봤다고 말했을 때 네가 꿈쩍도 안 하는 거 보고 이미 알고 있구나, 눈치로 알았지."

J가 건배하듯 와인 잔을 내밀자 가볍게 잔을 부딪쳤다. 쨍 하는 진동에 벽돌색 액체가 파르르 파문이 이는 걸 내려다보았다. 코에 가져다 대자 농익은 과실 향이 잔 밖으로 뿜어져 나왔다.

"그래도 약혼식 일주일 남겨 두고 깽판을 칠 줄이야. 이거 선전 포고 아니야? 말 잘 듣던 손녀딸이 한판 붙어 보자고 할아버지를 향해 던지는 결투장."

"싸움이 될 리가 없잖아."

이게 싸움이라면 계란에 바위 치기, 하룻강아지가 범 무서운 줄 모르고 코털 건드린 격, 페더 급 대 슈퍼 헤비 급의, 결과가 뻔히 보이는 경기겠지.

잔을 들어 한 모금 머금자 쉬라즈의 묵직한 풍미와 톡 쏘는 스파이시한 맛 뒤로 레이너 와인 특유의 달콤 씁쓸한 초콜릿 향이 은은하게 밀려왔다. 눈을 감고 삼킨 후에도 입 안에 남아 사라지지 않는 여운을 오랫동안 음미했다. 좋아. 그녀의 감상은 간단했다.

세아는 와인이, 특히 노스텔지아가 좋았다. 와인 회사 사주 아들인 J 덕분에 많은 와인을 접하기도 했지만, 어린 시절부터 세상에 와인처럼 매력적인 술은 없다고 생각했다. 다른 술과 달리 한 병의 와인은 이 세상에 존재하는 단 하나였다. 나와 똑같은 사람이 없듯 와인 역시 똑같은 맛과 향의 와인은 절대 존재하지 않았다.

늘 새롭고 낯선 와인을 맛보는 것은 단순히 술을 마신다는 의미 이상의 모험적 즐거움을 주었다. 게다가 와인마다 지닌 풍미가 천지 차이라, 취향 따라, 혹은 그날의 기분에 따라 골라 마시는 재미 또한 무시할 수 없었다. 어떤 와인은 고혹적인 여인처럼 화려한 부케Bouquet와 달콤한 풍미를 지니기도 하고, 어떤 와인은 근육질의 거친 남자처럼 묵직하고 강했다. 들판을 달리는 소녀처럼 청량한 와인도 있고, 헤어진 연인을 기다리는 것처럼 애잔하고 씁쓸한 풍미를 지닌 와인도 있었다. 노스텔지아는 그중 후자였다. 묵직한 맛의 여운 뒤에 느껴지는 슬픔과 초콜릿 향에서 맡아지는 아득한 그리움이 애틋하여 세아는 이 와인을 특히 좋아했다.

"그래서 넌 할아버지가 지쳐 포기하실 때까지, 단상에 올라오는 신랑 후보들의 약점을 들춰내서 헤드 샷을 날리겠다?"

힐난이 묻어나는 J의 질문을 무시했다. 당장은 이 와인이 축하주인지 위로주인지가 무슨 대수며, 내일모레면 다른 남자의 머리에 헤드 샷을 날리게 될지 알 게 무언가. 그저 지금은 이 순간을 망치고 싶지 않을 뿐이었다.

"그렇게 여왕이 되고 싶어?"

최 본부장을 비롯한 여러 임원들의 반대와 할아버지의 우려를 무릅쓰고 우리밀 사업 프로젝트를 성공시킨 날, 비 오는 창가에 앉아 노스텔지아를 마시며 J가 오늘처럼 물었다.

"넌 여왕이 되고 싶은 거야?"

"무슨 여왕?"

"엘리자베스 1세. 누군가의 아내로 사느니 차라리 걸인이 되어 독신으로 살겠다던 유명한 처녀 여왕 말이야. 수많은 남자들의 청혼을 물리고, 대영제국의 화려한 역사를 기록한 그녀처럼 되고 싶은 거냐고, 넌."

그 순간 홧홧해진 가슴은 술 때문이었을까, 속마음이 들킨 부끄럼 때문이었을까. 하지만 오늘 그녀는 약혼을 엎고 나오며 얄팍한 겸손 따윈 버리고 뻔뻔스러워지기로 마음먹었다.

"그래. 난 여왕이 될 거야. 돼야만 하고, 되고 싶어. 내가 그 자리에 오르지 못할 이유가 뭐야? 승계 구조상 후계자 후보 1위는 할아버지의 손녀인 나야."

여느 때와 다른 반응에 J의 얼굴에 놀란 기색이 떠올랐다.

"작은아버지 계시잖아?"

"작은아버지는 우리밀원 하나면 족하다고 하셔. 원체 소심하고 욕심이 없으시기도 하고, 건강상의 이유로 강산까지 맡기는 부담스럽다고 고사하셨어."

"그 집 아들은? 얼마 전에 군대 다녀와 경영학과 졸업했다고 하지 않았어?"

"작은아버지가 우리밀원 본부장에 앉혀 놨는데, 아직 별다른 성과를 내지 못하고 있어."

J가 병을 기울여 쪼르륵, 제 빈 잔에 따르며 물었다.

"좋아. 그거 말고 다른 이유는?"

"나는 경영학과와 MBA 과정을 우수한 성적으로 수료했고, 슈가스윗이나 우리밀 사업 같은 프로젝트를 통해 그 능력을 보여 줬어. 강산을 이끌어 갈 오너로서 부족하지 않음을 충분히 증명했다고 생각해."

"좋아. 넌 후계자 후보 1위고, 스펙도 충분하고, 능력도 있어. 그런데 네 할아버지가 널 후계자로 삼지 않고 굳이 장씨도 아닌 데릴사위를 왕좌에 앉히려는 이유는 뭘까?"

질문은 날카로운 칼날이 되어 그녀의 가슴에 와 박혔다. 잔을 들어 남은 와인을 한입에 털어 삼키자 절망과 뒤섞인 알코

올에 머리가 띵해지더니, 자괴감이 신물처럼 목구멍을 치고 올라왔다.

"날…… 믿지 못하시기 때문이지. 내가 강산의 무게를 감당할 수 없다고 생각하시거든."

"네 생각은 할아버지와 다르다? 넌 더 강해질 수 있고, 강산을 충분히 견뎌 낼 수 있다고 생각한다?"

"견디고 말고의 선택의 문제가 아니야. 강산을 맡기로 한 이상 온 힘을 다해서, 무슨 수를 써서든 견뎌야지. 왜 내가 이걸 이겨 내지 못할 거라 생각하시는 건지 모르겠어."

"정말 그 이유를 모르겠어?"

J가 테이블 너머로 손을 내밀자 세아는 어리둥절한 얼굴로 그 손을 잡았다.

"자, 봐. 내가 처음 만났던 넌 예쁘장한 얼굴에 그림 그리는 걸 너무나 좋아하는 소녀였어. 그리고 열여덟 어느 날 서늘한 얼굴로 그림을 버리고 경영학과에 들어가겠노라 했지. 스물여섯의 넌 사회에 막 발을 디딘 햇병아리 신입 사원이었지만, 4년간 대형 프로젝트를 줄줄이 성공시키고, 여권에 수십 개국의 도장을 찍어 대며 대한민국 이십 대 직장 여성들에게 가장 존경받는 커리어 우먼 중 하나로 거듭났어."

J는 세아의 가느다란 손목을 들어 보이며 슬픈 얼굴로 말을 이었다.

"그리고 강산 그룹 전략기획팀 팀장이 된 서른의 넌 해골 같아. 이 손가락 좀 봐. 뼈밖에 없잖아. 밥은 먹고, 잠은 자고 다니는 거야?"

"나 원래 손가락에는 살 없었어."

J가 손을 뒤집어 울퉁불퉁해진 손톱을 쓸며 물었다.

"이건? 또 손톱 깨물었지? 불안할 때마다 나오는 버릇이잖아."

그가 나에 대해 모르는 게 없다는 게 천추에 한스러워졌다. 차에 손톱깎이를 하나 두든지 해야지.

뾰로통한 얼굴로 손을 뿌리쳐 테이블 아래로 감추었다.

"그것뿐이야? 나날이 스트레스성 두통은 더 심해지고, 불면증도 생겼어."

"두통은 명상 요가 시작한 이후에 많이 나아졌어. 불면증은⋯⋯."

나아지지가 않았지만. 아니, 나아지기는커녕 점점 더 심해지고 있었다. 의사가 말한 대로 규칙적인 생활을 위해 아무리 일이 많아도 1시에는 잠자리에 들고, 적당히 몸을 움직여 주는 게 도움이 된다고 해서 운동도 시작하고, 카페인을 줄이려고 차와 커피도 줄였지만 불면증은 변함이 없었다. 차라리 어디가 아프면 참겠는데, 며칠 잠을 못 자면 집중력이 떨어져 업무에 영향을 주니 여간 심각한 문제가 아닐 수 없었다. 그나마 처방받은 수면제를 먹으면 잠을 이룰 수 있었지만 다음 날까지 몽롱해서, 정말 못 견딜 정도가 아니면 약을 먹진 않았다.

J가 몸을 젖혀 의자 등받이에 기대앉은 채 물끄러미 바라보자 세아는 무언의 압박을 견디지 못하고 솔직히 토로했다.

"좋아. 내가 스트레스를 받고 있는 건 인정해. 지난 10여 년

간 나는 힘들었어. 갑자기 부모님이…… 돌아가셨고."

만약 그 사고가 나기 전 누군가가 10여 년이 지난 일이 어제 일처럼 괴롭다고 말했다면 거짓말이라고 생각했을 것이다. 너무나 생생해서 어제 일 같은 괴로움. 잊을 수도, 잊히지도 않아 애써 한쪽 구석에 밀어 두고 외면하고 있다가 문득 잠이 오지 않는 밤이면 그녀를 지옥 아래까지 끌어내리는 기억들.

그 시절 아버지는 강산을 물려받은 지 얼마 안 되어 회사 일로 바쁘셨고, 그런 아버지를 다정한 엄마는 옆에서 내조했다. 세아는 영국의 미술 대학 진학을 목표로 공부하고 있었고, 동생은 어렸다. 평범한 가족이었다. 자선 모임 때문에 일요일 아침 일찍 나섰던 부모님의 차가 빗길에 미끄러져 가드레일을 박고, 반대 차선에서 달려오던 트럭과 부딪친 사고가 나기 전까지 말이다.

"내가 꿈꿔 왔던 삶이 하루아침에 바뀌었어. 도달해야 할 목표는 까마득하게 높았고, 썩 완벽해 보이는 강산의 손녀딸인 장세아여야만 했지. 프로젝트를 성공시켜 무언가를 증명해 보여야 한다는 부담감이 시시각각 내 목을 조이는데, 할아버지는 내 의사와 상관없이 마음대로 오너 자리를 손녀사위에게 넘겨주시마 했어. 어때? 이 상황에서…… 즐겁고…… 행복한 사람이 세상에 있을까? 그러니까, 이게 내가 왕좌의 무게를 못 견딘다는 증거는 아니잖아?"

"진정해. 워워, 진정하라고."

점점 고조되는 숨소리와 붉어지는 눈자위에 J가 팔을 뻗어 그녀의 마른 어깨를 도닥였다.

"자, 심호흡해. 그러니까 이게 문제야. 넌 너무 널 몰아세워. 네 자신을 들볶고 있다고. 너는 네가 우아한 백조라고 생각할 거야. 호수를 유유히 헤엄쳐 나가지만, 물속에서는 치열하게 발길질을 하는. 하지만 아니야. 넌 백조가 아니라 그냥 물에 빠져 힘을 잃고 허우적대고 있는 애 같아. 더 끔찍한 건, 점점 가라앉고 있는데, 그 밑바닥이 닿을 수도 느낄 수도 없이 깊다는 거야."

J는 고개를 숙여 까만 눈동자를 마주 보며 차분한 목소리로 말을 이었다.

"만약 네가 정말 괜찮다면, 뭐가 문제야? 넌 오늘 할아버지께 한 방 먹였노라고 기뻐해야지. 최명훈 따위가 앉을 자리가 아니라고, 바로 네 자리라고 소리치며 말이야. 왜, 뭐 때문에 괴로워하는 거야?"

나는…… 무서워. 아무리 간절히 원하고 바라도 애초에 내 자리가 아닐 수도 있다는 불안이 그녀의 목을 쥐고 흔들고 있었다.

"이제 겨우 시작이야. 네가 이 싸움을 끝까지 견뎌 낼 순 있을까?"

"내가 강하지 않다는 뜻이야?"

그것은 강박관념 같은 거였다. 무언가 해야만 해. 강해져야 해. 약해선 안 돼. 교통사고로 부모님은 그 자리에서 즉사하셨고, 아들 며느리의 사고 소식에 할아버지는 충격으로 쓰러지시고 말았다.

장덕수 회장 슬하의 자식은 세아의 아버지 외에 작은아버지인 형석뿐이었는데, 그는 갓 평사원을 뗀 지 얼마 되지 않은 상황이었다. 강산은 일순 혼란에 빠졌고, 오너의 부재에 불안에 휩싸였다. 할아버지는 자식을 잃은 슬픔을 떨쳐 내고 다시 회사로 나가셨고, 세아는 경영학과 진학을 위해 그림을 그만두었다.

무언가 해야만 해. 강해져야 해. 그것이 그녀를 이 자리까지 끌고 온 힘이었다.

슬픔에 짓눌린 그녀의 뺨을 가볍게 토닥이며 J가 속삭였다.

"아니. 장세아는 강해."

동시에 여리지. 너는 그게 싫은 거잖아. 순도 100퍼센트 철처럼 모든 것이 단단하고 튼튼했으면 좋겠는 거지. 아무것도 느끼지 않고, 흔들리지 않고, 아프지 않게.

"누구도 너처럼 부모님의 죽음을 꿋꿋이 견뎌 내며 동생을 돌보고, 할아버지를 도우며, 외로워도 슬퍼도 울지 않고 현실을 잘 헤쳐 나가진 못했을 거야. 정말 잘해 왔어. 하지만 많이 지쳐 보여. 넌 휴식이 필요해. 정말이야."

영국 유수의 디자인 대학 입학 준비를 접고 하루 네 시간씩 쪽잠을 자며 공부해서 한국대 경영학과에 들어갔고, 방학이면 머리 싸매고 토플 준비를 해, 졸업 후 바로 스탠포드 대학의 경영학 석사 과정을 밟았다. 강산 그룹 전략기획팀의 평사원으로 입사해서 대리, 과장, 팀장으로 빠르게 밟아 올라가며 워커홀릭, 독종이라는 별명을 덤으로 얻었다. 프로젝트를 연이어 성공시키는 동안 그녀의 이십 대는 허무하게 막을 내렸고, 더 혼란스럽고 괴로운 삼십 대를 시작했다. J의 말이 맞다. 세아는 자신이 몹시 지쳐 있고, 휴식이 필요하다는 걸 알고 있었다.

"너 입사하고 나서 휴가 간 적 있었나?"

"참으로 한가한 질문이구나."

빈 잔을 채우며 중얼거리는 세아에게 J는 포기하지 않고 말했다.

"그러지 말고 크리스마스 껴서 며칠 휴가 내고 좀 쉬어."

크리스마스에는 일을 해야 한다. 그즈음이면 연초에 발표할 슈가스윗의 카페테리아 프로젝트 때문에 잠잘 시간도 없이 바쁠 테니, 내일 당장 종말이 온대도 휴가를 쓸 수는 없었다.

"휴가 내고 뭐 할까? 밤새도록 너랑 와인이나 마실까?"

농처럼 물으며 잔을 비우던 세아는 눈동자를 반짝반짝 빛내며 혀를 굴려, 사라져 가는 와인의 여운에 감탄했다.

"확실히 노스텔지아 올드 빈티지는 30분만 지나도 브리딩 Breathing*이 돼서 과실 맛이 더 진해져. 혀를 진득하게 휘감는 기분이 들 정도로."

"그게 느껴져?"

"너는 안 느껴져?"

"전혀. 확실히 넌 와인 테이스팅Tasting**에 재능이 있어. 너 같

---

* 와인을 오픈시켜 공기와 맞닿게 하는 것.

** 와인 시음.

은 애가 우리 집안에서 태어났어야 했는데. 아쉽지만 올해 크리스마스는 호주에서 보내야 해서 같이 와인은 못 마실 듯하다."

세아는 잔을 채워 주는 J를 놀라 쳐다보았다.

"호주 가?"

"응. 두 달 정도 있다 올 거야."

"완전히 눌러앉게?"

"농담이라도 그런 소리 하지 마라. 딘 호출이야. 너도 어렸을 때 형 본 적 있잖아?"

"아."

그렇게밖에 대답할 수 없는 건, J의 형인 딘과 어떤 특별한 에피소드로 기억이 될 만큼의 무엇도 없기 때문이었다. 딘과 만난 건 그녀와 J가 열두 살 때였고, 그것이 처음이자 마지막이었다. 형이 한국에 왔다며 J의 집에 저녁 식사 초대를 받았고, 그를 보았다. 바싹 긴장한 얼굴로 'Hello, My name is se-a Jang. I'm Jeremy's best friend.' 그러고는 대화는 끝이 났다. 그는 아무 대꾸도 하지 않았고, 저녁 내내 자신에게 손톱만큼의 관심도 두지 않았다. 놀라울 정도로 잘생겼고, 믿을 수 없을 정도로 무례한 첫인상이었다.

"지금 호주는 여름이겠네?"

"응, 슬슬 달아오르고 있겠지."

"몸 건강히 잘 다녀오고, 올 때 잊지 말고 와인 많이 들고 와."

"으이그, 알았다. 자."

J가 잔을 들자 세아도 잔을 들었다.

"두 달 뒤 돌아왔을 때, 장세아의 왕좌 탈환이 성공해 있길 바라며."

흥겨운 축사에 잔을 맞부딪히자 향긋한 와인 향이 피어올랐다.

Chapter.2

Et tu, Brute!

브루투스, 너마저!

_율리우스 카이사르

인생은 선택의 연속이다.

망설임의 기로에 서 오른쪽 길로 가야 할까, 왼쪽 길로 가야 할까 고민하다 선택한 길이 화려한 꽃길일 수도, 가시밭길일 수도 있다.

세아는 약혼식을 며칠 앞두고 파혼하기로 결정했다. 그 결정으로 강산의 오너를 향한 한 발짝, 혹은 할아버지와의 전면전, 또는 스캔들의 중심이 될 거란 예상도 했다. 하지만 12월 1일. 약혼식을 올리기로 했던 그날, J와 함께 호주행 비행기에 오를 거라곤 누가 상상이나 했겠는가. 이 모든 사건이 벌어진 건 30시간 전이었다.

"오늘부로 인사총무팀 팀장으로 가거라."

회장실에 불려 와 앉자마자 목에 철퇴가 날아와 꽂혔다. 아연한 손녀의 눈빛에도 장 회장은 한 치의 망설임도 없이 단호한 얼굴로 말을 이었다.

"지금 진행 중인 카페테리아 프로젝트 건은 최명훈 본부장에게 맡길 테니 그리 알고."

심장이 쿵쿵, 관자놀이가 둥둥 울렸다. 대로하실 거란 예상은 했다. 이런 식으로 표현하실 거란 생각을 못했을 뿐. 영업팀도 아니고 마케팅팀도 아닌 인사총무팀이라니, 이건 분명 회사의 주요 업무에서 벗어난, 한직으로 밀려난 좌천이다. 반대로 명훈은 본부장 직함임에도 불구하고 전략기획팀으로 발령 났으니 표면적으로는 강등이지만, 그의 어깨에서 본부장이라는 날개를 떼 버리진 않았다.

우르르 터져 나올 것만 같은 억울함과 원망을 삼키며, 붉게 달아오른 얼굴로 겨우 입을 뗐다.

"이유를 여쭙고 싶습니다."

"여쭙고 싶은 것이냐, 따지고 싶은 것이냐."

강직한 성품답게 돌려 묻지 않는 장덕수 회장의 눈빛이 매섭게 빛났다. 그 할아버지의 그 손녀, 세아도 그 눈빛을 피하지 않고 조목조목 제 의견을 피력했다.

"저에게 실망하셨다는 거 압니다. 할아버지께서 이번 약혼을 얼마나 기대하고 바라셨는지 알지만, 전 할 수 없었어요. 약혼이 깨진 건 최 본부장의 여자 문제 때문이었습니다. 할아버지 역시 그 사실을 안 이상 제가 덮어 두고 약혼을 하길 바라시진 않잖아요. 저로서는 최선의 선택을 한 거고, 그렇기 때문에 이번 인사이동은 억울하고 받아들이기 힘듭니다. 특히 카페테리아 프로젝트는 제가 기획하고 준비하던 거예요. 내년 초에 발표될 계획이었고요. 여기서 멈출 순 없어요. 괘씸죄를 물으시려는 건 알지만, 회사를 위해 한 번만 선처해 주세요. 이렇게 중간에 팀장을 바꾸시면 팀원들의 혼란만 가중되고, 프로젝트도 흐지부지……."

"고얀 놈! 할아비가 무엇 때문에 실망했는지 진짜 모르는 게야? 내가 무얼 바라고 이러는지 몰라서 이러는 게냔 말이다!"

탁, 손바닥으로 테이블을 내리치며 소리치자 검버섯이 피고 주름진 노인의 손이 역정에 못 이겨 부르르 떨렸다. 거칠고 투박하고, 한시도 쉬지 않고 일만 한 손이다. 저 손으로 강산을 조그만 공장에서 대한민국 100대 기업 안에 드는 회사로 키워 냈고, 먼저 떠난 아들 내외를 묻었고, 어린 두 손녀를 돌보았다.

"나는, 나는 네가 행복하길 바랐다. 자식 앞세워 보내고…… 이 나이에 내가 더 바랄 게 무엇이겠느냐. 그저 너와 세연이가 좋은 남자 만나, 보글보글 된장찌개를 끓인 식탁에 두런두런 둘러앉아 아이도 낳고 그렇게 살기를 빌었다. 다정한 맛은 없어도 어른 공경할 줄 알고 성격 진중하니, 명훈이라면 네 짝으로 좋겠다 생각했다. 하지만 네가 싫다 했으면 말았을 것이다. 내 고집에 사로잡혀 사랑하지도 않는 남자와 약혼시킬 할아비로 보였더냐? 그래서 노인네의 소박한 꿈을 짓밟고, 차근차근 할아비 뒤통수를 칠 준비를 한 게야! 어디 할아비 머리 꼭대기 위에 서려 들어! 너는 명훈이에게 여자가 있다는 걸 알고 있었어. 진즉부터 알고 있었지만, 일부러 약혼식 며칠 전에 이 일을 터트렸지. 아니면 아니라고 말해 봐라!"

고개를 숙인 세아는 찻잔 안에 요동치는 원 모양의 파문을 내려다보았다. 그녀 안에서도 무언가가 소리 없이 파문이 일어 점점 끓어오르기 시작했다.

"이렇게까지 해서 속이 시원하더냐? 항간에선 손녀가 할아버지를 향해 칼을 빼 들었다고 하고, 명훈이 할아비는 충격으로 쓰러져 입원 중이고, 나는 몇십 년 지기와의 우정을 잃었다. 어찌 그렇게 생각이 짧고 저밖에 모르누. 일을 이렇게 엉망으로 만들어 놓고, 네 안위만 챙긴단 말이냐! 어떻게 다시 전략기획팀으로 되돌려 보내 달라는 말이 나와! 내가 너를 그렇게 가르쳤더냐?"

"그러면…… 저더러 어떻게 하라는 말씀이세요."

"뭐?"

세아는 떨구었던 고개를 들어 장덕수를 보았다. 그 눈에는 풀리지 않는 의문과 원망이 가득했다.

"아빠 엄마 돌아가시고 할아버지께서 다시 회사에 나간다고 하셨을 때, 다들 노령의 할아버지 걱정을 했어요. 제아무리 강골이라도 느긋하게 쉬면서 노후를 즐길 일흔에 할아버지께서 얼마나 버텨 낼 수 있을지, 다들 10년이면 고비라고 했죠. 그러고 나면 강산을 누가 이어받을지 앞이 깜깜하다고요. 전 할아버지를 도와야 한다고, 저밖에 도울 사람이 없다고 생각했어요. 나는 장세아니까, 아버지의 딸이고, 할아버지의 손녀니까 제 꿈만 쫓을 순 없다고요. 그래서 다 접고 경영학과에 들어가고, MBA 과정을 밟고 입사를 했죠. 제가 강산에 첫 출근한 날, 할아버지께서는 제게 그러셨죠."

'미안하고, 또 고맙구나.'

안타까운 듯 어깨를 쓸던 손도 기억이 생생했다. 하지만 그 후 그녀가 대형 프로젝트를 하나하나씩 성공시키고 고속 승진을 하자 할아버진 더 이상 기뻐하지 않으셨다. 다른 사람들이 모두 그녀를 대단하다 치켜세우고 칭찬할 때도 세아는 불안했다. 이 세상에서 가장 인정받고 싶은 사람, 제일 기뻐하고 칭찬해 줄 할아버지의 침묵이 백 사람의 칭찬보다 더 신경 쓰이고 상처가 되었다. 혹 그녀의 최선이 할아버지께는 최고가 아닐 수도 있다며 남들보다 몇 배로 더 열심히 일했고, 더 자신을 채찍질했지만 그 후로 단 한 번도 속 시원히 할아버지에게 잘했다는 칭찬을 들어 본 적이 없었다.

"할아버지께선 제가 좋은 남자 만나 아이들 낳고 행복하게 사는 걸 바란다 하셨죠? 하지만 저는 그렇게 살고 싶지 않아요. 왜냐하면 제 꿈은 할아버지께서 마음 편히 쉬실 수 있도록 강산을 이어받는 것이니까요. 할아버지 연세가 내년이면 여든둘이세요. 김 박사님이 혈압이 높아 늘 위험하다고, 그만 일을 쉬셔야 한다고 말했잖아요. 이제 그만 제게 강산을 물려주세요. 이만큼이면 저도 물려받을 자격 되잖아요?"

"말하지 않았느냐. 너는 안 돼. 그 생각은 변함없다."

"왜……요? 아직도 제가 부족하다고 느끼세요?"

절망에 빠진 우묵한 눈으로 자신을 보는 세아를 외면하며 장덕수는 창밖으로 고개를 돌렸다. 낮게 드리워진 흐린 하늘 아래 뾰족뾰족 솟은 마천루를 바라보는 그의 가슴은 떨리는 목소리로 다그쳐 묻는 손녀의 말에 더욱 무거워졌다.

"슈가스윗, 우리밀 사업 다 제가 성공시켰어요. 다들 최명훈 본부장보다 제가 더 유능하다고 한다고요. 강산의 60년은 장씨가 이뤄 낸 결과물이에요. 왜 구태여 장씨도 아닌 이에게 강산을 물려주시려는 거예요? 제가 할 수 있어요. 할 수 있다고요. 말씀해 주세요. 제가 뭘 더 어떻게 하면 할아버지 마음에 차시겠어요?"

"단순히 프로젝트 몇 건을 성공시켰다고 오를 수 있는 자리도 아니고, 어떻게 하라고 가르쳐 준다고 할 수 있는 것도 아니다. 수천 명의 직원과 그 가족들까지 돌봐야 할 자리야. 단순히 셈 계산만 잘해서 될 자리면 장사꾼이지, 오너겠느냐."

조용히 타이르는 노인의 말에 세아는 붉게 물든 눈자위에 고인 눈물을 참으려 입술이 하얘지도록 깨물며 강단지게 말했다.

"가르쳐 주세요. 배울게요. 제가 어떻게 하면 되는데요?"

"안 된다니까. 그만 마음 접어라."

그녀를 외면하려 고개를 돌린 장덕수를 향해 세아는 울컥 눈물을 쏟으며 참아 왔던 원망을 쏟아 냈다.

"너무하세요. 어떻게, 할아버지께서 어떻게 제게 이렇게 매정하실 수 있어요? 열여덟 살까지 그림만 그렸어요. 단 한 번도 화가의 꿈을 놓지 않았고, 제 실력이면 AAUAcademy of Art University 입학도 가능할 거라고 했죠. 제 꿈이 눈앞에 펼쳐지기 직전이었어요. 하지만 그 꿈 다 포기하고 할아버지와 강산을 위해 여태까지 달려왔어요. 저는 뛰고 또 뛰고, 가슴이 터지도록 뛰어 이제 저 앞에 골인 지점이 보이는데, 할아버지는…… 그만 달리라고 하시네요. 멈추라고, 저는 저기에 들어갈 수가 없다고. 이러실 거면…… 왜 절 강산에 들이셨어요? 처음부터 너는 안 된다고, 애초에 네 자린 아니라고 희망을 가지게 하지 마셨어야죠. 전 이제 돌아갈 수도 없어요. 너무 많이 달려와서 다시 돌아갈 수도 없다고요. 대체 제게…… 어디로 가란 말씀이세요?"

"세아야."

"할아버지께서 제게 왜 이러시는지 모르겠어요. 몰라서 너무 괴로워요. 제 뭐가 그렇게 마음에 안 차셨는지 말씀해 주세요."

어린아이처럼 울며 애원하는 손녀의 머리를 쓸며 노인은 괴로운 얼굴로 속삭였다.

"울지 말거라. 네 잘못이 아니다. 다 내 잘못이지."

"무슨…… 말씀이세요."

회한이 어린 장 회장의 얼굴에는 주름만큼이나 깊은 슬픔과 자책감이 어렸다. 천천히 고개를 돌린 노인의 시선이 벽에 걸린 사진 액자에 닿았다. 그 속에는 할아버지와 돌아가신 아빠, 엄마, 그리고 어린 그녀와 더 어린 세연이 있었다. 장덕수는 오랫동안 그의 가슴을 썩어 문드러지게 했던 진실을 털어놓기 시작했다.

"죽은 네 아비, 내 아들 형준이는 어려서부터 재능이 많았다. 머리도 영특한데다 곧잘 그림도 따라 그리기도 하고, 피아노도 잘 쳤지. 아마도 너와 세연이는 네 아비를 닮아 예술적 재능이 있나 보다. 하지만 할아비는 네 아비의 재능을 살려 줄 생각이 없었다. 왜냐하면 나를 이어 강산을 물려받을 후계자였으니까. 네 아비도 일찍이 그걸 눈치챘는지 무언가를 배우고 싶다거나 다른 일을 하고 싶다는 말을 꺼낸 적이 없었단다. 차근히 후계자 수업을 받고 회사를 물려받았지."

세아는 놀랐다. 아버지가 다재다능했다는 이야기를 단 한 번도 들어 본 적이 없었기 때문이었다. 그녀가 기억하는 아버지는 인자하지만 엄하고, 늘 회사 일에 피곤하고 지쳐 있는 모습뿐이었다.

"네 아비에게 문제가 있다는 걸 안 건 사고 나기 몇 주 전이었다. 어느 날 비서가 와서 말하길, 네 아비가 몰래 병원에 다니고 있다고 했다. 알아보니 우울증 약을 처방받아서 먹고 있더구나. 나는 충격을 받았다. 그 아이가 힘들어한다는 걸 전혀 몰랐거든. 그제야 나는 네 아비가 언제 웃으며 내게 이야기를 건넸던가 생각해 보았지. 기억이…… 나지 않았다."

경악한 손녀의 눈빛에 장덕수는 괴로움에 반백의 머리를 감싸 쥐었다.

"그때 빨리 네 아비 어깨의 짐을 내려 줬어야 했는데, 어리석은 나는 저울질을 했어. 아들의 고통이 우선인가, 강산의 평안이 먼저인가. 내가 고민하고 있는 사이, 하필이면 김 기사가 출근하지 못한 날 네 아비가 운전한 차가 사고가 났고, 네 부모는 그 자리에서…… 즉사했지. 부검 결과 네 아비의 수면제 혈중 농도가 높게 나왔다. 의사가 말하길, 빗길 미끄러짐 사고가 아닌 수면제 부작용에 의한 졸음 사고였을 가능성이 높다고 하더구나."

노인은 천천히 두 손을 움켜쥐어 가슴을 쿵쿵 치다가 쥐어뜯으며 소리쳤다.

"내가, 내가 내 아들을 죽였다! 내가 네 아비를, 네 어미를 죽였어! 회사를 얻고자 할아비가 자식을 버렸단 말이다. 그러니 할아비가 이 책상에서 지쳐 쓰러진대도, 일만 하다가 죽는대도 어찌 내 어깨의 짐이 무겁다고 탓할 수 있겠느냐. 그 죗값을 어떻게 다 치를 수 있겠어."

"할……아버지."

눈물로 얼룩진 얼굴로 망연자실하게 앉은 손녀를 바라보는 노인의 얼굴에 침통함이 어렸다.

"네가 경영학과에 들어간다고 했을 때 나는 미안하면서도 고마웠다. 내 뒤로 강산을 물려받을 이가 마땅히 없었고, 네 말대로 내가 얼마나 버틸 수 있을지도 의문이었다. 두려웠어. 어떻게 일궈 논 회사인데, 내 인생과 내 자식과 맞바꾼 강산을 이렇게 무너지게 둘 수는 없었다. 나는 또 그렇게, 네 아비처럼 네가 꿈을 접고 강산에 들어왔을 때 너를 말리지 못했다. 내가…… 내가 또 말리지 않았어."

뒷골에 통증이 이는 듯 장덕수가 일그러진 얼굴로 신음하며 쓰러지자 세아는 놀라 일어나 소리쳤다.

"할아버지! 알았으니까 제발 그만 하세요. 더 흥분하시면 위험해요. 박 비서님, 박 비서님!"

문을 열고 들어온 박 비서가 단번에 상황을 알아차리고, 서둘러 가방을 들고 들어왔다. 혈압계를 꺼내 팔을 둘러 측정하고는 약을 먹인 후 장 회장을 소파에 길게 눕혔다.

시커먼 얼굴로 누운 할아버지의 모습에 세아가 불안한 얼굴로 물었다.

"병원에 안 가셔도 될까요?"

통증이 사라지자 모든 것을 소진한 듯 쪼글쪼글해진 노인은 실낱같이 가는 목소리로 말했다.

"괜찮다. 이 정도로 무슨 병원이냐. 쉬면 괜찮아져."

"김 박사님이 곧 오실 겁니다. 다행히 혈압이 계속 떨어지고 있어 괜찮으실 것 같으니, 더 흥분하게 하지 마시고 말씀은 다음에 나누시도록……."

박 비서의 만류에 노인은 바싹 마른 입술을 달싹이며 고개를 저었다.

"아니야. 지금 해야지. 내가 지금 죽어 버리면…… 세아는 내가 저를 미워한다고 생각할 것 아닌가."

송장처럼 누운 노인의 말에 세아는 아이처럼 울음을 터트리며 세차게 고개를 저었다.

"할아버지께서 절 미워하시는 게 아니란 거 알아요. 할아버지 마음에 차지 못해 죄송해요."

"아니다. 너는 내가 기대했던 것보다 훨씬 더 많은 걸 보여 줬어. 네가 강산에 이룬 공을 내 어찌 모르겠느냐. 하지만, 하지만 나는 네가 잘하면 잘할수록 불안했단다. 계속 불안했어. 아마도 네 아비처럼 너도 강산의 성공을 이뤄 내기 위해 무언가를 버렸기 때문이겠지. 세아야, 너는 행복하냐?"

"행복해요. 다 좋아요."

1초의 망설임도 없이 격렬하게 고개를 끄덕이자 노인은 나지막한 한숨을 내쉬었다.

"거짓말하지 마라. 넌 행복하지 않아. 네 부모가 죽고 난 뒤 늘 불행했지. 만성 두통과 불면증으로 치료받고 있는 걸 알고 있다."

하얗게 질린 손녀의 얼굴에 장덕수는 슬픈 목소리로 탄식처럼 속삭였다.

"어쩜 너는 형준이를 꼭 닮았구나. 제 살을 깎아 내어 성벽을 쌓으려 하는 바보들이지. 둘 다 경영을 할 그릇이 아니야. 안 맞는 걸 억지로 담으려 하니…… 깨지고 만 게지."

"할아버지."

"그만 마음 접거라. 괜찮겠지, 견뎌 내겠지, 그런 막연한 기대로 자식들의 행복을 짓밟을 순 없다. 나는 이 손으로 내 핏줄을 또 죽일 수는 없으니 네가 포기해라. 강산이 내일 당장 망한다 해도 절대로 회사를 너에게 물려주진 않을 게야. 이대로 공중 분해되어 없어진대도 너마저 형준이처럼 보내지는 않을 게다."

놀라 눈물로 얼룩진 눈을 훔뜬 세아의 가느다란 등을 두드리며 장 회장은 지친 눈을 끔벅였다.

"파혼과 인사이동으로 회사가 시끄럽다. 너도 생각할 시간이 필요할 테지. 어디 가서 좀 쉬면서, 네가 이제 어디로 가야할지, 뭘 하면 좋을지 찬찬히 고민해 보아라. 지금이라도 늦지 않았으니 네 행복을 찾아 어디든 떠나 봐. 할아비는…… 조금 고단해서 눈 좀 붙여야겠다."

노인이 가느다란 한숨을 내쉬며 눈을 감자 박 비서는 모포를 꺼내 와 가슴까지 덮어 주고, 바닥에 무릎을 세우고 있는 세아를 일으켜 조용히 회장실을 빠져나왔다.

"인사총무팀으로 가시면 장 팀장님 자리가 마련되어 있을 겁니다."

정으로 뒤통수를 맞은 듯 멍한 얼굴로 박 비서를 쳐다보고만 있자 그가 재차 말했다.

"장 팀장님, 전략기획팀이 아니라 인사총무팀으로 가셔야한……. 아닙니다. 아무래도 지금 당장 사무실로 복귀하는 건좋은 생각 같지 않네요. 회장님 말씀대로 당분간 좀 쉬시는 게어떠신지요. 청평이나 제주도 쪽 별장에 준비를 하겠습니다."

"아니요. 아닙니다. 고맙습니다만, 제가 알아서 할게요."

걱정스러운 눈으로 바라보는 박 비서에게 인사를 하고 나온 세아는 텅 빈 복도의 하얀 벽을 붙잡고 서서 눈을 감았다. 폭풍우의 눈처럼 소용돌이치는 진실들이 그녀를 집어삼켜 빙글빙글 들어 올렸다. 아버지와 우울증, 할아버지와 강산, 그리고 그녀의 꿈과 후계자……. 어지럽고 구역질이 날 것만 같아 멈추고 싶은데, 그러면 수천 바닥으로 떨어져 산산이 부서져 버릴 것 같아서 멈출 수도 없다.

난 어떻게 해야 하지?

나 이제 어떻게 해야 해요, 아빠? 나 어디로 가야 해, 엄마? 제발 가르쳐 줘요.

한참을 벽에 기대어 있다 엘리베이터에 올라 12층을 누르려다, 바르르 입술을 깨물며 다시 13층을 눌렀다.

나는 이제 전략기획팀 팀장이 아니라 인사총무팀 팀장 장세아야.

거울에 비친 자신을 보았다. 귀신이라도 본 듯 창백한 얼굴은 어린아이 같고, 보브컷의 머리는 견딜 수 없이 목덜미를 거슬리게 했다. 오늘 당장 미용실에 가서 삭발을 하든 붙임머리를 해서라도 이 꼴불견인 머리를 치워 버리리라.

'스트레스를 가슴에 가두면 안 돼요. 날 끌어내리고 주저앉히지 않게 방어해야 합니다. 후우. 다시 한 번 후우.'

명상 선생에게 배운 대로 가슴이 터질 때까지 숨을 들이마셨다가 바람 빠진 풍선처럼 그 공기를 다 뱉어 내도 답답증은 가시지 않았다. 자기최면을 걸듯 허공에 주먹을 떨쳐 내며 중얼거렸다.

"나는 할 수 있어. 할 수 있다고."

하지만 뭘, 뭘 할 수 있는데?

문득 뇌리를 치고 지나가는 의문에 대답을 찾기도 전, 엘리베이터 문이 열리고 앞에 선 사람들이 보였다. 멍청하게 서 있던 그녀가 정신을 차리고 내리자 홍해처럼 양옆으로 길이 갈라졌다. 인사총무팀으로 향하는 그녀의 뒤로 쏟아지는 시선들이 고스란히 느껴졌다. 등허리를 펴고 고개를 꼿꼿이 세워 복도 끝을 노려보았다.

괜찮아. 너나없이 떠들어 대는 말 따위에 흔들릴 장세아가 아니야. 나는 안 무너져.

인사총무과 문을 열자 파티션 위로 솟은 머리들이 하나둘씩 들려지더니 어어, 하는 소리를 내며 정수리가 휑한, 감색 베스트를 입은 남자가 놀라 뛰어나왔다.

"장 팀장님."

"안녕하세요. 오늘부로 인사총무팀 팀장으로 발령받은 장세아입니다."

당황해서 어쩔 줄 몰라 하는 남자에게 겨우 미소 비스무리한 것을 입가에 띄우며 인사를 건넸다.

"예, 예. 저는 인사총무과 김성국 과장입니다. 저는 다음 주쯤이나 복귀하실 거라고 연락을 받았는데요."

"네. 일정보다 조금 앞당겨졌습니다."

"아, 그러시군요. 그러면 우선 팀원들과 인사를 간단히 나누실까요?"

두 명의 직원들과 인사를 나눈 세아는 김성국 과장이 안내한 자리에 앉았다. 누군가 전략기획팀의 그녀의 자리에서 옮겨 왔는지 그녀의 책상, 그녀의 물건 그대로였다. 재킷을 벗어

걸고 핸드폰과 노트북을 꺼내 두었다. 그리고 텅 빈 책상을 내려다보다 시계를 확인하니 오후 4시 28분. 파티션 위로 고개를 들어 김성국 과장에게 말했다.

"김 과장님. 인사총무팀 업무 파악에 도움이 될 자료들 좀 볼 수 있을까요."

"아, 예예. 바로 준비해 드리겠습니다."

사주의 손녀를 상사로 맞아 부담스러운 듯 자꾸 예예 하는 저 말버릇은 조금 지나면 나아지겠지, 희망을 걸며 대리가 찾아온 자료를 하나씩 살피기 시작했다.

6시 반이 되어 그녀의 눈치를 보며 자리를 뜨지 못하는 직원들을 억지로 퇴근시키고, 7시에 박 비서에게 전화를 걸어 김 박사가 다녀가셨고, 할아버지의 혈압이 떨어져 방금 퇴근하셨다는 이야기를 전해 들었다.

문득 점심도, 저녁도 먹지 못했다는 걸 깨달았지만 도저히 뭘 먹을 수 있을 것 같지가 않아 낯설고 텅 빈 사무실에 남아 자료들을 계속 살폈다. 그리고 마지막 자료를 덮은 세아는 싸늘한 이마에 두 손을 짚고 저도 모르게 새어 나오는 헛웃음을 흘렸다. 이제 그녀가 이곳에서 할 일이란 신입 사원 채용에서 면접관을 보거나 퇴직금과 복리후생비를 정산해 주고, 고과 점수나 매기는 일뿐이다. 아무것도, 아무 일도 할 수가 없었다.

미친 사람처럼 웃음이 멈추지 않는데, 눈시울은 점점 더 달아올랐다. 한참을 정신없이 웃다 어둠이 내린 창밖을 바라보았다. 맞은편 빌딩의 네모난 창문들 안으로 왔다 갔다 하는 사람들이 보였다. 늦은 시간임에도 불구하고 남은 업무 때문에 퇴근하지 못한 직장인들이었다. 그녀도 그랬다. 시간이 가는 줄 모르고 일했고, 10시 퇴근, 주 3회 야근은 필수였다. 하지만 이제 더 이상 그 속에 그녀는 없었다.

세아는 노트북을 켜 사내 네트워크로 들어가 근태 보고서를 열었다. 그녀가 입사한 2012년 3월부터 2015년 11월 30일까지 조퇴 보고서를 조회했다.

조퇴 기록이 0입니다.

뜨거운 눈두덩을 손으로 누르며 결근 보고서를 조회했다.

결근 기록이 0입니다.

앞이 뿌예지자 눈을 마구 깜빡이며 휴가 보고서를 조회했다.

휴가 기록이 0입니다.

1년에 보통 휴가를 얼마나 쓰더라. 보름? 20일? 나는 4년 동안 단 하루도 휴가를 쓴 적이 없었으니, 1년에 15일이라고 치면 60일은 쉬어도 되겠지.

휴가 신청서에 12월 1일부터 1월 29일까지 휴가 신청을 누르고는 노트북을 껐다. 그리고 바르르 떨리는 입술을 깨물며

J에게 문자를 보냈다.

[호주, 나도 같이 가자.]

 핸드백을 챙겨 들고 나와 지하로 내려오는 동안 마주친 직원들과 가벼운 눈인사를 나눴고, 안면이 있는 경비원과도 인사를 했다. 주차장을 나선 뒤 백미러 너머로 회사가 보이지 않을 때쯤 갓길에 차를 세웠다. 그리고 핸들에 얼굴을 묻고 온몸의 물이 다 증발해 없어질 때까지 펑펑 울었다.

 이마에 와 닿은 햇살에 눈을 떴다.
 하얀 천장, 낯선 감촉의 이불에 벌떡 일어나 그리 넓지 않은 방을 둘러보았다. 여기가 어디지?
 멍한 정신을 깨워 어제의 기억을 하나씩 더듬어 갔다. 열 시간의 비행 끝에 시드니 공항에 도착했고, 고질병인 두통이 시작된 건 호주 국내선으로 환승했을 즈음이었다. 늘 가방에 가지고 다니던 두통약을 입에 털어 넣고, 가끔은 추락하는 건 아닐까 싶도록 심하게 흔들리던 비행기가 애들레이드 공항에 도착할 때까지 죽은 듯 눈을 붙이고 있었다. 그 후부터는 피로와 두통으로 잘 기억이 나지 않았다. 시내에 있는 호텔에 도착하자마자 침대에 쓰러졌던 것만 어렴풋이 기억날 뿐이었다.
 갑작스러운 휴가, 호주, 애들레이드. 그래, 나는 지구 반대편으로 도망 왔었지.

침대에서 일어나 창문을 열었다. 푸르른 하늘과 상쾌한 공기, 이국적인 유럽풍의 건물들과 이름 모를 강도 보였다. 낯선 도시의 신선한 내음을 깊이 들이마시고는 욕실로 들어가 이틀간 묵은 먼지와 피곤의 흔적을 모두 씻어 냈다. 그리고 방을 나서서 옆 호실 문을 두드렸다. 금발로 까치집을 짓고 부스스한 얼굴로 나온 J에게 말했다.

"배고프다. 아침 먹으러 가자."

호텔 조식을 먹은 후 쇼핑을 했다. 먼저 커다란 트렁크 가방을 샀다. 한국을 떠나올 때 백 하나만 들고 왔기 때문이었다. 왜 짐이 없냐는 J의 물음에 가진 옷이 다 오피스룩뿐이라 모두 새로 사야 한다고 말했다.

매장에 들어간 세아는 손에 집히는 대로 옷과 신발을 쓸어 담았다. 예전이었으면 입으리라 생각도 못한 등이 훅 파인 원피스부터 고가의 칵테일 드레스, 도저히 걸칠 엄두도 못 냈던 손바닥만 한 비키니 수영복도 샀다. 10센티미터도 넘는 아슬아슬한 구두와 샌들과 운동화를 사고, 모자와 선글라스도 세 개나 샀다. 아마 그녀의 인생에서 이보다 더 카드에 불이 나도록 긁을 일이 없을 거라 단언할 수 있을 정도로 온 백화점 매장을 다 휩쓸고 다녔다. 쇼핑이 끝난 후 둘은 런든몰의 야외 카페에 앉았다.

"이제 말해 봐."

"뭘?"

그렇게 되물으며 세아는 쏟아지는 뜨거운 태양 아래 건물

벽에 걸린, 빨간 옷을 입은 거대한 산타 인형을 보았다. 애들레이드의 가장 번화한 거리인 런든몰 곳곳에는 12월 초임에도 불구하고 알록달록한 오너먼트와 선물 상자 같은 크리스마스 장식으로, 때 이른 성탄절 분위기를 물씬 풍기고 있었다. 이렇게 찌는 듯한 여름의 크리스마스라니. 두꺼운 오리털 점퍼를 꺼내 입을 겨울에서 단 하루 만에 뜨거운 여름으로 옮겨 온 게 좀처럼 실감이 나지 않았다. 마치 그녀의 삶이 어제와 오늘이 180도 달라진 것처럼.

"갑자기 같이 호주 가자 하더니 퉁퉁 부어 핏발 선 눈으로 달랑 여권에 지갑만 들고 공항에 나타나고. 시체처럼 쓰러져 자더니 미친 쇼핑광처럼 옷을 사 대고. 말해 봐. 대체 무슨 일이 있었던 거야?"

"회사에서 쫓겨났어."

담담한 얼굴로 얼음이 동동 띄워진 레모네이드를 마시는 세아와 달리 J의 얼굴에는 충격의 빛이 어렸다.

"쫓겨났다고?"

"할아버지께서 날 절대로 강산의 후계자로 들이지 않겠노라 선언하시고는, 인사총무팀 팀장으로 좌천시키셨어."

헛헛한 가슴을 안고 눈부시도록 파란 하늘 위에 이글거리는 태양을 올려다보았다. 결국 헛된 욕망에 태양 가까이 날아올랐다 날개가 녹아 버린 이카로스처럼 그녀도 이곳에 추락하고 만 것이다.

"내가 후계자가 되면 얼마나…… 많은 사람들이 불행해질지 말씀하셨고, 나는 두 손 두 발 다 들고 항복을 선언할 수밖에 없었어. 정말 완전히 Give up, 포기하게 만드셨지."

"불행해질 거라고 하셨다고?"

세아가 말없이 차양 너머로 흥겨운 거리를 바라보자, 그녀가 자세한 얘기를 피하고 싶어 한다는 걸 눈치챈 J가 말을 돌렸다.

"그래서 이제부터 어쩔 건데?"

"어쩌긴. 휴가를 다 몰아서 두 달이나 내고 왔는데 신나게 놀아야지. 행복의 파랑새를 찾아 호주까지 왔으니 바닷가에서 책이나 읽으며 선탠도 하고, 와인도 실컷 마시고, 잘생긴 외국 남자랑 데이트도 하면서 그동안 못 누려 본 사치스러운 휴가를 즐겨야지. 우선은 너희 와이너리에 일주일 정도 묵고 나서 말이야."

습관처럼 고개를 끄덕거리던 J가 마지막 말에 당황한 기색이 역력한 표정으로 물었다.

"정말 와이너리에 가려고?"

"응."

"다시 한 번 잘 생각해 봐. 너 호주 처음이잖아. 그러면 와이너리보다는 호주를 대표하는 관광지부터 돌아보는 게 낫지 않을까? 시드니의 오페라 하우스와 하버 브리지를 보고, 골드코스트에서 해양 스포츠도 좀 즐겨 주고. 코알라와 캥거루 농장도 들러서……."

듣기만 해도 머리가 지근거려 얼른 J의 말허리를 붙잡아 세웠다.

"아니. 난 지금 패키지여행을 온 게 아니잖아. 그냥 조용한 곳에서 쉬고 싶어. 그래서 널 따라온 거고. 네가 말했잖아. 맑고 깨끗한 공기와 사방을 둘러보아도 끝도 없이 펼쳐진 포도밭과 멋진 저택, 그리고 내가 좋아하는 와인이 있는 곳이라며, 분명 힐링이 될 거라고. 내가 힘들어할 때마다 같이 오자고 입버릇처럼 말했잖아."

"그래. 그렇게 말했었지."

했었지? 과거형처럼 들리는 말에 J를 쳐다보았다.

"하지만 글쎄, 정말 볼 게 없어서 그래. 사방에 포도밭뿐이고, 다들 일하느라 바쁘고."

난감한 얼굴로 빙빙 둘러대는 변명에 세아는 확실히 무언가가 이상하다는 걸 눈치채고 물었다.

"뭐야? 혹시 내가 같이 가면 안 될 이유가 있는 거야?"

직격탄에 맞은 듯 곤란한 얼굴로 그녀를 보자 의구심으로 가득한 눈빛으로 재차 물었다.

"와이너리에 무슨 일이 있다거나, 내가 같이 가면 안 될 무슨 문제가 있는 거냐고? 그렇다면 말 돌리지 말고 속 시원히 털어놔. 난 지금 네가 날 와이너리에 데려가고 싶어 하지 않는다고 느껴지니까."

J는 곤혹스러운 얼굴로 그녀를 마주 보았다. 어젯밤 잠을 푹 이룬 듯 까만 눈동자는 맑았지만, 충격과 스트레스 탓인지 안 그래도 하얀 얼굴이 창백해 보일 지경이었고, 끼니를 계속 걸

렀는지 며칠 전 그의 사무실에서 봤던 때보다 더 말라 있었다. 그는 괴로운 한숨을 내쉬고는 고개를 저었다.

"그럴 리 없잖아. 나도 네가 와이너리에 같이 가면 좋겠어."

"정말?"

못 미더운 표정으로 되묻는 질문에 J는 일어나 그녀의 트렁크를 들었다.

"정말이지 그럼. 늦기 전에 와이너리로 어서 출발하자."

긴가 민가 하는 세아를 재촉해 호텔에 체크아웃을 하고, 렌트한 차를 타고 와이너리가 있는 바로사 밸리로 향했다.

정오에 가까워진 해는 점점 달궈져 차 밖 기온은 30도를 넘어섰고 시내를 벗어나자 가끔 차 한두 대만 지나치는 한적한 도로가 나왔다. 완만하게 뻗은 산과 넓은 평원, 그리고 가끔 방목된 동물들이 지나쳐 갔다. 너무도 평화로운 풍경에 저도 모르게 중얼거렸다.

"여기 정말 조용하고 사람 없다."

"좋아?"

도로 옆 울타리 안에 가두어진 말들이 차와 나란히 달리자 세아는 바람에 흐트러진 머리를 넘기며 소리 내어 웃었다.

"응."

"조금 지내다 보면 열 걸음 걷는 데 다섯 사람 어깨를 치고 지나가야 하는 명동 거리가 한없이 그리워질걸."

아니. 매캐한 매연과 아스팔트의 독한 내음, 좁은 공간 안에서 사람들이 뿜어내는 체향이 뒤섞인 도시의 냄새 따윈 하나도 그리울 것 같지 않아. 계속 그 속에 있어서 몰랐어. 이렇게 바람이 달 수도 있다는 걸.

솜사탕 같은 바람을 가슴 깊이 들이마시며 물었다.

"여기서 멀어?"

"한 시간 정도? 점심시간에 맞춰 도착할 거야. 배고파?"

아침 먹자고 깨우더니 조식도 먹는 둥 마는 둥하고는 두 시간 넘게 쇼핑했으니 당연히 배가 고파야 하는데, 어지간히 충격이 컸던지 식욕이 사라진 지 오래였다.

"점심을 기대해. 린다의 음식 솜씨는 정말 끝내 주거든. 조심하지 않고 막 먹었다가는 2, 3킬로 느는 건 순식간이지. 넌 조심할 필요가 없겠다만."

J가 하얀 사파리 원피스에 감싸인 바싹 마른 몸을 훑으며 중얼거렸다. 세아가 물었다.

"린다가 누구야?"

"린다는 레이너 와이너리의 안주인이야. 10년 정도 와이너리에서 일했고, 나이는 오십 대 초반? 그녀가 와이너리에 들어왔을 때 남편이 있었는데, 이듬해에 사별했어. 우리는 그녀를 마마라고 부르지. 와이너리의 요리를 맡고 있고, 와이너리 안에 있는 레스토랑을 운영하고 있어."

애들레이드를 출발한 지 30분이 넘어가자 광활한 평원 대신 드넓은 포도밭이 펼쳐지기 시작했다. 자세히 보니 파란 이파리 사이로 덜 여문 포도송이들이 주렁주렁 매달려 있었다.

"그리고 롭이 있어. 그는 호주 오지Aussie고."

"오지?"

"호주 토박이를 그렇게 불러. 아버지의 친구이자, 동료였어. 나이가 예순에 가까운데, 열일곱 살 때부터 레이너 와이너리에서 일했다니 정말 대단한 사람이지. 롭은 와이너리의 모든 포도를 관리하는데, 맛을 보지 않고도 이파리와 포도송이의 상태만으로 당도와 수분을 알 수 있을 정도로 베테랑이야."

차는 간혹 나오는 낯선 이름의 작고 한산한 마을을 지나쳐 조금 더 속도를 내기 시작했다.

"그리고 리치가 있지. 리치는 진짜 가족이야. 사촌지간이거든. 그는 형보다 세 살 많고, 예일대를 같이 다녔어. 레이너 와인 회사의 고문 변호사이자 경영을 담당하는데. 두 번의 이혼 전적이 있고, 성격이 직설적이고 시니컬하지."

세아가 고개를 끄덕이는 걸로 대답을 대신하자 J는 마치 제일 어려운 마지막 문제를 앞둔 사람처럼 말을 이었다.

"그리고 마지막으로 형이 있지."

"딘."

"그래, 딘. 그는 레이너 와인의 오너이자 와인 메이커야. 그리고……."

세아는 고개를 돌려 쉽사리 말을 잇지 못하는 J를 쳐다보았다.

"책임감이 강하고, 천재적인 와인 블렌딩 기술을 가지고 있어. 와인 스펙테이터Wine Spectator*에서 뽑은 와인 10위 안에 매

---

* 미국의 유명 와인 매거진.

해 오를 정도니까. 형에게는 가업이 매우 중요하고, 와인이 인생의 전부야. 연애나 여자도 그의 관심 범위에 들지 않아. 우린 농담으로 형이 와인과 결혼했기 때문이라고 하지."

스스로 한 우스갯소리에 실없이 웃는 그를 이상한 표정으로 바라보자 J가 되물었다.

"왜?"

"그게 땡이야? 네 형에 대해 말할 게, 여자한테 별로 관심 없는 천부적인 와인 메이커다? 지금 형제 사이에 뭔가 있어 보이는 건 나 혼자만의 착각이야?"

J가 씁쓸한 웃음을 흘리며 고개를 끄덕였다.

"네 말이 맞아. 형과 나 사이에는 일종의 벽 같은 게 있어. 어린 시절에는 단순히 떨어져 살아서 그런 거라고 생각했는데, 나이가 들어 보니 단지 그것 때문만은 아니라는 걸 깨달았지. 아마도 우리가 정반대의 성향을 가지고 있어서일 수도. 어쨌든 사이가 나쁜진 않아. 한 번도 싸운 적도 없고."

그리고 좋았던 적도 없고? 대체 두 형제 사이에 무슨 문제가 있는 걸까?

세아는 순간 창밖으로 빠르게 지나친 양떼를 보려고 얼굴을 유리창에 박을 듯 가까이 댔다.

곧 직접 만나 보면 알겠지.

호주 와인의 성지인 바로사 밸리답게 도로를 따라, 와인 샵에서 본 낯익은 와이너리 이름의 간판이 수시로 나왔다 사라져 갔다.

"내가 같이 가는 건 가족들이 알고 있니?"

J는 고개를 끄덕였다.

"걱정 마. 네가 상상하는 이상으로 열렬한 환대를 받을 테니까. 실은 아까 너한테 하지 못한 이야기가 있어."

갑작스레 진지해진 목소리에 세아는 고개를 돌려 J를 쳐다보았다. 그리고 망설이는 녀석을 재촉해 물었다.

"말해. 무슨 이야기인데?"

"내가 컬쳐라운드에서 나와 사무실 차리느라 빚더미에 앉은 건 너도 알지? 솔직히 지난 몇 개월 간 정말 힘들었어. 독립하는 게 쉽지는 않을 거라는 걸 알고 있었지만, 엄마는 내가 벌인 일이니 알아서 하라고 나 몰라라 뒷짐 지시고, 일거리 없이 몇 달을 공치고 나니 현실을 알겠더라고."

그러니까 내가 사표 쓰기 전에 백 번만 더 고민해 보라고 할 때는 듣는 척도 안 하더니.

한심스러운 눈을 돌리자 앞 유리창 저 너머로 'Reiner Wine'이라는 멋스러운 표지판이 보였다.

"내가 어려워하는 걸 알고 딘이 사무실 개업 명목으로 돈을 대 줬는데, 조건이 있었어. 너도 알다시피 돌아가신 아버지와 형은 내가 한국 생활을 접고 호주로 오길 바랐어. 형제가 함께 와이너리를 물려받아 운영하길 원하셨지. 나는 유산을 포기하고, 그렇게는 못하겠다 말씀드렸어. 그리고 끝인 줄 알았는데, 아니었더라고. 그들은 여전히 내가 호주로 오길 바라고 있었어."

간판을 따라 들어서자 우뚝 솟은 야자수가 양쪽에 드리워진 이국적인 풍경의 길이 나왔다. 그리고 그 길의 끝에 'Reiner Wine Cellar Door'라고 쓰인 파란 지붕의 건물과 그 앞에 즐비한 차들이 보였다. J는 그곳에 멈추지 않고 안으로 더 들어갔다.

"형이 돈을 주며 단 조건이…… 내가 사랑하는 사람을 데리고 와이너리에 오는 거였어."

사랑하는 사람?

대화가 다소 다른 방향으로 흘러가고 있다고 느꼈지만 세아는 묵묵히 J의 이야기를 경청했다. 하지만 와이너리의 중심부로 들어갈수록 J의 목소리는 무언가에 쫓기듯 점점 더 다급해졌다.

"난 완벽하게 준비했어. 그럴듯한 러브 스토리와 사진과 핑계거리까지 완벽하게 준비해 뒀단 말이야. 그런데 네가 정말로 같이 오겠다고 따라나설 줄 누가 알았겠냐고."

"대체 무슨 소릴 하는 거야?"

더 달리자 잘 정돈된 정원 너머로 2층 저택이 보이기 시작했다. J가 무릎 위에 놓인 그녀의 손을 붙잡았다.

"장세아, 네가 날 도와줘야 해. 지금 네 사정이 별로 편치가 않아서 내 마음도 편치 않은데, 나 역시 네가 이 일에 끼어들길 진심으로 원치 않았어. 네가 따라나선다고 하지 않았다면 내가 알아서 다 해결했을 거라고. 하지만 이젠 어쩔 수가 없어. 날 도와줘."

얘가 왜 이래?

불안과 초조함으로 사색이 된 J의 얼굴에 어리둥절해서 되물었다.

"그러니까 뭘 도와 달라고?"

저택 앞에 차를 멈춰 세운 J가 그녀를 마주 보았다. 그러고는 꿀꺽, 마른침을 삼키고는 말했다.

"형에게 너와 내가 사랑하는 사이라고 거짓말을 했어."

"뭐?"

"와이너리에 묵는 동안만 우리가 연인인 척해 줘."

그 순간 저택의 문이 열리더니 검은 머리칼의 키가 큰 남자가 나왔다. 놀란 세아는 눈을 돌려 파란 체크무늬 셔츠에 청바지를 입은 남자를 보았다. 딘 레이너였다.

Chapter.3

*All the world's a stage,
and all the men and women merely players.*

이 세상은 연극 무대, 모든 인간은 배우일 뿐이다.

_윌리엄 셰익스피어

안전벨트를 풀고 차에서 내렸다. 대지 위로 피어오르는 아지랑이 너머 그림처럼 아름다운 저택을 보았다. 그 앞에 미동 없이 선 남자가 있었다. 눈을 감았다. 그녀를 향해 정통으로 내리쬐는 태양이 너무 뜨거워 흐물흐물, 젤리처럼 녹아 버릴 것만 같은데다 선글라스를 쓰지 않은 눈을 뜰 수가 없을 지경이었다. 알베르 카뮈의 《이방인》 속 주인공은 그랬지. 태양 때문에, 이 뜨거운 태양 때문에 살인을 저질렀다고.

　그녀를 따라 차에서 내린 J가 운전석 쪽에 서서 간절한 눈으로 쳐다보자 천천히 고개를 돌려 그를 노려보았다. 죽여 버릴까?

　아니지. 아니야. 내 손에 피를 왜 묻혀.

　눈을 돌려 딘을 다시 보았다.

　이대로 저 남자에게 가서, 안녕하세요. 저는 제레미의 친구

장세아입니다. 18년 전에도 우리 이런 인사 나눈 적 있었죠? 그런데 뭔가 이야기가 잘못 전달된 것 같아서요. 저는 애의 '사랑하는 여자'가 아니거든요. 절대로 그런 일이 벌어질 수가 없는 건 당신 동생이 여자를 좋아할 수 없는 동성애자인데다, 그 애인이 한국에 있기 때문이죠. 그러니 왜 이런 말도 안 되는 오해가 생겼는지는 두 분이서 찬찬히 푸시고요, 저는 이만 가 보겠습니다. 다음에 또 뵙죠. 뵐 수 있다면요, 하고 뒤돌아 나가는 거야.

그녀가 걸음을 떼자 의중을 읽은 J가 다급히 차를 돌아 달려와 팔을 붙잡았다. 세아는 믿을 수 없는 눈을 들어 그를 올려다보았다. 제레미 레이너, 이 망할 놈아!

"너 이게 무슨 짓이야?"

다독이며 위로하는 척하더니 내 뒤통수를 쳐? 안 그래도 하루하루가 행복하고 즐거워 미쳐 버리겠는 내게 너마저 배신을 때려?

거칠게 팔을 떨쳐 냈지만 다시 손을 붙잡고는 간절한 표정으로 "please." 하며 속삭였다.

"제발, 나 좀 살려 줘."

아, 저 살자고 날 팔아먹는 놈을 친구라고 믿었다니. 통장 헐어서 밀린 월세 내라고 빌려 줬다니. 뭣도 모르고 좋다고 여기까지 따라왔다니. 내가, 바로 내가 바보 천치다! 하고 바로사 밸리가 떠나가도록 소리를 지르며 땅을 치고만 싶은 걸 참아 내느라 온몸이 떨릴 지경이었다.

"다 말해. 너, 나 몰래 무슨 짓을 꾸미고 다닌 거야?"

"미안해. 그들을 설득하려면, 내가 한국에 머물러야 할 강력한 명분이 필요했어. 한국에서의 내 모든 게 완벽해 보여야만 했다고."

"김승우 있잖아."

"말했잖아. 완벽해 보여야 했다고. 승우 얘길 꺼내긴 위험할 것 같았어. 아직 커밍아웃도 하기 전인데, 형이 어떻게 생각할지도 모르겠고. 괜한 트집 잡힐 건더기를 만들고 싶지가 않았어. 어차피 다 거짓말이니까."

화를 진정시키느라 거칠게 숨을 몰아쉬며 물었다.

"그래서 내가 네 애인이라고 거짓말을 했다? 언제부터?"

"그러니까…… 6개월 전부터."

머리가 빙글빙글 돌아 관자놀이를 짚었다. 이거 순 악질이잖아? 몰래 대포 통장을 쓰고 있던데다 우발적도 아닌 철저히 계획된 범죄를 6개월 전부터 하고 있었다는 말이렷다?

"제발, 세아야. 너도 내가 원치 않는 일을 하며 억지로 호주에 묶여 있길 바라진 않잖아. 도와줘. 날 도와줄 사람은 너뿐이야. 내 꿈과 자유는 한국에 있어."

"그놈의 꿈과 자유는! 네 나이가 몇인데 언제까지 뜬구름 잡는 소리나 하고 있을 거야? 그래서 네 잘난 꿈과 자유를 위해 친구를 팔아먹었니? 너 지금 네가 하고 있는 짓이 뭘 뜻하는지 몰라? 네가 늘 비웃어 마지않던 돈 때문에 20년의 우정과 너에 대한 신뢰와 네 가족의 믿음을 기만한 거라고. 네가 호주에 살길 바라지 않잖냐고? 아니. 나는 이제 네가 여기에 끌려와 평생을 노예처럼 산대도 전혀 상관없거든. 네가 벌인 일 네가 알아서 해결하고, 차 키 내놔."

세아가 손바닥을 내밀자 제레미가 그 손을 부여잡고 애원했다.

"제발. 나도 이렇게까지 하려던 건 아니었어. 또 와이너리 이야기를 하기에, 너와 친구 사이에서 애인 사이로 발전했다고 말했어. 충동적이고 사소한 거짓말이었지. 그때는 이렇게 눈덩이처럼 커질 줄 몰랐다고. 형은 내 말을 믿지 않는 눈치였고, 돈을 주는 대신 널 데리고 오라는 제안을 했어. 그 순간은 돈이 너무 간절해서 알았다고 했지. 그들은 우리가 같이 오는 걸로 알고 있지만, 난 네가 회사 일로 너무 바빠서 같이 오지 못했다고 핑계를 대려고 했었어. 그런데 정말로 네가 같이 온 거라고. 미안, 하지만 나도 일이 이렇게 커질 줄은 몰랐단 말이야."

딘이 그들을 향해 걸어오기 시작하자 제레미가 다급히 말을 이었다.

"제발, 일주일만이라도."

"그 입 다물고 이거 놔, 이 나쁜 놈아! 이래서 할아버지가 예전부터 너랑 어울리지 말라고 하셨던 거야. 언제고 네가 내 뒤통수를 칠 거라는 걸 아셨던 거라고. 왠지 믿음이 안 가고 책임감 없어 보인다는 그 말을 무시한 나를, 내 발등을 진심으로 찍고 싶다."

"너희 할아버지가 그러셨어?"

제레미가 황당하단 표정으로 묻자 세아가 득달같이 달려들어 면박을 주었다.

　"지금 그게 중요해? 결국은 네가 할아버지의 말을 반박할 수 없는 현실로 만들어 버렸다는 게 중요하지. 진실을 말할 용기도 없어서 와이너리 입구에서나 부탁을 한 주제에. 말해. 얼마에 날 팔아먹은 거야?"

　"……."

　"네 형이 얼마 줬냐고!"

　"10억."

　세아가 쓴웃음을 지으며 고개를 끄덕였다.

　"그래. 아주 싼값은 아니었네. 20년 우정의 대가치곤."

　"제발, 남은 평생 이 죗값 두고두고 옆에서 갚을게. 너 하라는 대로, 아니 네가 달라면 내 와인 다 줄게. 진짜야. 그러니까 딱 일주일만 날 도와줘."

　"제레미."

　앞에서 울리는 중저음의 목소리에 놀란 둘이 동시에 고개를 돌렸다. 언제 벌써 온 거지?

　코앞에 선 남자가 실랑이를 벌이는 그들을 이상스럽다는 눈빛으로 바라보고 있었다.

　우리 얘길 다 들었을까? 한국말은 알아듣나?

　표정 관리가 전혀 안 된 얼굴로 남자를 보았다. 딘 레이너, 그는 키가 컸다. 제레미 역시 작은 키가 아닌데도, 185센티미터는 훌쩍 넘어 보이는 키에 잘 다져진 단단한 체구까지 더해져 압도적으로 크다는 느낌이 들었다.

제레미는 당황한 표정을 채 수습할 새도 없이 그에게 다가가 넓은 어깨를 안았다.

"딘."

"그래, 오느라 수고 많았다. 그런데 여기 계속 서 있을 거니? 5분만 더 서 있어도 문어처럼 발갛게 익어 버릴 텐데."

"아……. 미안. 무슨 얘기 좀 나누느라."

목적 없이 머문 손과 변명거리를 찾아 헤매는 제레미의 불안한 눈동자와 달리 그를 지켜보는 딘의 눈빛은 한 치의 흔들림도 없이 차분했다.

바위 같은 남자야. 단단하고, 강하고, 미동도 없는. 왜 제레미가 그를 어렵게 느끼는지 그 이유를 어렴풋이 이해할 수 있을 것만 같았다.

"그래. 꼭 다투는 것처럼 보여서 자리를 피해 줘야 하나, 말려야 하나 망설였지."

"다투긴. 세아와 난 20년 동안 단 한 번도 싸운 적이 없는걸."

궁색한 웃음으로 얼버무리고는 뭐라 말릴 새도 없이 그녀의 어깨를 다정하게 감싸 안고 말했다.

"인사부터 나눌까. 이쪽은 내 형인 딘 레이너. 그리고 여기는 내…… 애인 장세아."

일을 벌였어. 기어이 일을 벌였다고!

미쳐 발을 동동 구르고 싶은 걸 참고 악수를 청하려 내민 딘의 손을 내려다보았다. 인생은 언제나 망설임과 선택의 연속이다. 옆에는 사실을 은폐하려는 놈이, 앞에는 그놈을 원하는 그의 형이, 그녀의 손에는 진실이 들려 있다. 저 손을 잡느냐 마느냐에 따라 휴가를 맘 편하게 보내느냐, 말도 안 되는 사기극에 휘말려 골 아픈 상황을 자처하느냐가 결정된다. 사실을 말하려면 지금뿐이야.

어서 말해!

머릿속에서 긴박하게 외쳤다.

어서 말하고 떠나라고!

하지만 움켜쥔 주먹을 펴 손을 내밀었고, 그 순간 그녀는 공범이 되었다.

절대, 네가 좋아서도 불쌍해서도 아니야. 너란 녀석과 함께한 시간을 아무것도 아닌 걸로 만들기에는 내 20년의 세월이 너무 아까워서고, 날 궁지에 빠트린 너란 놈을 친구라고 믿고 고민을 털어놓던 날 바보로 만들 수는 없어서야. 일주일만이야. 딱 일주일 후엔 뒤도 돌아보지 않고 여길 떠날 거라고, 이 나쁜 놈아.

그녀의 속마음을 읽은 듯 딱딱하게 굳어 있던 제레미의 온몸에서 긴장이 풀리는 게 느껴졌다.

딘의 손을 맞잡자 거친 손바닥이 느껴졌다. 세계적인 와인 회사의 오너의 손이라고는 믿을 수 없도록 굳은살이 박인 손은 크고 거칠었다. 이런 손을 가진 사람을 또 알고 있었다. 할아버지. 한 그룹의 수장의 손이 이래야 한다는 법칙이 있다면, 그녀가 그 자리에 못 든 이유일 만했다.

눈을 올려 짧고 검은 머리칼과 파란 눈동자를 가진 남자를 보았다. 열두 살에 처음 그를 보았고, 그 후 제레미가 보여 준 사진을 통해 그를 보아 왔다. 딘 레이너가 눈이 돌아갈 정도로 미남이라는 사실은 진즉부터 알고 있었다는 말이다.

하지만 사진은 진짜 딘 레이너를 10분의 1도 다 보여 주지 못했다. 단순히 잘생겼다는 말로는 그를 설명할 수 없었다. 파란 체크 남방에 낡은 청바지 차림임에도 불구하고 그에게서 스며 나오는 강렬한 오라는 감춰지지 않았다. 게다가 남성 호르몬이 숨 막힐 정도로 쉴 새 없이 뿜어 나오고 있었는데, 희한하게도 그것이 그녀를 위압하지는 않았다. 눈짓 하나만으로도 유혹할 수 있음에도 불구하고 그걸 백분 활용해서 써먹을 것 같진 않은, 마치 포유류의 최상위권임에도 불구하고 공격 본능이 없는 수사자를 보는 듯한 묘한 느낌이었다. 그럼에도 불구하고 긴장의 끈을 놓을 수 없게 하는 건 그녀를 탐색하듯 바라보는 저 눈빛 때문인지, 쉬이 읽을 수 없는 표정 때문인지 알 수가 없었다.

손을 푼 그가 물었다.

"오는데 힘들진 않았나요? 두통이 심했다고 들었는데."

"아, 많이 좋아졌습니다. 기다리셨을 텐데 죄송해요."

"아니에요. 벌써 얼굴이 발개졌군요. 햇볕이 뜨거우니 이야기는 들어가서 더 나누죠."

딘이 차에 실려 있던 그녀의 트렁크를 들고 앞서자 세아는 그를 뒤따랐다.

저택에 가까워질수록 세아는 놀라지 않을 수 없었다. 런던으로 출장 갔을 때 보았던 집들과 비슷한 양식의 대저택은 어마어마하게 크고 웅장해서 호텔이라고 해도 믿을 정도였다. 격자 모양의 창문은 크고 넓었고, 테라스는 우아했다. 하얀 외벽은 깔끔했고, 낮고 푸른 잔디밭이 대조되어 정말 그림처럼 아름다운 집이었다.

묵직한 고동색 문 안으로 들어서자 숨 막히도록 더운 바깥과 달리 시원한 공기가 그녀를 맞았다. 사진 액자가 걸린 하얀 복도를 지나 넓은 거실로 들어서자 소파에 앉아 있던 빨간 머리의 중년 여인과 수염이 덥수룩한 남자가 몸을 일으켰고, 신문을 보고 있던 금발의 남자가 한 템포 느리게 고개를 들었다. 여섯 개의 시선이 그녀에게로 따갑게 와 박히는 게 느껴졌다.

제레미가 먼저 그들에게 다가갔고, 그들은 반갑게 그를 맞았다. 세아는 벽 쪽에 물러서서 그들이 안부 인사를 나누는 모습을 지켜보며, 제레미가 말한 린다, 롭, 리치라는 걸 알아차렸다. 곧 그녀의 차례가 되었다. 딘이 그들을 소개했다.

"이쪽은 린다. 여긴 세아예요."

"어서 와요, 세아. 우리가 당신을 얼마나 기다렸는지 상상도 못할 거예요."

한달음에 다가온 빨간 머리칼의 중년 여인이 세아를 안더니 가볍게 뺨을 댔다가 떼며 환히 웃었다.

"감사합니다. 늦어서 죄송해요."

"그리고 여긴 롭."

"어서 와요."

강렬한 햇볕에 그을린 까만 피부에 살짝 굽은 매부리코, 덥수룩한 수염과 어깨부터 손목까지 새겨진 천사 타투가 어우러져 강한 인상을 풍기는 것과 달리 선한 초록색 눈동자를 가진 중년의 남자는 어찌해야 할지 망설이다 어깨를 가볍게 도닥이고는 얼른 뒤로 물러섰다.

다음으로는 언뜻 보기에도 고가의 명품 시계와 날이 선 스트라이프 셔츠를 입은 세련된 외모의 남자가 가볍게 포옹하며 칭찬을 건네었다.

"레이너 와이너리에 온 걸 환영해요. 듣던 대로 아름다우시군요. 리치예요."

"감사합니다, 리치."

"소개는 이 정도로 하고, 이야기는 식사하면서 더 나눌까요."

딘의 안내에 식당으로 향했다. 그곳은 그녀의 오피스텔만큼이나 넓었고, 최신 주방 기계와 가구가 조화롭게 매치되어 있었다.

길고 커다란 식탁 한편으로 그녀와 제레미, 린다가, 맞은편에는 딘과 리치, 롭이 앉았다. 식탁에는 빵과 절인 올리브, 웨지감자와 허브의 어린 이파리에 토마토, 치즈가 곁들여진 샐러드, 그리고 이름을 알 수 없는 생선 요리가 놓여 있었고, 메인 요리인 삶은 완두콩이 곁들여진 스테이크가 큼지막한 접시에 담겨 각각 놓여 있었다.

호주식 진수성찬에 어리둥절해 앉은 세아에게 린다가 말했다.

"어서 들어요. 음식은 뭘 좋아할지 몰라서. 한국 음식도 두어

가지는 할 줄 아니까 입에 맞지 않으면 말해요."

"감사합니다. 미국에서 잠깐 공부해서 양식도 가리지 않고 잘 먹어요."

단숨에 물 잔을 비우자 린다는 눈치 빠르게 잔을 채워 주며 말했다.

"스테이크는 등심이에요. 미디엄 웰던인데 괜찮아요? 와이너리 안에서 레스토랑을 하고 있는데, 방문하는 동양계 관광객들 대부분이 레어는 안 즐기는 것 같아서요."

나이프로 두툼한 고기를 잘라 내자 중심에 붉은 기가 약간 고인 고기 단면이 보였다. 미디엄 레어까지는 가능하지만, 취향을 고민해 세심하게 준비해 준 게 고마워 미소로 화답했다.

"감사해요. 맛있을 것 같아요."

"더 있으니까 모자라면 말해요. 와이너리는 노동 강도가 세서 굉장히 많이들 먹거든요. 아, 리치는 빼고. 그는 새 모이만큼 먹죠."

린다가 눈을 찡긋하며 농담을 건네자 샐러드를 덜던 리치가 어이없다는 표정으로 되물었다.

"제가 새 모이만큼 먹는 거예요, 롭과 딘이 걸신들린 사람처럼 먹는 거예요? 오해 말아요. 나는 육체노동 대신 다른 걸 하느라 소식을 하는 것뿐이니까."

그들 사이에 흐르는 격의 없는 대화와 가족 같은 분위기에 세아는 긴장을 풀고 웃었다.

"네. 레이너 와인의 고문 변호사시라고 들었어요."

"변호사 일을 하는 건 드물고, 여러 가지 잡일을 맡아 하는 집사에 가깝죠. 당신은 할아버지가 하시는 식품 회사에서 일한다고 들었는데."

일…… 했었죠. 돌아올 수 없는 과거가 되어 버렸지만.

낯선 나라, 낯선 사람들에게 둘러싸여 식사를 하고 있자니 그날들이 참 아득하게만 느껴졌지만, 따지고 보면 겨우 3일 전의 일이었다.

리치가 궁금한 게 많은 듯 꼬치꼬치 캐물었다.

"정확히 뭘 파는 회사죠? 제레미 말로는 꽤 규모가 있는 회사라 들었는데."

"강산은…… 아, 저희 회사 이름이 강산 그룹이에요. 증조할아버지께서 60년 전에 조그만 공장에서 빵을 만드셨고, 그 뒤로 대량 생산해서 판매를 시작했죠. 지금은 프랜차이즈 형식으로 슈가스윗이라는 빵 가게가 전국에 3천여 개 정도 있고, 미국이나 아시아권으로 진출도 시작했어요."

그녀의 목소리에서 묻어나는 자부심에 리치는 고개를 끄덕였다.

"생각보다 규모가 있는 회사군요."

"레이너 와인에 비하면 작지만, 한국에서는 나름 알려진 회사죠. 밀 생산부터 빵을 만들어 판매까지 하는, 꽤 건실한 계열사 그룹이에요."

세아는 접시에 샐러드와 감자를 조금 덜고 스테이크를 조각내며 답했다.

"제레미가 당신이 중대한 프로젝트를 맡고 있어서 못 올 가능성이 많다고 했는데, 다행히 해결되었나 봐요."

프로젝트를 미룬 게 아니라 완전히 제외됐다고 말할까? 심지어 그 프로젝트는 전부 그녀가 준비하고 기획하던 건데, 약혼할 뻔했던 남자가 그 자리를 차지하게 됐다는 말도 덧붙여서.

겨우 입술에 미소 비슷한 걸 띠우며 말했다.

"이번 프로젝트에는 몇 가지 이유로 제가 빠지게 됐어요. 그래서 같이 올 수 있었죠."

"당신에겐 아쉽겠지만, 우리에게는 다행이군요. 우린 당신이 많이 궁금하고 보고 싶었거든요."

"저도 이곳에 꼭 와 보고 싶었어요. 와인을 정말 좋아하거든요."

잘라 낸 스테이크 조각을 포크로 찍었다. 식욕이 전혀 돌지 않았지만, 성의를 생각해서라도 먹는 시늉은 해야 했다.

입에 넣고 기계적으로 씹기 시작했다. 육질이 꽤 부드러워 고개가 절로 끄덕여졌다. 대여섯 번 씹었을까, 고기는 흔적도 없이 사라져 없었다. 이거…… 완전 입에서 살살 녹잖아?

또 한 조각 소스에 찍어 입에 넣고는 믿을 수 없다는 표정으로 스테이크를 내려다보았다. 대체 고기에 무슨 짓을 한 거지? 소스도 평범하고, 유학 시절까지 통틀어 백 개는 넘게 먹었을 텐데, 이토록 맛있는 스테이크는 생전 처음이었다. 고기 두 점에 도망 나갔던 입맛이 광속으로 돌아오는 걸 느끼며 정신없이 찍어 입에 넣었다.

분명 비결이 있을 거야. 고기를 숙성시켰다거나, 특별한 소
라거나.

그 순간 대각선으로 마주 앉은 딘과 눈이 마주쳤다. 그의 입
술 끝이 미세하게 치켜 올라간 것 같았지만, 다시 보았을 때는
제레미와 대화를 나누고 있었다. 문득 헛웃음이 새어 나왔다.
속도 없지. 좌천당해 지구 반대편으로 도망 와 생뚱맞은 일에
휘말려 연극을 하고 있는 이 판국에 식욕이라니.

"미국에서 공부를 하셨다고요? 저와 딘도 예일대 출신이죠."

"저는 스탠포드에서 MBA 과정을 밟았어요. 2년 조금 넘게
있었죠."

"아쉽게도 우린 미국 반대편에 있었군요. 다행히 대화가 전
혀 걸림이 없네요. 우린 한국말을 전혀 모르거든요. 그보다 정
말로 궁금한 게 있는데, 물어봐도 되나요?"

"네."

세아가 흔쾌히 고개를 끄덕이자 리치가 물었다.

"제레미와 20년 지기인 걸로 아는데, 둘이 어떤 계기로 연인
이 됐죠? 둘이 사귀게 되었다는 말을 들었을 때 솔직히 많이 놀
랐어요. 당신 이야기를 종종 들었지만, 제일 친한 친구라고만
알고 있었거든요. 이 일에 우리 사이에서도 의견이 분분했어
요. 제레미가 오래전부터 당신을 좋아하고 있었다, 혹은 둘 다
마음이 있었는데 표현을 안 하고 있었다. 그도 아니면 어떤 계
기에 의해 갑자기 우정이 사랑으로 변한 거다. 말해 줘요. 제레
미가 먼저 고백을 했나요?"

"아, 그러니까……."

놀란 세아는 냅킨으로 입을 닦는 척하며 샌들 굽으로 제레미의 단화를 눌러 밟았다. 다행히도 딘과 이야기를 나누던 제레미가 그녀의 사인을 빠르게 눈치채고 그녀 대신 대화를 이어 갔다.

"그러니까 분명 우린 친구였어요. 가족 같았고, 이성적인 감정 교류는 전혀 없었죠. 20년 동안은 그랬어요. 그런데 어느 날부턴가 세아가 달라 보였는데……."

"어떻게 달라 보였는데?"

당황해서 서로 쳐다보고 있는 둘과 달리 리치가 흥미진진한 표정으로 되물었다.

"그러니까…… 늘 긴 머리를 고수하던 세아의 갑자기 짧아진 머리 스타일이 너무 멋져 보인다든지 길쭉한 손가락이 유달리 예쁘다고 느껴지는 것 같은 거요."

이 사기꾼아. 머리 안 어울리고, 해골 손 같다며?

마음과 달리 감격에 겨운 척 표정을 지어 보이느라 얼굴에 쥐가 날 지경이었다.

"그런 감정이 쌓이고 쌓여서 어느 날 폭발했고, 와인을 마시다 고백했어요. 우정과 사랑 사이에서 많이 망설였지만, 세아는 결국 제 마음을 받아 주었고, 이렇게 같이 오게 됐죠."

정말 낯 뜨거울 정도로 오글거리는데다 이런 급조한 냄새가 풀풀 풍기는 이야기를 누구도 믿어 주지 않을 것 같았다. 하지만 그들의 러브 스토리에 감동받은 얼굴로 건넨 린다의 질문에 뒤로 넘어갈 뻔했다.

"혹시 둘의 미래에 대한 이야기를 진지하게 나눠 본 적은 없나요? 같이 이곳에 정착하면 정말 좋을 것 같은데."

이 헛웃음이 제발 수줍어 웃는 미소로 비쳐지길 바라며 세아는 난감한 얼굴을 가로저었다.

"아니요. 아직 저흰 그렇게까진……."

"린다, 우리 이제 사귀기 시작했다니까요."

제레미가 덧붙여 말하자 린다가 아쉬운 기색을 감추지 못하고 말했다.

"미안해요. 내가 실수를 했군요. 둘이 너무 잘 어울려 보여서, 제레미가 저렇게 행복해하는 모습은 처음이라 내가 앞서 나갔어요."

"괜찮아요."

"이 저택은 딘의 아버지인 마이클이 20년 전에 지었다고 해요. 영국 조지 양식이라 절제미가 넘치고 웅장하죠. 방이 무려 열두 개나 있고, 욕실이 아홉 개 있어요. 내가 본 저택 중에 가장 커요. 넓은 서재도 있고, 레스토랑 키친 규모의 주방도 있고, 테니스 코트와 수영장도 있고, 딘이 와인 블렌딩을 하는 연구실도 있어요. 어마어마하죠? 하지만 쓰는 방은 딱 네 개뿐이에요. 이 넓은 저택에 일하는 사람들을 제외하곤 딘과 롭, 리치, 나뿐이고, 물론 아이도 없죠. 정말 멋진 와인을 만들어 내지만, 적막하고 외로운 곳이에요. 내 말 이해하나요?"

"이해해요."

그녀가 진심 어린 표정으로 답하자 린다가 고마운 듯 웃고는 식사를 이어 갔다. 세아는 처음으로 이 사기극에 동참한 데 후회가 들었다.

그들은 이런 마음이겠지. 가족이니까, 가족 같은 이들이니까 사랑하는 여자가 생긴 걸 축하해 주고, 행복을 빌어 주고, 그들의 미래를 같이 꿈꾸고. 그렇지 않다면 잘 알지도 못하는 여자에게 이토록 우호적이고 다정할 리가 없을 테니까.

고개를 돌려 식사에 여념이 없는 제레미를 노려보았다. 꿈이 어쩌고, 자유의지가 어쩌고 하면서 거액의 유산도 거절하며 잘난 척은 다 하더니 결국 10억에 사기극을 벌이는 바보 멍충아. 그 음식이 잘도 넘어가니?

시선을 느낀 제레미가 고개를 돌려 '왜?' 하고 소리 없이 물었다.

몰라 물어? 네 형이고, 가족이잖아. 정작 양심의 가책을 받아야 할 너는 아무렇지도 않은데, 왜 내가 가시방석에 앉은 듯 불편해야 해?

하지만 포크로 샐러리를 푹 찍는 순간 가슴속 양심의 목소리가 질책했다.

변명하지 마. 진실을 알면서 숨긴 나도 공범자지. 함께한 이상 나도 녀석과 똑같은 사기꾼이 된 거라고. 그러니 지금 내가 느끼는 죄책감 역시 내가 감당해야 할 몫이고. 그래, 좋아. 적어도 일주일 동안은 말이야.

찝찝한 가슴을 안고 고개를 드는 순간 다시 딘과 눈이 마주쳤다. 파란 눈동자가 무언가를 찾는 듯 집요하게 바라보는 것 같은 건 나만의 착각일까? 저 남자는 풀숲에 웅크린 채 임팔라를 보고 있는 수사자 같아. 임팔라는 사자가 지금 당장 뛰쳐나와 목덜미를 물어뜯으려는 건지, 배가 불러 그저 시큰둥하게 쳐다보는 건지 허둥지둥할 뿐이었다.

시선을 내리고 접시에 놓인 샐러드를 먹기 시작했다. 신선한 허브와 야채가 아삭아삭 씹혔지만, 아무런 맛도 느낄 수가 없었다.

대화는 끊임없이 이어졌고, 간혹 난감한 질문이 나올 때면 제레미가 그녀 대신 눈치 빠르게 대답해 주었다. 식사는 그렇게 코로 들어가는지 입으로 들어가는지 모르게 끝이 났다. 말 없이 식사에 집중하던 롭은 농장에 나가 봐야 한다며 먼저 일어났고, 린다도 레스토랑으로 돌아갔다.

찻잔이 거의 비워질 때쯤 리치가 말했다.

"세아, 피곤하지 않다면 와이너리를 한 바퀴 돌아보는 건 어때요?"

"좋죠."

이 연극 무대를 벗어날 수만 있다면 무엇이든지요.

하지만 찰나의 기쁨은 다음 말에 와장창 깨져 버렸다.

"딘이 친절하게 안내해 줄 겁니다. 제레미와 긴히 나눌 이야기가 있는데, 둘이 잠깐 떨어져 있어도 슬퍼하진 않겠죠?"

수사자랑?

당황해서 제레미를 쳐다보았지만, 이 상황에서 녀석이라고 뭘 해 줄 수는 없는 노릇이었다. 세아는 모든 걸 포기한 듯 초탈한 얼굴로 고개를 끄덕였다.

"물론이죠."

"햇빛이 세니 선글라스와 모자를 챙겨요. 신발도 편한 걸로 갈아 신고."

딘의 말대로 낮은 샌들로 갈아 신고 선글라스와 챙이 넓은 모자를 챙겨 나서자, 리치를 따라 서재로 향하던 제레미가 '조심해'라고 입 모양으로 말했다.

밖은 여전히 지글지글 타오르고 있었고, 시계를 보니 3시를 넘어가고 있었다. 선글라스와 생수병을 챙긴 딘이 물었다.

"와이너리를 돌아볼까요? 거리가 좀 있는데, 걷겠어요, 차를 타겠어요?"

"소화도 시킬 겸 걷죠."

모자를 눌러쓰고 씩씩하게 따라나서며 속삭였다. Seize the day. 이 순간을 잡아. 상황이 어찌 됐든 오랫동안 와 보고 싶었던 곳이 아닌가. 목덜미가 물어뜯길 때 뜯기더라도 이 순간을 피하지 말고 즐겨야지.

넓은 등을 가진 남자를 따라 걸음을 옮기자 다행히 잘 닦인 길과 정돈된 수목들이 마치 공원처럼 조성되어 있어 걷는 데 전혀 무리가 없었다.

"좋아요. 이곳에 묵는 동안 길을 잃으면 안 되니까 근처에 있는 시설에 대해 설명해 줄게요. 저택에서 나가는 길은 네 갈래로 나뉘어요. 와이너리 입구로 가는 길, 양조장으로 가는 길,

관개 수로 시설로 가는 길, 그리고 차고로 가는 길. 모든 길은 서로 연결되어 있어요."

딘이 가리키는 길을 눈여겨보며 세아는 고개를 끄덕였다.

"오면서 봤겠지만, 와이너리 입구에 셀러 도어Cellar Door가 있어요. 방문자들이나 시음을 원하는 고객들을 맞는 곳이죠. 셀러 도어 바로 옆에는 린다가 하는 레스토랑도 있고. 지금 우리가 가는 양조장은 2킬로미터 정도 걸어가면 나와요."

"2킬로미터요?"

세아가 놀라 그를 쳐다보자 선글라스를 쓰던 딘이 멈춰 서더니 눈짓으로 차고 쪽을 가리켰다.

"지금이라도 차를 타고 싶다면 말해요."

"아니요. 걸을 수 있어요."

X자로 교차된 하얀 샌들을 내려다보고는 다시 발걸음을 옮겼다. 뭐, 괜찮겠지.

딘이 그녀 옆을 따르며 말했다.

"레이너 와이너리는 호주에서도 손가락 안에 꼽힐 정도로 넓어요."

"구체적으로 어느 정도로요?"

"제레미가 말하길 서울의 여의도보다 훨씬 넓은 면적이라고 하더군요. 참고로 말하자면, 이곳 바로사 밸리에 있는 레이너 와이너리만이에요. 헌터 밸리와 태즈메이니아 섬에 있는 농장까지 합한다면 더 넓겠죠. 포도밭이 수십 킬로에 이어져 있으니, 혹시나 어디 이동할 일이 있으면 반드시 차를 이용하도록 해요. 길에서 헤매도 길 알려 줄 사람을 찾기는 하늘에 별 따기일 테니까."

여의도라…….

넋이 나간 표정으로 구름 한 점 없는 하늘 아래 줄을 따라 이어진 포도나무들을 바라보았다. 수십 킬로라면 저 능선 너머로 끝도 없이 이어져 있겠지. 새삼 호주의 스케일에 놀라울 따름이었다. 대체 이 농장을 관리하려면 몇 명이나 필요한 걸까.

딘이 그 의문을 바로 해결해 주었다.

"문제는, 호주는 땅덩어리가 넓은 데 비해 인구수는 적다는 거예요. 그래서 와이너리는 늘 인력 부족에 시달려요. 농장과 양조장에 수십 명의 직원들이 있지만 관리해야 할 구역이 너무 넓어서, 가지치기를 하거나 솎아내기를 하거나 포도를 수확하는 시기에는 워킹홀리데이로 온 외지인들을 쓸 수밖에 없죠."

"사람 대신 기계를 쓸 수는 없나요?"

우리밀 프로젝트를 추진했을 당시 밀 농장에서 보았던 농기계와 트랙터들이 떠올라 묻자 딘의 검은 눈썹이 꿈틀거렸다.

"기계들이 있긴 하지만, 나무가 다치거나 포도알이 뭉개져서 우리는 저가 와인을 생산하는 일부 지역 외에는 쓰지 않아요."

한참을 걷자 나무숲이 우거진 호젓한 길이 나왔다. 나무는 크고 높았고, 싱그러운 이파리가 드리운 그늘은 시원해 세아는 모자를 벗었다. 바람이 이마에 송골송골 돋아난 땀을 식히고 지나가자 하얀 몸통을 드러낸 채 꼿꼿하게 하늘을 향해 뻗어 있는 나무를 올려다보았다.

"유칼립투스 나무네요."

"맞아요. 어떻게 알았죠?"

"개운하고 청아한 향기가 나서요."

바람결에 우수수 흔들리는 연녹색의 이파리에서 진동하는 알싸한 향내를 들이마시자 폐포 구석구석에 스민 텁텁한 먼지와 매연 내음이 사라지고 박하사탕을 삼킨 것처럼 가슴이 화해졌다. 온몸을 관통하는 상쾌함에 절로 입가에 미소가 번졌다.

"좋네요."

딘은 긴 팔을 들어 낮게 드리워진 나뭇가지를 꺾으며 말했다.

"유칼립투스는 호주에서 가장 흔하면서 제일 단단한 나무죠. 코알라의 주식으로도 유명하고요. 살균, 항균 작용이 있고, 호흡기 질환에도 좋아요."

꺾은 나뭇가지를 모아 포도 넝쿨로 둘둘 줄기를 감아 묶었다. 대체 저걸로 뭘 하려는 거지, 궁금해하는 순간 그가 투박한 유칼립투스 꽃다발을 건네며 말했다.

"그리고 두통에도 좋죠."

저음의 목소리는 무심한 듯 부드럽고, 짙고 푸른 눈동자 때문인지 보는 이로 하여금 빨려 들어가는 듯한 착각이 일게 하는 눈빛이었다.

손을 내밀어 유칼립투스 다발을 받아 들며 그를 보았다. 나는 이 남자를 몰라. 겨우 두 번째 봤을 뿐이니까.

하지만 18년 전 어린 소녀가 힘겹게 건넨 인사를 무시했던 남자가, 그녀가 두통을 앓았다는 걸 염두에 두고 선물해 줬다는 걸 믿을 수가 없었다.

혼란스러운 얼굴을 싱싱한 초록 꽃다발에 묻자 청량한 향기에 취해 정신이 아득해지는 것만 같았다.

"고마워요."

시원한 유칼립투스 길을 지나며 세아는 궁금한 걸 물어보았고, 딘이 대답해 주는 질의문답식의 대화가 이어졌다.

20분을 더 걷자 드디어 거대한 양조장이 나왔다. 공장의 닫힌 문을 열고 들어가자 은색의 스테인리스 통과 기계들이 보였다. 하지만 모든 것은 작동이 멈춘 상태였다.

"공장이 지금은 운행이 안 되나 봐요?"

"아직 포도가 수확이 안 됐으니까. 포도를 수확하면 이곳으로 옮겨 와 파쇄를 하고, 즙을 짜서 스테인리스 탱크에서 1차 발효를 시키죠."

"포도 수확 철이 언젠데요?"

"2월 말부터 시작돼요. 그즈음이면 와이너리며 양조장이 엄청 바빠지죠."

세아는 딘이 이끄는 대로 공장 안쪽 깊숙이 들어갔다. 시큼한 와인 향과 나무 냄새가 뒤섞인 그곳에는 엄청나게 많은 갈색의 오크 통들이 틈마다 뉘어 놓여 있었다.

"스테인리스 통에서 1차 발효가 끝난 와인은 이 바리크Barrique*에서 2차 발효가 이뤄지는데, 적어도 1년 정도 숙성을 시

---

* 와인을 숙성시키는 참나무 통.

키죠. 바리크마다 제조 날짜와 어느 지역의 몇 번 구획의 포도
즙으로 만들었는지 쓰여 있어요."

세아는 요리조리 둘러보며 누워 있는 바리크를 살피다 뚜껑
에 쓰인 숫자를 발견했다.

"이건 2015년 3월 27일 바로사 밸리 59번 구획 카베르네 소
비뇽이네요."

"맞아요."

"와, 이 한 통을 다 마시려면 1년은 걸릴 것 같은데. 이 바리
크들을 다 합치면 대체 얼마나 많은 거죠?"

공장을 가득 채운 거대한 오크 통 탑을 보며 가늠할 수 없는
양을 상상하자 딘이 담담한 얼굴로 걸음을 옮기며 답했다.

"한 바리크당 300병 정도의 와인이 나와요. 그리고 레이너
와인은 매해 평균 400만 케이스의 와인을 생산하죠."

"400만이요?"

400만 케이스라니. 한 케이스에 열두 병의 와인이 들어가니,
무려 연간 4800만 병을 만들어 낸다는 소리였다.

딘은 세아를 이끌고 바리크의 협곡을 지나갔다.

"바리크 숙성이 끝난 와인은 병에 나눠 넣게 되는데, 병에 넣
고도 카브Cave*에서 3개월에서 6개월 동안 숙성 과정을 거쳐야
해요. 카브는 지하에 있는데, 그곳은 나중에 들르도록 하죠."

공장의 반대쪽 문으로 나오자 다시 뜨거운 햇살이 그들을

---

* 와인 저장고. 주로 지하에 있음.

맞았다. 세아는 모자를 쓰고 딘을 따라 새로운 길을 걷기 시작했다. 길 양옆으로 그녀의 키만 한 포도나무들이 있었고, 가지마다 덜 여문 포도알이 매달려 있었다. 손을 뻗어 알알이 맺힌 초록색의 포도알을 만져 보자 딘이 말했다.

"이 구획 포도는 약을 치지 않아 그냥 먹어도 돼요."

"약을 안 쓰고도 재배가 가능한가요?"

"약을 사용하는 것보다는 생산량이 떨어지죠. 하지만 장기간으로 볼 때 무농약과 유기농이 나무 스스로가 강해지는 비결이에요. 와인은 거짓말을 하지 않아요. 좋은 나무에서 난 포도만이 최고급 와인이 될 수 있어요."

그의 말에 세아는 포도 한 알을 땄다. 조금 덜 여문 것 같긴 해도 맛이나 볼까, 호기롭게 입에 넣고 씹자마자 퍼지는 시고 떨떠름한 맛에 씹지도 못하고 뱉지도 못하다가 결국 꿀꺽 삼키고 말았다. 그녀가 캑캑대자 딘이 들고 있던 생수병을 내밀며 말했다.

"지금 당장 먹어도 된다는 말은 아니었는데. 한 달 정도 지나면 꿀처럼 달 거예요."

세아는 왠지 웃음기의 잔재가 남아 있는 듯한 그의 얼굴을 노려보며 생수병을 건네받았다.

"아주 친절하시군요. 그러면 포도가 익는 동안 와이너리에서는 무슨 일을 하죠?"

"포도가 잘 여물도록 도와주는 일을 하죠. 모든 영양분이 포도로 가야 하기 때문에 그걸 방해하는 것들을 다 제거해 줘야 해요. 곁가지나 포도송이를 가리고 있는 이파리, 혹은 달팽이 같은 것들이죠."

"달팽이요?"

"달팽이는 와이너리의 천적이에요. 포도 이파리를 아주 좋아해서 농사를 망치게 하죠. 그 녀석들을 잡아 린다에게 가져다주면 에스카르고 요리를 만들어 줘요. 와인과 먹으면 아주 맛있어요."

달팽이 요리는 한 번도 먹어 본 적이 없는데다 꿈틀거리고 끈끈한 그걸 잡아 직접 요리해 먹는 건 더 곤욕스러울 것 같아 생수를 삼키는 콧등이 저절로 찡그려졌다.

"기대해 봐요. 스테이크도 기대하지 않았지만, 맛있었잖아요?"

"네. 맛있었죠. 솔직히 제가 먹어 본 스테이크 중에 최고였어요. 그런데 독심술이 있으신 건가요, 아니면 절 훔쳐보신 건가요?"

포도밭 중간에 멈춰서 그를 올려다보자 딘도 멈춰서 그녀를 내려다보았다. 햇볕에 적당히 그을린 피부와 선이 굵은 이목구비. 역시 잘생겼어, 또 속을 모르겠고. 선글라스를 낀 눈이 어딜 보고 있는지, 어떤 눈빛을 하고 있는지 알 수가 없어 답답했다. 그가 살짝 미소를 짓자 그을린 피부와 대조적으로 하얗고 고른 이가 드러났다.

"독심술을 할 줄 아는 게 아니라, 당신 얼굴에 표정이 다 드러나요."

"정말요?"

그가 고개를 끄덕이자 세아는 어깨를 늘어뜨리며 중얼거렸다.

"못 믿으시겠지만, 그런 얘기 처음 들어요."

강산 그룹 오너의 손녀, 완벽한 스펙, 알파걸, 워커홀릭. 장세아라는 이름 앞에 따라붙던 화려한 수식어들이 하루아침에 다 사라져 버리고, 분노 조절 불능과 표정 관리 부재, 그리고 식신의 대명사로 바뀌어 있었다.

세아는 걸음을 옮기며 꼭짓점이 보이지 않는 포도밭 끝을 노려보았다. 대체 내 인생은 어디로 가고 있는 거야? 그리고 지금 우리는 어디로 가는 거고?

"이 길 끝에는 뭐가 나오죠?"

"셀러 도어로 가고 있어요. 별로 멀지 않아요. 한 20분 정도?"

아, 정말 멀지 않네요. 20분이면. 도대체 이 와이너리는 얼마나 넓은 거야!

게다가 양조장으로 가던 유칼립투스 길과 달리 포도밭은 해를 가릴 게 없어 햇빛을 온전히 다 맞고 걸어야 해서 몇 갑절 더 힘들게 느껴졌다. 쓸데없는 패기에 차를 거절했단 후회가 뒤늦게 밀려오던 찰나 딘이 물었다.

"발 괜찮아요?"

괜찮을 리가요. 걸을 때마다 따끔거리는 걸 보니 뒤꿈치가 다 까졌을걸요.

내일부터는 기필코 운동화를 신고 다닐 거라 다짐하며 땀에 젖어 들러붙는 머리카락을 떼어 내며 애써 아무렇지 않은 표정을 지어 보였다.

"괜찮아요."

"힘내요. 다 왔으니까."

딘이 손가락을 들어 가리키자 포도밭 위로 우뚝 솟은 하늘색 지붕이 눈에 들어왔다. 와이너리로 들어오면서 봤던 셀러 도어였다.

발걸음을 재촉해 건물 안으로 들어서자 마치 찜통 안에서 냉장고 안으로 들어가는 것처럼 시원한 공기가 그들을 반겼다. 테이블과 바Bar를 정리하고 있던 직원들이 반갑게 인사를 건넸다. 딘을 보는 젊은 여직원들의 눈동자가 반짝거렸지만, 무심한 남자는 가볍게 목례만 취할 뿐이었다.

"셀러 도어는 10시에 개장해서 4시에 폐장해요. 크리스마스를 앞둔 요즘 같은 때면 세계 각지에서 날아온 관광객들과 파티에 쓸 와인을 사러 온 사람들로 정말 정신이 없죠."

세아는 널찍한 내부를 둘러보았다. 웅장한 외관과 아늑한 내부의 대저택과 달리 셀러 도어는 군더더기 없이 심플하고 현대적인 인테리어가 돋보이는 곳이었다. 길고 하얀 바Bar 위에는 종류별로 와인 잔이 놓여 있었고, 벽장과 와인 랙Wine Rack* 마다 수많은 와인 병이 꽂혀 있었다. 바로사 밸리의 풍경과 포도밭, 양조장을 찍은 사진 액자가 드문드문 걸려 있는 벽으로 다가간 세아는 와이너리 이력표를 보고 놀라 중얼거렸다.

---

* 와인 선반.

"1922년부터면 100년 좀 못 됐네요."

"맞아요. 증조할아버지인 패트릭이 1922년에 이곳 바로사 밸리에 포도나무를 심고 레이너 와이너리를 열었죠. 그 뒤로 할아버지와 아버지가, 그리고 제가 이어받았고요. 몇천 년의 역사를 가진 프랑스와 달리 호주 와인은 160년 정도로 역사가 짧기 때문에, 레이너도 꽤 오래된 와이너리에 속해요."

"수상 경력이 어마어마하군요."

호주 1위 와인 그룹이라는 타이틀이 거저 얻어진 것이 아닌 듯 세계 여러 와인 대회에서 받은 수상장이 거의 한쪽 벽을 메울 만큼 진열되어 있었다.

"좋은 와인을 만드는 데 필수 불가결한 것들은 아니지만, 와인 판매량에는 절대적이죠."

딘이 세아를 창가 쪽에 놓인 4인용 테이블로 이끌었다. 창밖으로 보이는 인조 연못과 드넓은 포도밭의 경치는 넋을 잃을 정도로 아름다웠다.

정말 멋진 곳이야.

다리며 뒤꿈치가 얼얼하고 아팠지만, 이곳의 풍경을 보지 못했다면 정말 후회스러웠으리라.

"셀러 도어에 왔으니 와인 한잔하겠어요?"

세아는 딘이 내민 시음표에 있는 와인을 죽 살피다가 몇 번 맛본 적이 있던 프시케Psyche라는 로제 스파클링 와인을 주문했다. 딘이 라벨에 연보라색 나비가 그려진 와인 병을 들어 잔을 채우자 진한 복숭앗빛이 도는 액체가 부드럽게 찰랑였다.

잔을 기울여 한 모금 축이자 달콤 시큼한 풍미와 톡톡 튀는 기포에, 더위에 지친 몸이 사르르 녹아내리는 것만 같았다. 부드럽게 풀어진 얼굴로 와인을 홀짝이는 그녀에게 딘이 물었다.

"와인을 좋아한다고 했죠?"

"네. 좋아하는데, 여기서 그런 얘길 하면 조금 웃길 것 같아요."

"왜요?"

"와이너리잖아요. 여기에 계신 분들은 저보다 훨씬 더 와인을 좋아하고 많이 마셔 봤을 테죠."

"괜찮으니 마셔 본 것들 중 어떤 와인이 제일 인상 깊었는지 말해 봐요."

"그러니까…… 제가 처음 마셔 본 와인은 샤토 페트뤼스 Chateau Petrus*였어요."

그녀가 기억을 더듬어 이야기를 시작하자 짙은 자줏빛의 와인을 잔에 따라 앞자리에 앉은 딘은 감탄한 표정을 지어 보였다.

"아주 비싸고 좋은 와인으로 시작했군요."

"제 인생에서 가장 비싼 와인이었죠. 그때 제가 열다섯 살이었어요."

"한국에서는 성인이 되기 전 음주는 허용이 안 되는 걸로 아는데."

그가 의아한 듯 묻자 세아는 웃으며 고개를 끄덕였다.

---

* 프랑스 보르도 5대 와인 중 하나.

"맞아요. 그날은 아빠가 할아버지에 이어 강산의 오너로 취임한 날이었어요. 할아버지는 비장의 무기를 꺼내시듯 셀러에서 페트뤼스를 가지고 나오셨고, 가족, 친지들 모두 숨을 멈추고 그걸 바라보았죠. 저는 그 와인이 몇백만 원을 호가한다는 걸 알게 되었어요. 대체 얼마나 달콤하고 맛있으면 저 한 병에 몇백만 원이나 할까, 전 그 와인 맛이 너무 궁금해졌죠."

"그래서?"

딘이 흥미진진한 표정으로 묻자 그때의 기억이 떠올라 자꾸만 비식비식 터져 나오는 웃음을 깨물며 말을 이었다.

"어른들이 대화에 정신없는 틈을 타서 얼음 통에 있던 와인을 머그잔에 들이부었죠. 들킬까 봐 물 잔인 것처럼 밥그릇 옆에다 놓고요. 그리고 마셨는데, 정말 머리가 띵해질 정도로 떫고 썼어요. 대체 왜 그렇게 비싼지 이해할 수가 없었죠. 그런데 이미 머그잔에는 와인이 가득 있었고, 들킬까 봐 버리러 갈 수도 없어서 계속 홀짝홀짝 마셨어요. 그리고 저녁 식사를 마치고 일어나는데 그대로 앞으로 고꾸라졌죠. 완전히 고주망태가 되어서요."

"많이 혼났겠군."

"엄마한테 등짝을 엄청 맞았죠. 그래도 좋았어요. 아빠의 회장 취임에 기뻐하던 가족들과 축하해 주던 친지들, 다 같이 식사하면서 페트뤼스를 마시던 모습들이 제게 가장 행복한 순간으로 기억되었죠."

그리고 3년 뒤 부모님이 사고로 급작스레 돌아가시면서, 다시는 돌아올 수 없는 시간이 되어 버렸다.

"두 번째 와인은 바로 저거였어요."

세아는 와인 진열장 안에 고고하게 서 있는, 빨간 호일을 두른 검은색 와인 병을 가리켰다. 와인의 하얀 라벨에는 흑백의 건물들이 흐릿한 잔영처럼 그려져 있었고, 그 위에는 단조로운 글씨로 'Nostalgia 1995'라고 쓰여 있었다. 딘의 눈동자에 놀라움이 떠올랐다.

"노스텔지아?"

"네. 전 와인에 대한 목마름을 안고, 성인이 되어 온갖 와인을 섭렵하고 다녔죠. 맛도 향도 국적도 품종도 너무나 다양했어요. 신세계였죠. 그러다 어느 날 제레미가 딴 노스텔지아 1995를 마시게 됐어요."

"당신의 노스텔지아의 첫 감상은 어땠죠?"

세아는 그때를 떠올렸다. 경영학과 졸업과 함께 MBA 과정을 밟기 위해 스탠포드로 떠나기 전날 밤이었다.

"뭔가…… 슬픈 기분이 들었어요."

딘의 눈빛이 미묘하게 변한 걸 눈치채지 못하고, 바람이 부는지 잔디가 우르르 파도치는 풍경으로 시선을 돌리며 말을 이었다.

"아마 그건 제 기분이 그래서일 수도 있어요. 전 슬프고 힘들고 외로웠는데, 노스텔지아가 마치 제 기분을 대변해 주는 것 같았어요. 그날 전 울었고, 와인을 다 마시자 위로받는 느낌이 들었어요. 그 뒤부터 전 축하할 일이 생기면 꼭 노스텔지아를 마셔요."

"왜 기쁜 날에 슬픈 와인을 마시죠?"

"그건…… 축하를 받지만, 제가 원한 일들은 아니어서일 거예요."

잔에서 피어오른 달콤 쌉쌀한 와인 향이 사방에 진동했고, 알 수 없는 무언가에 이끌리듯 딘을 보았다. 남자의 얼굴은 여전히 종잡을 수 없는 무표정. 하지만 눈이 마주친 순간 세아는 그가 자신의 말을 이해했다는 생각이 들었다.

더위를 먹은 건가, 와인 한 잔에 취한 건지도. 난 왜 만난 지 겨우 세 시간밖에 안 된 남자에게 이런 얘길 늘어놓고 있는 거야? 세연이나 제레미에게조차 털어놓은 적 없던 속마음을. 심지어 그는 아무 말도 하지 않았고, 동조하지도 않았어. 그런데도 왜 내 멋대로 날 이해한다는 착각을 하는 거야? 말도 안 되지.

당황스러운 마음을 숨기려 고개를 내저으며 웃었다.

"못 들은 걸로 하세요. 아마 제 말을 이해하기도 힘드실 거예요."

"그럼 아직 세 번째 와인은 못 만났나요?"

다행히 그가 다른 주제로 대화를 옮기자 세아는 가벼운 마음으로 대답했다.

"네. 못 만났어요. 아직 세상에는 제가 맛보지 못한 수많은 와인들이 있으니까요."

"이곳에서 만나게 된다면 좋겠군요. 오늘 저녁에 린다가 야외 바비큐를 할 거예요. 제레미가 좋아하거든요. 그때 당신이 맛보지 못한 와인을 골라 마시도록 합시다."

빈 와인 잔을 치우고 돌아온 딘이 그녀 앞에 밴드를 내밀었다.

"저택까지 갈 길이 멀어요."

세아는 그가 내민 밴드를 받아 들며 입술을 깨물었다. 정말로 알 수 없는 남자야. 무심함과 다정함 사이에 저 남자의 진짜 모습은 무엇일까? 어느 쪽이든 상관없이 여자들에게 인기 폭발일 테지만.

밴드 포장을 찢으며 물었다.

"얼마나 먼데요?"

"30분."

세아는 한숨 섞인 웃음을 흘리며 피가 밴 뒤꿈치에 밴드를 붙이고 다시 샌들을 신었다. 셀러 도어를 나오자 딘이 바로 옆에 있는 갈색 굴뚝 집을 가리켰다. 회색 벽에는 포도 넝쿨이 멋들어지게 늘어져 있었고, 전원적인 분위기를 풍기는 입구의 나무 간판에는 'Kokomo'라고 쓰여 있었다.

"여기가 린다의 레스토랑이에요. 우린 가끔 이곳에서 점심을 먹곤 하죠. 혹 먹게 되면 크랩 요리를 추천해요. 호주에서 최고니까."

그들은 저택을 향해 걷기 시작했고, 그러는 사이 힘을 잃은 여름 해는 완만한 언덕으로 기울어지고 있었다. 훨씬 시원해진 대기를 느끼며 세아는 주홍빛으로 물든 지평선 너머를 바라보았다. 와인처럼 붉게 타고 있는 언덕 끝과 달리 이쪽은 어둠의 장막을 드리운 채 고요했다.

똑같은 태양과 하늘인데도 어디에서 바라보느냐에 따라 전혀 다른 일몰이 된다. 12층 전략기획팀 사무실 책상에 앉아 언젠가 보았던 일몰은 막막하고 쓸쓸했지만, 포도밭 길에서 본 일몰은 그저 찬란하고 아름다울 뿐이었다.

세아는 뜨거운 빛으로 충만한 가슴을 안고 서서히 빛과 어둠의 경계가 바뀌는 장관을 바라보았다. 아이러니하게도 눈앞에 펼쳐진 세상이 너무 아름다워서 숨 쉬고 살아 있음을, 그리하여 지금 그녀가 너무 괴롭고 힘듦이 절실하게 느껴졌다.

벅찬 얼굴로 걸으며 손에 들린 유칼립투스 꽃다발의 향기를 맡았다. 커다란 남자는 말없이 그녀와 보폭을 맞춰 걷고 있었다. 세아는 충동적으로 물었다.

"혹시 한국에서 우리 처음 만났던 거 기억하세요?"

그가 고개를 끄덕이자 그녀는 믿을 수 없다는 표정으로 되물었다.

"정말요?"

"제레미의 가장 친한 친구라며, 이름이 장세아라고 인사했잖아요. 그리고 어머니 옆에 앉아 밥을 먹었죠."

걸음을 멈춘 세아가 알 수 없는 눈빛으로 올려다보자 딘이 왜 그러냐는 듯 그녀를 내려다보았다.

"그런데 왜 내 인사를 안 받아 줬어요? 다 듣고 있었으면서."

원망 섞인 물음에 딘은 모호한 표정으로 대답했다.

"변명 같지만, 첫 방문이라 한국이 낯설었어요. 부모님이 이혼하신 이후 어머니와 동생이 사는 모습을 직접 본 거였죠. 그

때 난······ 복잡하고 혼란스러웠어요. 미안해요. 어쨌거나 유쾌한 첫인상은 아니었겠군요."

"괜찮아요. 제 영어 발음이 이상해서 못 알아들었나 보다 하고 그 뒤로 열심히 공부했으니, 결과적으로는 나쁘지 않았죠."

그녀의 농에 딘이 웃으며 말했다.

"당신과 제레미의 이야기를 해 봐요."

"어떤 게 궁금하신데요?"

당황하지 않고 능숙하게 돌려 묻자 딘이 다시 물었다.

"제레미를 사랑하나요?"

바람이 불었고, 쏴아 하며 포도 이파리들이 맞부딪히는 소리와 함께 그녀의 원피스 자락이 그의 다리를 휘감다 떨어졌다. 낯선 꽃향기에 고개를 돌리니 길옆으로 보랏빛 라벤더 군락이 펼쳐져 있었다. 손을 뻗어 바람에 흩날리는 라벤더 꽃을 쓸자 까슬까슬한 꽃잎이 손바닥을 긁고 갔다. 라벤더 꽃말은 침묵, 혹은 불신. 잠시 생각을 고른 뒤 대답했다.

"사랑하죠. 하지만 저희 둘의 사랑은 여느 연인들과는 조금 달라요. 아시다시피 친구로 지낸 시간이 아주 길었고, 그 감정의 전개가 더딘 편이에요. 하지만 우린 서로를 믿고 좋아하죠."

당신을 속이고 있지만, 적어도 이 말은 거짓이 아니에요. 제레미가 배신을 때리지만 않았어도 그 사랑과 믿음이 100퍼센트였을 텐데. 안타깝게도 지금은 10퍼센트도 안 되지만.

"혹시 제레미와 결혼 생각을 해 본 적 있나요?"

오늘이 1일짼데 건너뛰고 바로 결혼? 세아는 난감한 웃음을 흘리며 고개를 저었다.

"죄송해요. 저희는 이제 막 시작했고, 지금 이 관계에 만족하고 있어요."

"그러면 혹시 당신이 제레미와 호주에 머물 가능성이 있을까요?"

"아니요. 전 한국으로 돌아가야만 해요. 회사로 돌아가 해야 할 일이 있거든요."

"죄송해하지 않아도 돼요. 그저 당신 생각이 궁금해서 물어본 것뿐이니까."

20분을 더 걸어 저택에 당도한 그들은 안으로 들어갔다. 아무도 없는 거실을 지나쳐 딘이 계단 앞에서 멈춰 섰다.

"방은 위로 올라가서 왼쪽 바로 첫 번째 방이에요. 조금 쉬었다가 6시 반에 내려와요."

"네. 와이너리 구경시켜 주셔서 감사해요. 즐거웠어요."

"즐거웠다니 다행이군요. 청소와 세탁은 따로 해 주시는 분들이 계시니 빨래는 세탁 바구니에 내놓으면 돼요. 방도 크고 침대가 넓어서 둘이 같이 쓰는 데 불편함은 없을 거예요."

"네?"

"조금 이따 봐요."

딘이 사라지자 세아는 고개를 갸웃거리며 계단을 한 걸음 올라섰다. 둘이 같이? 아니, 아니야. 아니겠지. 무려 방이 열두 개고, 욕실이 아홉 개나 있는 저택에서 행여 그럴 리 없을 거야.

하지만 불안한 발걸음은 절로 빨라져 단숨에 긴 계단 끝에 오른 세아는 왼쪽 첫 번째 방 문을 거침없이 열어젖혔다. 티를 벗느라 상체를 드러낸 채로 서 있던 제레미가 놀라 그녀를 쳐다보았다. 그러고는 새파랗게 질린 얼굴로 선 그녀에게 아주 어려운 이야기를 꺼내려는 듯 망설이며 입을 열었다.

"미안해. 그러니까 장세아, 아무래도 우리가 며칠은 같은 방을 써야 하는……."

"아무, 말도, 하지, 마."

턱이 아프도록 이를 악물자 그녀에게서 풍기는 강력한 살의를 감지한 제레미가 조용히 입을 다물었다.

등 뒤로 문을 닫고 눈을 감았다. 휘몰아치는 짜증과 분노에 당장 그에게 달려들어 유칼립투스 꽃다발이 넝마가 되도록 마구 후려칠까 싶었지만 참았다. 그래, 꽃으로도 때리지 말랬어. 저런 놈을 때리기엔 꽃다발이 너무 예쁘니까.

한참 동안 마음을 진정시킨 후, 넓은 방의 절반 지점에 그녀의 트렁크와 제레미의 트렁크를 세웠다. 그러고는 트렁크 저편 소파에 베개를 던져 놓으며 음산한 얼굴로 말했다.

"내가 말 걸 때까지 한 마디도 하지 마. 네 생각, 네 의견 아무것도 알고 싶지 않아. 정확히 일주일 뒤에 나는 여길 떠날 거야. 그때까지 넌 아무 말도 하지 말고 아무것도 하지 마. 아무 데서나 옷 벗지 말고, 아무것도 어지르지 말고, 잠은 소파에서 자. 이쪽으로 넘어오면 진짜로…… 죽여 버릴 테니까."

그리고 욕실 안으로 문을 쾅 닫으며 들어갔다.

Chapter. 4

*Life doesn't always turn out
the way you planned.*

인생이 계획대로 되지는 않죠.

_당신이 잠든 사이에 中

"정말로 여자를 데리고 올 줄은 몰랐어요."

열린 창문 사이로 신선한 아침 공기가 스며들고, 연신 지저귀는 새소리가 울려 퍼지는 레이너 저택의 주방에는 딘, 리치, 롭, 세 남자가 있었다. 시간은 6시, 와이너리의 하루는 새벽부터 시작되었지만 오늘은 특히나 더 이른 시간이었다.

찻잔을 기울이는 리치는 심각한 얼굴로 말을 이었다.

"터덜터덜 혼자 트렁크를 끌고 들어오며, 바빠서 같이 못 왔다고 거짓말을 늘어놓을 줄 알았는데 진짜였다니, 믿을 수가 없어요."

소꿉친구와 사랑이 시작되었다는 메일이 제레미에게서 왔을 때 절반은 반신반의했고, 절반은 거짓이라 생각했다. 그 이유의 첫 번째는 제레미가 와이너리 일이라면 질색을 했기 때문이고, 두 번째로는 그 메일이 온 시점이 와이너리가 여러 어려움을 겪고 있어 도움이 필요하다는 메일 뒤에 온 답신이었기 때문이며, 세 번째는 그동안 제레미가 여자와의 연애에 전혀 관심을 보이지 않았기 때문이었다.

"심지어 우린 그가 게이가 아닐까 걱정할 지경이었단 말이에요."

리치의 말에 롭은 불편한 얼굴로 자세를 바꿔 앉았다.

"농담이라도 그런 말은 하지 말게. 마이클의 아들이 게이일 리 없어. 의식하지 못했지만, 그 친구라는 여자를 오랫동안 마음에 두고 있어 다른 여자에게 관심이 없었던 거겠지."

"어쨌거나 이러면 계획에 큰 차질을 빚게 된다고요. 우리는 제레미를 호주로 데려와야 해요. 마이클은 죽는 순간까지 제레미를 와이너리로 들어오도록 설득하길 원했고, 유언장에도 그 조건이나 유산 지분에 대해 자세히 언급해 놨어요. 제레미는 거절했지만, 마이클은 포기하지 않았죠."

이혼 후 두 아들의 양육권을 나눠 가진 후에도 마이클은 한국에 있는 둘째 아들에게 지극한 관심을 가지고 그를 살폈다. 1년에 한 번씩은 꼭 호주로 불러들였고, 그가 딘처럼 와인 일을 배우길 바랐다.

하지만 그의 간절한 바람과 달리 엄마를 닮아 예술가의 피가 흐르는 제레미는 그림 쪽에 재능을 보였고, 와이너리의 일에는 일절 관심을 보이지 않았다. 그리고 유산을 포기하면서 제 인생을 와이너리에 걸 생각이 없음을 확실히 공표했다.

"지난 30년간 레이너 와인은 크나큰 변화를 겪어 왔어요. 공장에서 대량 생산 판매되는 저가 와인 회사의 이미지를 벗고 와인 스펙테이터 10위 안에 드는, 부띠끄 와인을 만들어 내는 프리미엄 와인 회사가 되었죠. 그건 마이클과 딘 같은 걸출한 와인 메이커가 레이너가에서 나왔기 때문이에요. 마이클의 노스텔지아와 딘의 데스페라도 시리즈는 21세기 10대 와인 안에 손꼽히고 있을 정도니까요."

린다가 베이컨과 달걀 프라이가 담긴 접시들을 들고 오자 얼른 자리에서 일어난 롭과 딘이 도왔다. 식탁 위에는 고된 농장 일을 해야 할 남자들을 위해 구운 빵이 탑처럼 쌓여 있고, 한편에는 버터와 잼이 놓여 있었다.

"솔직히 제레미 없이도 완벽했어요. 마이클과 딘이 있었기에 어벤저스처럼 천하무적이었죠. 하지만 마이클의 죽음으로 우린 큰 축을 잃었어요. 다행히 지금까진 딘이 그 공백을 완벽하게 메워 왔지만, 더 이상은 무리인 상황이에요. 올해 출시된 와인 판매량이 작년의 3분의 2에 멈춰 있어요. 창고에 팔리지 않는 와인이 쌓여 가고 있다고요. 3년 연속 와인 스펙테이터에 한 병의 와인도 올리지 못한다면 우린 재정적 어려움에 처하게 돼요. 당장 내년이 문제라고요."

마이클이 죽고 딘이 레이너 와인을 물려받은 건 5년째지만, 실질적으로 레이너 와인을 만들어 낸 건 그보다 훨씬 이전이었다. 마이클은 아들이 가진 재능이 그보다 상위에 있는 걸 알고, 딘이 MBA 과정을 끝내고 돌아온 이듬해부터 와인 메이킹을 맡겼다.

그 당시 딘은 새로운 와인에 목말라 하고 있었다. 레이너 와이너리의 70퍼센트 이상을 차지하는 쉬라즈 와인에서 벗어나기 위해 뉴사우스웨일즈의 헌터 밸리나 태즈메이니아 섬에 있는 농장을 사들였다. 그리고 그 지역과 기후에 맞게 카베르네 소비뇽, 리슬링, 피노 누아 등 다양한 품종 재배를 시도했다.

여러 지역에서 생산된 여러 품종의 포도즙으로 딘은 종전의 레이너 와인과는 전혀 다른 레이너 와인을 만들어 내기 시작했다. 그것은 레이너 와인 하면 쉬라즈라는 공식을 깨는 혁신이었다. 딘의 와인은 풍부한 과실 맛이 완벽한 밸런스의 풍미를 이뤘고, 긴 여운을 주었다. 와인 셀러들은 그동안의 달짝지근하고 천편일률적인 호주 쉬라즈 와인과는 다른 딘의 와인에 열광했다.

게다가 그는 MBA에서 배운 마케팅의 효과와 국외 와인 수출 시장 확대의 필요성에 대해 잘 알고 있었고, 공격적인 전략을 펼쳤다. 딘은 천부적인 와인 메이커이자 장사꾼이었다. 리치는 딘이 오너로 있는 이상 레이너 와인이 최고가 될 거라는 걸 알고 있었고, 그 믿음대로 레이너 와인은 설립 이래 최고의 전성기를 누리고 있었다. 위기가 급작스럽게 찾아오기 전까지는 말이었다.

"딘을 대체할 사람이 필요해요. 돈까지 줘 가며 제레미를 와이너리에 붙잡아 둔 이유는, 녀석에게 와인 메이커로서의 재능이 있는지 확인해 보고, 녀석을 설득하기 위해서죠."

"딘이 뼛속까지 와인 메이커로서 천부적인 블렌딩 실력을 가지고 있듯이 제레미에게도 분명 어느 정도의 재능은 있을 거야. 문제는 와이너리에 애정이 없다는 거지. 포도밭을 사랑하지 않고서는 와인을 만들어 낼 수 없어."

롭이 부정적인 의견을 내놓자 리치가 의미심장한 미소를 띠며 되물었다.

"제가 그런 것도 생각 않고 제레미를 호주에 불러들였다고 생각하세요? 당연히 처음부터 포도밭으로 내몰면 질겁해서 도망치겠죠. 농장이라면 딱 질색하는 녀석이니까. 우선은 맛있는 당근으로 달래야죠. 제레미에게 레이너 와인의 병 라벨 디자이너 자리를 제안할 거예요."

"라벨 디자인?"

"샤토 무통 로쉴드Chateau Mouton Rothschild*가 와인 병의 라벨 디자인을 피카소나 샤갈, 앤디 워홀 같은 세계적인 예술가들에게 맡긴 건 유명한 이야기죠. 이번에 출시되는 와인 라벨을 제레미에게 맡기는 거예요. 창작욕을 자극할 만한 예술적이고 획기적인 라벨을 주문하는 거죠. 녀석은 분명 관심을 보일 거예요. 그러면서 자연스레 와이너리에 애정이 생기게 해야 해요. 물론 와인 메이커로서의 재능도 테스트 해 봐야 하고요."

롭이 턱수염이 가슴에 닿도록 고개를 끄덕이며 말했다.

"꽤 괜찮은 아이디어군."

---

* 프랑스 보르도 5대 와인 중 하나.

"네 생각은 어때?"

리치는 깊은 생각에 잠겨 있는 듯한 딘을 보았다. 그러자 딘이 가슴 앞에 끼고 있던 팔짱을 풀며 어두운 표정으로 입을 뗐다.

"라벨 디자인을 맡기는 건 좋아. 제레미가 마음에 들어 할 거야. 하지만 그 정도로 와이너리에 애정을 가지게 된다거나, 제레미에게 와인 메이커로서의 재능이 있을 거라는 덴, 솔직히 잘 모르겠어. 녀석에게 그런 재능이 있다는 걸 느낀 적이 한 번도 없었으니까."

"분명 제레미에게는 숨겨진 재능이 있어. 곧 증명해 보일 테니 날 믿고 기다려 줘."

리치의 자신만만함에 어떤 근거가 있는지 궁금했지만, 그의 말대로 믿고 기다려 보기로 했다.

"문제는 여자예요. 우린 그녀를 실체 없는 거짓이라 믿었는데, 실제 존재하고 있었어요. 녀석을 설득하기 위해 만반의 준비를 하고 있었는데 갑자기 애인이라니. 제레미를 어르고 달래도 모자랄 이 상황에 장세아라는 여자가 골칫덩어리가 될 거라는 걸 나만 예견하는 건 아니겠죠? 게다가 제레미에게 재능이 있다는 걸 확인한다 쳐도 그녀 때문에 한국을 떠날 수 없다고 하면 모든 일이 다 소용없어진다고요."

커피 잔을 기울이던 리치는 긴 설전으로 들쩍지근하게 식어 버린 커피에 눈살을 찌푸리며 잔을 다시 내려놓았다.

"차라리 탁 터놓고 그 둘에게 사정을 이야기하는 건 어때?

제레미에게 딘의 상황이 좋지 않다는 걸 얘기하고 도움을 청하면……."

"롭, 설득이 될 거라고 생각하세요? 마이클이 죽으면서 남긴 유산도 걷어찬 녀석이에요. 게다가 딘은 제 몸이 썩어 문드러지는 한이 있어도 부탁하지 않을 테죠. 빌어먹을 동생의 인생을 위해서 말이에요."

리치의 원망스러운 시선이 느껴졌지만 딘은 커다란 창문 밖에 펼쳐진 풍경에서 시선을 거두지 않았다. 어느 날 침대에 누운 그는 오래도록 잠을 이룰 수 없었다. 아버지가 돌아가신 후 내내 피곤에 지쳐 베개에 머리를 대자마자 잠들던 수많은 밤과 달랐다. 쏟아질 듯 반짝이는 별과 포도밭을 스치고 지나는 바람 소리와 지쳐 있는 심신이, 그 모든 것이 고통스러울 정도로 생생하게 느껴졌다. 그 속에서 그는 혼자였다.

자리에서 일어나 연구실에서 낮에 하다 만 와인 블렌딩 테스트를 하는 동안 아침 해가 떠올랐다. 다음 날 밤 역시 쉽게 잠들지 못했고, 밤새도록 뒤척거리다 겨우 눈을 붙이자마자 창밖이 밝아 왔다.

그 뒤로도 계속 잠이 들기 힘들었고, 그럴 때면 딘은 포도밭을 걸었다. 차가운 밤공기를 가르며 걷고 또 걸어도 포도밭은 끝이 나지 않았다. 온몸이 땀에 젖도록 걸으며 깜깜한 포도밭에서 헤맸다. 그리고 어느 날 자신이 포도밭에 갇혀 버렸다는 걸 깨달았다. 그는 이곳을 사랑했지만 미웠고, 숨이 막혔지만 벗어날 수 없었다. 불면증은 그렇게 갑작스레 찾아왔다.

"솔직히 다 말하고 도와 달랜다고 제레미가 오케이를 할지도 미지수예요. 한국에서 엄마랑 살다 보니 가업이니 레이너 와인이니 그런 것은 아무 상관도 없다고 생각하는 놈이니까."

"진즉에 녀석을 호주로 데리고 왔어야 했는데. 내가 그렇게 말할 때면 마이클은 조금만 더 크면, 조금만 더 엄마와 있게 두자고 했지. 그 아이까지 뺏는 건 너무 잔인한 일이라고. 마이클은 애 엄마를 너무 사랑했어. 그게 그에게 독이었지. 제레미는 제 뿌리가 한국이라고 믿고 있는데, 이제 와서 서른이나 된 녀석을 거기 생활을 다 접고 호주로 불러들인다는 게 쉬운 일이겠냐고."

잠을 제대로 이루지 못하는 날들이 늘어 갈수록 피로는 쌓여 갔다. 오감은 둔해지고, 자연히 와인 블렌딩은 점점 엉망이 되었다. 최고의 컨디션일 때도 최고의 와인을 만들기란 하늘의 별 따기였는데, 하물며 이런 상황에서 좋은 와인을 만들 수 있을 리 만무했다. 와인 판매량은 점점 줄었고, 병원을 찾자 의사는 수면제와 함께 일을 줄이라는 극약 처방을 내렸다. 딘은 레이너 와인의 오너이자 수석 와인 메이커였고, 레이너라는 이름을 단 모든 와인이 그를 거쳐 나갔다. 문제는 심각했다.

린다가 새로 뜨거운 커피를 가져다주자 리치가 "고마워요." 하고는 물었다.

"그 여자는 어떤 것 같으세요?"

"난 그녀가 마음에 들어요. 제레미와 잘되어 둘이 같이 이곳에 정착했으면 좋겠어요."

린다의 말에 딘이 고개를 저었다.

"그건 아무래도 힘들 거예요. 부모님이 돌아가신 후 노령의 할아버지 일을 돕고 있는데다, 이야기를 나눠 보니 회사에 대한 애정도 강해 보였어요."

"예의바르면서 스스럼없이 농담도 건네는 게 유쾌한 숙녀더군. 리치, 자네가 보기엔 어떤가?"

"영리한 여자예요. 적당히 대화도 이끌어 갈 줄 알고, 눈치도 빠르고. 회사에서 꽤 중요한 직책에 있다더니 제레미보다 현실적이더군요. 확실한 건 머리가 빈 여자는 아니라는 거예요."

그리고 안타까운 표정으로 속삭였다.

"난 차라리 그런 여자이길 바랐는데. 그리고 제 눈에는 희한하게도 그 둘이 친구 이상으로 보이지 않았어요."

"실제로 아직 친구에서 벗어난 지 얼마 안 돼서일 수도 있지. 왜, 난 꽤 잘 어울려 보이던데."

"린다가 미래에 대한 계획이 있냐고 물었을 때, 그 여자 얼굴 못 보셨어요? 다리에 뜨거운 커피라도 쏟은 듯 화들짝 놀란 표정이었다고요. 솔직히 그 여자가 제레미에 대해 어느 정도 감정을 가지고 있는지 의심이 들어요."

손목시계로 시간을 확인한 리치가 대화를 갈무리하고 빠르게 본론을 꺼냈다.

"어제 제레미와 여러 이야기를 나누었어요. 딘의 어머니는 제레미가 독립한 이후 어떤 경제적 도움도 주지 않았고, 사무실을 낸 뒤 몇 달이나 지나 겨우 일거리가 들어오기 시작한 것 같았어요. 경제적으로, 심리적으로도 많이 위축되어 보였죠.
뭐, 우리에겐 나쁘지 않은 상황이에요."

마치 그들이 마음이 약해진 틈을 타서 인간을 미혹하는 몹
쓸 악마처럼 느껴졌지만, 딘은 아무런 말도 하지 않았다.

"넌지시 라벨 디자인 이야기를 꺼냈고, 그의 도움이 필요하
다고 미끼를 던져 놨어요."

"그랬더니?"

롭의 물음에 리치가 주름 하나 없는 그의 하얀 셔츠만큼이
나 밝은 미소를 지어 보였다.

"승낙할 것 같아요. 생각해 본다고는 했지만, 아주 많이 흥
미를 보였거든요."

"다행이군."

"문제는 그 여자죠. 이곳에 오자마자 함께 휴가를 즐기는 대
신에 남자 친구가 일을 해야 하고, 그녀와 떨어져 있어야 한다
는 사실을 어떻게 받아들일지가 변수예요. 제레미를 설득해야
하는데, 여자가 들러붙으면 귀찮아진다고요."

리치가 초조한 듯 손가락으로 톡톡 테이블을 두드리며 물
었다.

"넌 어때?"

"뭐가 어떠냐는 거야?"

커피 잔을 기울이는 딘이 무뚝뚝하게 되묻자 리치가 눈동자
를 굴리며 다시 물었다.

"어제 같이 와이너리를 돌면서 단둘이 이야기를 나눠 봤을

것 아니야. 어떤 여자 같아?"

딘은 솔직하게 대답했다.

"잘 모르겠어."

"잊지 마. 그 여자가 우리 계획의 최대 변수야. 늘 그녀를 주시해야 해."

리치가 부릅뜬 눈으로 지켜보는 시늉을 하는 찰나 주방 입구로 제레미와 세아가 들어왔다. 그들은 서로 반갑게 아침 인사를 나누었다.

딘은 탐색하듯 여자를 보았다. 싱그러운 목덜미를 드러낸 묶음 머리에 펀칭 블라우스와 반바지 차림의 그녀는 어제의 하얀 원피스 차림의 성숙한 여인의 모습과는 달리 발랄한 소녀 같은 분위기를 풍겼다.

세아가 두 손을 모으며 모두에게 말했다.

"좋은 아침입니다. 죄송해요. 내일부터는 늦지 않을게요."

그들만의 대화를 위해 제레미와 그녀에게 부러 20분 늦게 아침 식사 시간을 말한 터였지만, 리치는 천연덕스럽게 시간을 확인하고는 물었다.

"한국과는 좀 다르죠? 와이너리는 특히나 아침이 빨리 시작되죠. 여름엔 정오만 지나도 너무 더워 일하기가 힘들거든요. 한국은 미국처럼 밤 문화가 발달되어 있다고 하던데. 잠도 자정 가까운 늦은 시간에 자고요. 호주는 그보다 훨씬 빨리 자고, 아침엔 또 빨리 일어나죠. 한국이었다면 당신은 지금 이 시간에 잠을 자고 있겠죠?"

잔에 우유를 따르며 세아는 빙긋 웃었다.

"아니요. 이 시간이면 수영이나 조깅을 하고 있겠죠."

"정말로?"

리치가 믿을 수 없다는 듯 되묻자 그녀가 어깨를 으쓱 올려 보였다. 리치의 기대를 무너뜨린 걸 즐거워하는 표정이었다.

확실히 저 여자는 예상을 깨부수는 재주가 있어.

그녀의 등장은 충격이었다. 둘이 탄 차가 저택 앞에 멈추는 순간 모두 경악했고, 딘은 저택을 나와 그들을 맞으며 초대받지 않은 불청객을 자세히 살폈다. 165센티미터나 될 법한 키에 바람 불면 쓰러질 것같이 마른 몸을 감싼 우아한 사파리 원피스와 하얀 샌들은 흙먼지 날리는 포도밭을 좋아할 것 같지 않았고, 동양인치고 하얀 피부에 새까만 눈동자가 인상적이었으나 다소 예민해 보이는 인상이었다. 5분 만에 발갛게 달아오르는 여린 살결은 호주의 강한 햇빛을 견뎌 낼 도리가 없어 보였고, 린다가 미디엄 웰던으로 신경 써서 구운 스테이크에 고마워했으나 분명 반의반도 먹을 수 없을 거라 생각했다. 하지만 그녀는 보기 좋게 그 모든 예상을 하나씩 깨부쉈다.

"운동을 좋아하나 봐요?"

딘은 올리브 소스에 버무려진 오이와 루꼴라를 토끼처럼 쉴 새 없이 오물거리며 먹는 여자를 신기한 눈으로 바라보았다. 왜 여자가 저렇게 말랐는지 미스테리일 뿐이었다.

"좋아한다기보다는 체력을 기르기 위해 하죠. 3일 연속 야근을 하고 집에 가려고 차에 올랐는데, 눈앞이 빙글빙글 돌며 어지러웠어요. 과로였죠. 결국 응급차에 실려 가 병실에 누워 링거를 맞으며 깨달았죠. 체력이 받쳐 주지 않으면 내가 하고 싶은 걸 못한다는 걸. 그래서 어쩔 수 없이 시작했어요. 처음엔 아침 일찍 일어나는 게 너무 괴로웠는데, 하다 보니 습관이 되고 재미도 붙더라고요."

에너지를 다 일하는 데 썼군.

리치가 그의 속마음을 대신 말해 주었다.

"당신은 굉장한 워커홀릭이었나 보군요."

"예전엔요."

세아는 냅킨으로 입술을 닦으며 고개를 끄덕였다.

"딘과 공통점이 많군요. 딘도 호주 제일가는 일 중독잔데."

리치의 말에 우유를 마시던 그녀가 딘을 쳐다보았다. 그윽한 검은 눈동자가 놀리듯 물었다. 정말 당신도 그래요?

딘은 조금 웃으며 고개를 저었고, 여자는 다시 토끼처럼 샐러드를 먹기 시작했다. 태양을 이겨 내며 뒤꿈치가 까지는지도 모른 채 5킬로미터를 걷고, 종일 굶은 사람처럼 스테이크한 덩어리를 먹어 치우는 여자라. 한여름의 와이너리를 걸어서 돌아다니는 건 건장한 남자에게도 쉬운 일이 아니었다. 게다가 유칼립투스 나무숲과 저녁 일몰을 바라보던 눈동자에 어린 순수한 희열은 꾸며 낸 것이 아닌 진심이었다.

딘은 혼란스러웠다. 단순한 퍼즐인 줄 알고 가볍게 집어 들었는데 오각형 5단 퍼즐을 맞닥뜨린 듯한 기분이었다.

"그런가 하면 누군가는 이 시간이면 아마 한밤중이겠죠?"

리치가 눈을 돌려 꾸벅꾸벅 졸고 있는 제레미를 한심스럽게 바라보자 세아는 고개를 돌리지도 않은 채 접시에 담은 음식을 비워 내며 중얼거렸다.

"네. 10시까지는 세상모르고 자고 있을 시간이죠."

눈꼬리에 대롱대롱 붙어 있는 잠기운을 떨어내며 제레미가 퉁명스레 대답했다.

"무슨 소리야. 9시면 나도 일어나요. 잠자리가 불편해서 잠을 설쳐 그런 것뿐이라고요."

딘은 반쯤 감긴 눈으로 입이 찢어져라 하품을 토해 내는 제레미 앞에 커피 잔을 밀어 주며 물었다.

"침대가 불편했어? 잠자리 안 가리잖아."

"아, 간밤에 너무 추워서 좀 설쳤어요."

"추웠다고?"

제레미가 뒷덜미를 벅벅 긁으며 커피 잔을 들자 세아가 얼른 대답했다.

"제가 이불을 돌돌 말고 자는 습관이 있어서 제레미가 어젯밤 춥게 잤나 봐요. 밤에는 생각보다 쌀쌀하더라고요. 그렇지?"

그녀가 무언의 확답을 받듯 제레미를 쳐다보자 제레미는 잠이 덜 깬 얼굴을 주억거리며 그런 것 같다고 중얼거렸다. 그 모습에 딘은 또 혼란스러워졌다. 어제 차 앞에서 언성을 높이며 다투는 둘을 보았을 때, 흔한 연인 간의 싸움을 하는 거라고 생각했다. 그래서 그들이 별로 다정해 보이지 않다거나, 대화를 자주 나누지 않아도 냉전 중이겠거니 했다. 하지만 방금 둘의 모습은 단순한 냉기류의 문제가 아닌, 짝이 맞지 않아 덜커덕거리는 자물쇠와 열쇠를 보는 기분이었다.

딘은 속마음을 숨긴 채 말했다.

"오늘은 침구를 더 챙겨 줄게."

"고마워, 형. 그리고 어제 리치가 말했던 라벨 디자인 말이에요."

제레미가 언질을 띄우자 세아를 제외한 모두의 포크질이 동시에 멈추었다. 제레미가 산뜻한 얼굴로 말했다.

"할게요. 하고 싶어요."

"잘 생각했어. 세아에겐 말했니?"

리치가 웃으며 묻자 제레미가 당황한 얼굴로 고개를 저었다.

"아. 어제 피곤해서 바로 잠드느라 이야기를 못했어요."

그녀가 무슨 이야기냐는 표정으로 우유 잔을 내려놓자 딘은 또 이상한 느낌이 들었다. 아무리 싸웠다지만, 같이 휴가 온 연인 사이에 마음대로 스케줄을 정한 후에 통보라니?

당황한 제레미 대신 리치가 진지한 얼굴로 이야기를 시작했다.

"세아. 내년에 출시될 레이너 와인의 라벨 디자인을 제레미가 도와주었으면 해서 제안을 했어요. 그를 호주로 부른 이유가 바로 그것 때문이었죠. 우린 그의 재능이 뛰어남을 알고 있고, 그 재능이 레이너 와인에 쓰이길 기다렸어요. 와이너리는 가업이죠. 우린 늘 제레미가 우리와 같이 일하길 바랐어요."

딘은 제일 중요한 대목의 말을 귓등으로 스쳐 듣는 제레미와 반대로 그 말을 경청하고 있는 세아를 보았다.

"제레미가 와인 라벨 디자인을 맡아서 한다면, 그를 도와줄 친구를 알고 있어요. 그는 레이너 와인 라벨 디자인 작업을 몇 차례 했었고, 우린 그와 제레미가 공동으로 이 작업을 했으면 해요. 우선 그를 만나 보고 제레미가 이 일을 할지 말지 최종 결정을 했으면 좋겠어서 내일쯤 시드니에 갈까 해요. 시드니에 그의 사무실이 있거든요. 짧으면 하루, 길면 이틀 정도 걸릴 것 같아요. 어제 도착해서 피곤하기도 할 테고, 어차피 같이 따라 나서 봐야 지루하기만 할 테니 그동안 당신은 와이너리에 남아 있으면 하는데, 어때요?"

말을 마친 리치가 정중히 허락을 구하는 듯 그녀를 바라보자 식탁은 몇 초 간 알 수 없는 긴장에 휩싸였다.

세아가 대답했다.

"네. 잘 다녀오세요."

"음......"

딘은 리치가 당황한 걸 알아차렸다. 그는 불분명한 말투를 굉장히 싫어해, 평소 말끝을 흐리거나 하지 않았다. 같은 편이라는 걸 잊을 정도로 그의 표정이 우스꽝스러워 딘은 웃음이 터질 것 같은 입술을 커피 잔으로 가렸다. 그 사이 리치가 흐트러진 표정을 재빨리 가다듬고는 되물었다.

"그러니까 당신은 괜찮다는 거죠? 이게 끝이 아니라, 만약 제레미가 일을 시작하게 된다면 조금 더 바빠질 수도 있어요. 둘이 함께 보낼 시간을 방해하는 것 같아서 미리 양해를 구해야겠어서 묻는 말이에요."

리치는 그녀가 너무 쉽게 대답한 이유가 그가 한 말을 제대로 이해하지 못했다고 생각한 듯했지만, 저 여자는 그의 말을 100퍼센트 이해했다. 표정은 또렷했고, 이어진 그녀의 말은 오해를 품을 여지가 없었다.

"제레미 없이 잘 못 지낼 걸 걱정하시는 거라면, 아니요. 전 괜찮아요. 우리는 오랫동안 친구로 지내 오면서 각자 잘 지내는 법을 알고 있어요."

그녀가 또다시 눈을 동그랗게 뜨고 제레미를 쳐다보자 제레미도 고개를 끄덕였다. 확실히 저 둘은 이상해.

고개를 돌린 그녀가 딘에게 물었다.

"그런데 혹시 자전거를 빌릴 수 있을까요? 어제 바비큐를 하면서 롭이 자전거를 타고 다녔다는 얘기를 하시던데요."

"자전거는 왜요?"

"이동할 때 자전거를 타는 게 좋을 것 같아서요. 어제 돌아보니 차를 타긴 그렇고, 걸어 다니긴 너무 멀더라고요."

"창고에 오래된 자전거가 하나 있어요. 꺼내 줄게요."

"고마워요."

식사를 끝낸 리치가 서재로 가는 딘을 따라 들어와 말했다.

"저 여자는 너무 독립적이거나, 혹은 제레미를 별로 좋아하지 않아. 내가 느낀 게 틀렸다면 말해 봐."

별로 좋아하지 않는 수준을 넘어 그녀는 제레미에게 무관심하고, 제레미 역시 그녀에게 깊은 애정을 가지고 있지 않다고 느꼈지만, 딘은 아무 대꾸 없이 책상에 앉아 노트북을 켰다.

"아무래도 제레미만 좋아서 사귀자고 한 것 같아. 저 여자는 녀석을 남자로 보고 있지 않다고. 다행히 우리 발목을 잡을 염려는 없어 보이니 제레미만 잘 설득하면 되겠어. 걱정했던 것보다는 시작이 나쁘지 않아."

한숨 돌리는 리치와 달리 딘은 왜인지 예측 불가능한 여자 때문에 생각처럼 일이 쉽게 풀리지 않을 것 같은 예감이 들었지만 아무 말도 하지 않았다.

"그래도 혹시 모르니 우리가 없는 동안 넌 그녀를 잘 지켜 봐 줘."

그가 대답 대신 메일함을 열자 리치가 "딘." 하고 한숨처럼 늘여 불렀다.

"그러지 마. 네가 이 계획을 탐탁지 않게 생각한다는 걸 알고 있지만, 우리로서는 다른 수가 없다는 걸 알잖아."

그의 증조할아버지인 패트릭 레이너가 1922년에 이곳 바로사 밸리에 포도나무를 심고 레이너 와이너리를 연 이후, 할아버지, 아버지, 그도 이곳에서 나고 자랐다. 그들은 모두 그들의 아버지에게서 포도를 키우고, 와인을 만드는 법을 배웠다. 와이너리는 단순한 생업과 돈벌이가 아닌 레이너가의 역사이자 인생이었다.

마이클의 장례를 치르고 난 후, 아버지가 남긴 유언을 끝내 거절하며 제레미는 말했었다.

'나는 다섯 살 때부터 한국에 와 살았어. 포도밭, 와인, 레이너 사. 그 모든 게 숨 쉬는 것처럼 당연하게 받아들여지는 형과 달리 내겐 제레미 레이너가 아닌 J가 더 익숙하고 편해. 그러면 형은 지내다 보면 곧 편안해질 거라고 말하겠지. 내게 레이너의 피가, 아버지의 피가 흐르고 있으니까 당연히 좋아질 거라고. 혹시 기억나? 내 친구 중에 장세아라고, 이웃집에 살았던 제일 친한 친구. 그 애도 나처럼 크레파스를 손에 쥔 순간부터 그림만 그렸어. 재능으로 반짝반짝 빛이 나는 친구였지. 그런데 부모님이 사고로 갑작스레 돌아가시고 나서 집에 있는 물감이며 캔버스며 모두 다 내다버리고 할아버지를 도와 회사에 들어가기 위해 경영학 공부를 시작했어. 맞아. 누군가는 그런 삶을 살아. 누군가를 위해 사는 삶. 그런데 형, 나는 그렇게 못 하겠어. 나는 형이 미워하는…… 엄마의 피가 흘러서 내 삶이 가장 중요해. 나 아닌 누구를 위해, 가족을 위해 희생하는 그런 삶을 살고 싶진 않아. 미안해, 형.'

바람이 부는지 창밖 잔디가 물결치고, 우뚝 솟은 유칼립투스 나무의 가지가 휘었다. 풍성한 이파리 사이로 덜 영근 포도 송이들이 우수수 흔들리다 이내 조용해졌다.

딘은 제레미를 붙잡은 걸 후회했다. 인간은 망각의 동물이라 바보처럼 또 잊었다. 바람은 머물 수 없는 법. 땅을 매만지고 나무를 흔들지만 그저 스쳐 갈 뿐, 결코 함께하거나 머물지는 않았다. 그들은 자유를 갈구한 나머지 그럴 수가 없었다.

어린 시절에는 그런 그들을 원망했지만, 이제는 그렇지 않다. 그것이 그들의 본질일 뿐이라는 걸 이제는 앎으로.

딘은 롭과 린다 앞에서는 꺼내 놓지 못했던 속마음을 리치에게 털어놓았다.

"알잖아. 제레미는 절대 마음을 바꾸지 않을 거야. 재능이 있다손 쳐도 싫다는 녀석을 붙들어 억지로 와인을 만들라고 할 수는 없어."

그러자 의자 등받이에 깊숙이 몸을 기대앉은 리치가 미간에 신경질적인 주름을 세우며 대답했다.

"그렇게 간단한 문제가 아니야. 동생의 인생을 존중해 주려는 네 마음은 알지만, 지금은 한가로이 서로를 위할 시간이 아니라고."

"형으로서가 아닌 레이너 와인의 오너로서 말하는 거야. 최악의 경우 내년에 출시될 와인까지 반응이 좋지 않을 거라 예측한다면 내후년에라도 반등을 시도해야만 해. 그렇기 때문에 하루라도 빨리 외부에서 실력 있는 수석 와인 메이커를 들여야만 하고. 리치, 우린 시간이 없어. 이렇게 낭비할 시간이 없다고."

"시간을 낭비하는 게 아니야. 두 달 안에 모든 일은 결정이나. 제레미 일이 실패하게 되면 그때 외부에서 와인 메이커를 들여도 늦지 않아. 그리고 딘, 그건 정말 최후의 패야. 아주 위험한 패라고."

레이너 와인은 4대째 이어 온 가족 경영 회사다. 만약 외부에서 와인 메이커를 들일 경우에 이전의 레이너 와인의 맛이 흐려지고, 심한 경우 레이너 와인만이 가진 특색이 완전히 사라질 수 있다는 걸 그 누구보다도 잘 알고 있었다. 그리하여 불면의 밤마다 고민하고 괴로워했지만, 와인 메이커로서의 욕심보다 오너로서 회사를 살리는 게 우선이라는 결론을 얻었다.

깊은 고뇌에 휩싸인 딘을 바라보는 리치의 얼굴도 무겁게 내려앉았다.

"네가 뭘 걱정하는지 알아. 하지만 네가 간과하고 있는 게 하나 있어. 우리에게 가장 중요한 건 바로 너야."

딘은 테이블 너머로 리치를 보았다. 금발의 세련된 남자는 단호한 목소리로 말을 이었다.

"우린 네가 더 이상 와인 블렌딩을 못 할 거라 생각지 않아. 네가 가진 재능이 바닥났다고 믿지도 않고. 넌 천재적인 와인 메이커야. 잠깐 숨 고르기를 하는 것뿐이라고. 그래서 롭도 린다도 나도 외부에서 와인 메이커를 들이는 데 반대하는 거야. 그러니 포기하지 마. 넌 분명히 다시 최고의 와인을 만들어 낼 수 있어. 우리에게 필요한 건 그동안 네 자리를 대체할 누군가야. 제레미가 널 도울 수 있을 거야."

그러고는 꼰 다리를 풀어 상체를 기울이더니 책상 한편에 놓인 잡지를 딘을 향해 들어 보였다.

"덧붙여 말하자면, 이참에 재클린과의 관계도 진지하게 고민해 봤으면 하고."

딘이 표지에 있는 금발의 아름다운 여인을 무심히 바라보다 잡지를 빼앗아 제자리에 놓자 리치가 어깨를 으쓱 들어 올리며 말했다.

"진심이야, 농담 아니라고."

"아니면 제정신이 아니거나. 재클린은 친구야. 고등학교 때부터 줄곧 친구였다고."

"너는 그럴지 몰라도 그녀는 아니야. 재클린은 너한테 빠져 있어. 아주 오래전부터 그랬지. 너를 보는 눈빛만 봐도 알 수 있다고."

리치의 호언장담에 딘은 얼토당토않다는 표정으로 고개를 저었다.

"절대 그럴 리 없어. 단 한 번도 내게 그런 표현을 한 적이 없었다고."

"왜인 줄 알아? 똑똑한 여자기 때문이지. 그러면 네가 도망간다는 걸 알고 있어. 그래서 친구라는 그럴싸한 이름을 달고 적당한 거리를 유지하고 있는 것뿐이야. 딘, 제발 그녀가 널 떠나게 두지 마. 재클린은 아름답고, 호주에서 가장 유명한 쇼 진행자인데다 광산 재벌의 딸이라 돈도 많다고. 멍청이가 아닌 이상 그런 여자를 마다할 남자가 어디 있겠어?"

딘이 중얼거렸다.

"돈은 우리도 있어."

"돈은 많으면 많을수록 좋은 거야. 만고불변의 진리지. 만약 올해 레이너 와인을 망친다면 그 돈이 더 절실해질 거야."

그럴 경우의 적자를 셈하기라도 하듯 리치는 잔뜩 찌푸린 얼굴로 천장을 올려다보며 말했다.

"수확기에 수작업 대신 기계 수확을 하는 구역을 더 늘려야 할지도 몰라. 인건비 감축을 해야만 한다고."

"그러면 와인 질이 떨어져."

"그게 싫으면 재클린과의 관계를 심각하게 고려해 보든지."

딘이 짜증스러운 눈으로 쳐다보았지만 그는 물러서지 않았다.

"결국 이 일을 해결할 가장 좋은 방법은 네 불면증을 치료하는 거야. 어차피 그 누구도 너만큼 와인을 만들어 낼 리는 없으니까. 네가 재클린과 결혼해서 안정을 찾는 동안 그녀의 아버지에게서 재정적인 도움을 받을 수도 있고, 둘 사이에서 태어난 아이가 네 뒤를 이어 레이너 와인을 물려받을 수도 있어. 더할 나위 없이 완벽한 방법이라고."

"그렇게 완벽해서 두 번이나 다녀온 거야?"

딘답지 않은 시니컬한 농담에 리치의 눈매가 가늘어졌다. 계산과 전략에 능하고, 매사에 냉정한 리치는 5년 전 불같은 사랑에 빠져 결혼식을 올렸지만 1년 6개월 만에 이혼했고, 지금도 두 번째 이혼 소송 중이었기 때문이다.

"너는 나랑은 달라. 마이클처럼 좋은 남편, 좋은 아빠가 될 거야."

아버지는 분명 좋은 아빠였지만, 좋은 남편인지에 대해서는 의문이었다. 정말 좋았다면 엄마가 이혼하고 한국으로 가지 않았을 테니.

"마이클은 제레미가 호주에 정착하는 것만큼이나 네가 결혼해서 안정을 찾는 모습을 바랐지. 널 설득해 달라고 내게 간곡히 부탁하셨어."

"지금 중요한 건 결혼이 아니야. 결혼으로 불면증을 치료할 수 있을 거라고 생각지도 않고, 결혼을 한대도 그 상대는 절대 재클린은 아닐 거야."

"어떤 근거로 확신하지?"

리치의 집요한 물음에 딘은 인내심이 많이 남지 않은 얼굴로 목소리를 낮춰 대답했다.

"왜냐하면 나는 그녀를 행복하게 해 줄 자신이 없거든. 세상 어떤 여자도 마찬가지야. 자, 우리 이 무의미한 공론을 그만 멈추자고. 난 이제 메일을 확인하고 나가 봐야 해. 할 일이 태산이라고."

딘의 축객령에 리치는 자리에서 일어나며 말했다.

"좋아. 하지만 잘 생각해 봐. 좌초 직전의 네 인생을 먼저 구하지 않고서 레이너 와인을 구원할 수 있을지 말이야. 나는 이만 제레미와 내일 스케줄에 대해 이야기하러 가 봐야겠어."

리치가 나가자 새로 온 메일들을 확인했다. 미국 지사에서 온 메일과 호주의 와인 학교에서 강의를 부탁하는 메일, 와이너리 인터뷰를 위해 와인 잡지 《소믈리에》에서 온 메일을 읽고 답장을 보냈다.

10여 통의 메일을 다 보냈을 무렵 문을 똑똑 두드리는 소리에 고개를 들었다. 열린 문 사이로 여자가 들어왔다. 만약 제레미에게 정말 재능이 있어 와이너리 일을 돕게 되건 혹은 불발로 그치던 되건, 그녀가 이곳에 정착할 일은 없으니 어느 쪽이든 지금이 아니라면 그녀를 더 볼 일은 없을 것이다.

"바쁘신데 방해한 건가요?"

장세아, 지금이 아니면 더 볼 일이 없는 여자.

딘은 노트북을 끄며 말했다.

"괜찮아요. 다 끝났어요."

"방해해서 미안해요. 리치가 당신한테 당장 가 보라고 했어요. 자전거를 줄 거라면서. 그런데…… 내가 속은 거죠?"

눈치가 빠른 여자는 그의 표정에서 단번에 분위기를 파악하고는 분한 얼굴로 입술을 깨물었다.

딘은 자리를 떨치고 일어나며 말했다.

"그를 믿으면 안 돼요. 마침 자전거를 가지러 가려던 참이었는데, 같이 갑시다."

딘은 세아와 함께 2층으로 올라갔다. 모두들 일하러 간 뒤라 집 안은 텅 비어 조용했다. 복도를 지나 맨 끝 방 문을 열고 들어서자 그녀가 외마디 감탄사를 내뱉었다.

"와아, 여긴 보물 창곤가요?"

넓은 유리창으로 들어오는 햇살 아래 먼지가 앉은 낡은 피아노와 책과 옷가지와 유행이 지난 커튼이 담긴 상자 더미들을 보며 딘은 무심하게 대답했다.

"그냥 창고죠. 여기 있네요."

딘은 벽에 기대어진 자전거를 닦아 내고는 상태를 살폈다. 오랫동안 방치해 두어서인지 휠이 바닥에 닿을 정도로 타이어의 바람이 빠져 있었고, 녹슬지는 않았지만 체인에서 끼릭거리는 소리가 났다. 근처 상자를 뒤져 펌프를 찾아낸 뒤 타이어에 공기를 넣기 시작했다. 세아가 옆으로 다가와 물었다.

"이 자전거 당신 거예요?"

"음."

펌프질을 할 때마다 코끝을 간질이는 시트러스 향기에 눈을 내리자 바퀴를 내려다보는 여자의 동그란 이마가 보였다. 문득 오래전에도 지금처럼 내려다봤던 기억이 떠올랐다. 한참이나 작은 키에 어색한 영어 발음으로 더듬거리면서도 끝까지 제 소개를 마친 여자애는 까만 눈을 또렷이 들어 그를 응시했다. 하지만 화가 나 있던 딘은 그 흔한 'Hello' 한 마디도 건네지 않고 의자에 앉았다. 열일곱 살 여름, 처음이자 마지막으로 한국에 방문했을 때였다.

혼탁한 공기와 밀집된 고층 건물들, 도로에 늘어선 빵빵거리는 차들과 어딘가에 쫓기듯 가는 사람들. 대체 엄마는 왜 이곳이 그리워 그와 아빠를 남겨 두고 떠나왔는지 도무지 이해할 수가 없었다. 엄마가 매일 눈물지으며 그리워했던 한국이란, 그의 상상 속에서 이보다는 더 아름답고 멋진 곳이었기 때문이었다. 엄마와 제레미는 주택가가 밀집한 동네의, 조그만 정원이 딸린 집에서 살았고, 저녁 식사 자리에서 제레미의 제일 친한 친구라며 초대되어 온 그녀를 처음 보았다. 그때도 지금도 왜 이 여자와의 만남은 가장 혼란스러운 순간에 이뤄질까.

"제가 타던 것보다 훨씬 커 보이는데. 페달이 발에 닿기나 할까요?"

그녀가 고개를 들자 검은 눈동자와 눈이 딱 마주쳤다. 딘은 뒷바퀴에 펌프 마개를 끼우며 그녀에게서 조금 떨어져 섰다.

"안장을 내리면 괜찮을 거예요. 당신이 난장이가 아니라면."

그는 계속 펌프질을 했고, 하릴없이 옆에 서 있던 여자는 창가 쪽으로 가 여기저기 놓인 물건들을 구경하기 시작했다. 펌프를 치우고 자전거 오일을 찾느라 상자를 뒤지고 있는데, 무언가 발견한 듯 쭈그려 앉은 여자가 소리쳤다.

"놀라운 게 있네요."

뿌옇게 피어오르는 먼지 속에서 네모나고 납작한 무언가를 들어 보인 그녀는 연신 콜록대는 입을 가리며 물었다.

"이게 뭔 줄 아세요? 한글로 된 동화책이에요. 선녀와 나무꾼, 햇님과 달님 오누이, 신데렐라, 알라딘. 어머님이 많이 읽어 주셨나 봐요. 엄청 낡았는데요. 한글 읽을 줄 아세요?"

"아니요. 어머니가 읽어 주신 걸 듣기만 했죠."

세아는 아예 자리를 잡고 앉아 책을 넘겨 보기 시작했다.

"그렇게 선녀는 나무꾼과 아이도 낳고 잘 살게 되었어요. 그러던 어느 날 선녀가 하늘에 계신 부모님 이야기를 하며 슬퍼하자 나무꾼은 날개옷을 숨긴 게 미안하기도 하고, 아이를 둘이나 낳았으니 괜찮겠지 하는 마음에 선녀에게 날개옷을 보여 주었어요. 그랬더니 선녀는 날개옷을 입고 두 아이를 안고 하늘로 훨훨 날아가 버렸어요. 나무꾼은 발을 동동 구르고 울었지만 아무 소용이 없었어요."

뿌옇게 부유하는 먼지 속에서 여자가 조곤조곤 책을 읽어 가자, 예기치 못한 촉발에 의해 잠재되어 있던 기억이 느닷없이 툭 튀어나왔다. 그의 옆에 비스듬히 누워 책을 읽어 주던 여인의 다정한 목소리와 침대에 누운 어린 아들과 여자를 지켜보는 남자의 미소 띤 얼굴도.

세아가 책을 접어 다시 상자 안에 넣을 때까지 딘은 자신이 무릎을 굽힌 채 멈춰 있다는 걸 알지 못했다. 서둘러 끼릭거리는 자전거 체인에 오일을 듬뿍 쳤다. 윤활유가 넘쳐 바닥으로 뚝뚝 떨어지자 헝겊으로 닦아 냈다.

"여기 진짜 보물의 방 맞네요. 물감도 있어요. 이 화구 상자는 제레미 거겠죠?"

"아마도."

"제가 이걸 쓴다면 제레미가 화낼까요?"

"아니. 당신이 쓴 줄도 모를 거예요. 사용 안 한 지 몇 년은 됐으니까. 하지만 오래돼서 쓸 수 있을지 모르겠네요."

세아가 서류 가방만 한 나무 화구 상자의 뚜껑을 열어 보고는 신이 나 소리쳤다.

"아직 쓸 만한데요? 물감도 괜찮은 것 같고. 그런데 이 화구 상자 멋지네요. 사이즈도 크고, 가볍고, 수납도 하기 좋게 나눠져 있고. 주문 제작해서 만든 것 같은데."

"그건 내가 만들어 준 거예요."

방학이 되어 제레미가 오기 전, 딘은 나무를 잘라 사포질을 하고, 왼쪽 구석에 우드버닝으로 'Jeremy Reiner'라고 새기고, 페인트칠과 스테인을 바른 뒤 청동 경첩과 가죽 손잡이를 달았다. 그리고 제레미의 열세 살 생일에 선물로 주었다.

"제레미는 언덕 위나 여기서 멀지 않은 호숫가에 가서 그림을 그리곤 했는데, 늘 짐이 많아 왔다 갔다 하기 힘들어해서 만들어 줬어요."

하얀 손으로 화구 가방의 먼지를 쓱쓱 닦아 내더니 매끈한 나뭇결과 오래된 갈색 가죽 손잡이를 훑고는 존경 어린 눈빛으로 그를 보았다.

"손재주가 정말 좋으시네요. 목수 뺨치는 실력인데요."

"과찬이에요."

"아니요. 진짜로 이런 건 처음 봐요. 정말 멋져요."

"당신도…… 만들어 줄까요?"

보통이었으면, 여자가 저렇게 눈을 반짝이지 않았다면, 절대 건네지 않았을 충동적인 질문에 세아는 당황한 듯 웃었다. 문득 그 웃음이 울음을 터트리기 직전 울상인 듯한 얼굴과 닮았다는 생각이 들었다.

"하지만 저는 이제 그림을 그리지 않아요."

그 순간 셀러 도어에서 그녀가 했던 말이 떠올랐다.

'그건…… 축하를 받지만, 제가 원한 일들은 아니어서일 거예요.'

그녀는 이해할 수 없을 거라고 말했지만, 딘은 정확히 이해했다. 그녀가 느끼는 감정을 그 역시도 잘 알고 있었다. 자신이 원하는 것과 해야 할 일 사이의 딜레마와, 그러므로 타인의 즐거움에 그 역시도 그런 듯 동조했던 기억들까지.

난생처음 느낀 동질감의 상대가 지구 반대편에서 날아온 동생의 여자라는 사실에 꽤나 당황스러웠다.

"10년 넘게 안 그렸으니, 지금 그리면 정말 엉망일 테죠. 죄송해요. 괜히 허락도 없이 막 뒤졌나 봐요."

그제야 자신이 무슨 짓을 하고 있었는지 깨달은 얼굴로 들고 있던 화구 가방을 내려놓으려 하자 딘이 말렸다.

"일이 아닌 취미로 한다면 상관없잖아요? 뭘 어떻게 그리든 말이에요."

"……."

"가져가요. 가져가서 그려요. 2층 테라스에서 내려다보이는 포도밭이 꽤 멋질 거예요."

"좋아요. 이걸 만졌다고 제레미가 화를 내지나 말았으면 좋겠네요."

그녀가 화구 가방을, 그가 자전거를 들고 저택 밖으로 나왔다. 딘은 자전거 안장을 최대한 낮춰 세아에게 내밀었다.

"자, 앉아 봐요."

세아는 자전거에 올라 페달을 밟았다. 다행히 안장과 페달 간의 거리가 그녀의 체구에 딱 맞았다. 그녀는 그를 가운데 놓고 능숙하게 한 바퀴 돌며 말했다.

"고마워요."

선선한 아침 바람에 그녀의 하얀 펀칭 블라우스와 검은 머리칼이 휘날렸다. 그는 자신을 휘도는 그녀를 보며 물었다.

"당신은 오늘 저택에 머물며 그림을 그릴 건가요?"

"네. 그래 볼까 해요."

"즐겁게 보내요. 심심하면 제레미에게 와이너리 구경을 시켜 달라 하고요."

자전거에서 내린 그녀가 고개를 끄덕였다. 차고로 간 딘은 파란 트럭에 올랐다. 시간은 벌써 8시가 다 되어 가는데, 오늘 돌아봐야 할 구획만 스무 군데가 넘었다.

차를 몰아 와이너리 입구 쪽으로 틀자, 그녀가 그를 향해 손을 흔들었다. 딘도 창밖으로 손을 내밀어 보였다. 앞 유리창으로 비쳐 들어오는 햇살이 오늘따라 눈부셔 선글라스를 썼다. 그리고 백미러에 비친 조그만 여자에게서 시선을 뗀 딘은 속도를 내어 달리기 시작했다.

— 언니, 지금 어디야?

세연에게서 전화가 온 건 2층 테라스에 자리를 잡고 앉아 포도밭을 그리고 있을 때였다. 드로잉을 하던 스케치북을 내려놓고 핸드폰 너머로 쟁쟁 울리는 세연의 목소리를 듣고만 있었다.

— 휴가를 냈으면 냈다고 말을 하고 가야 될 거 아니야. 언니 오피스텔 갔다가 이상해서 박 비서님께 여쭸더니, 두 달이나 휴가 몰아서 냈다며? 무슨 짓이야? 아무리 할아버지가 인사과로 보냈대도 그렇지. 기다리면 어련히 다시 기획팀에 올려 보내 주실까 봐. 왜 그래? 잘 참아 왔으면서 언니답지 않게.

나다운 게 뭔데? '언젠가는 어련히' 그 말에 기대어 참으며 숨차게 달려온 게 4년이야. 그림 포기하고 경영학에 MBA까지 따지면 내 인생의 절반을 걸고 일했는데, 결국 내게 남은 건 아무것도 없었어. 결국은 닿을 수 없는 자리인 줄 모르고 이제 나는 용이다, 들떠 오르다 승천 직전에 땅바닥에 내동댕이쳐진 이무기가 된 거라고.

세아는 뭉뚝 닳은 연필을 버리고 뾰족한 새 연필을 들어 마저 드로잉을 계속했다.

"나 호주야."

— 호주? 웬 호주?

"J 따라서 와이너리에 와 있어."

— 레이너 와이너리? 만날 거기 와인 노래를 부르더니, 결국은 갔네, 갔어. 와인은 원 없이 마시겠구먼. 그래서 계속 거기에 있으려고?

"아니야. 일주일만 있다가 시드니로 옮길 거야. 할아버지는 어떠셔?"

— 어제 저녁 먹으러 성북동 갔었는데, 요즘 통 기운도 없으시고 식사도 잘 안 드신다고 박 비서님 걱정이 이만저만 아니시더라. 넌지시 언니랑 통화는 해 봤느냐고 물으시기에 전화한 거야. 설마 거기 가서 할아버지께 안부 전화 한 번도 안 드린 건 아니지?

애들레이드에서 백 번쯤 망설이고 고민하다 결국 박 비서님께 전화를 걸었다. 그 후 내내 혈압은 괜찮으셨고, 보통 때처럼 일을 하고 계신다고 했다. 친구와 호주에 왔으니 걱정 마시라는 메시지를 할아버지께 전해 달라 부탁드렸다. 옹졸하다 해도 어쩔 수 없었다. 아무 일도 없었던 듯 안부를 묻고 통화하기에는 아직 그녀의 마음속 응어리는 그대로였다.

세아는 포도밭 위로 한숨처럼 번진 조각구름을 그리며 되물었다.

"어떻게 안부를 전하니? 할아버지, 저 휴가 와서 신나게 놀고 있어요. 완전 좋아요, 그래? 여든 할아버지는 회사 일 하시는데, 서른 손녀가?"

— 그렇긴 한데…… 언니도 사람이잖아. 좀 쉬어 가면서 일해야지. 솔직히 나 언니 그렇게 일하다가 쓰러질까 봐 늘 조마조마했어. 제발 거기서는 아무것도 하지 말고, 맛있는 것 많이 먹고 푹 쉬어, 알았지? 할아버지께 언니 잘 지낸다고 전해 드릴게.

"그래. 너도 감기 조심하고."

— 응. 또 전화할게.

전화를 끊자마자 등 뒤로 문 여는 소리가 들렸다. 고개를 돌려 보니 제레미였다. 세아는 전화를 던져 놓고 연필을 들었다. 등 뒤로 쭈뼛거리고 선 인기척이 거슬렸지만 드로잉을 멈추지 않았다.

"나 내일 첫 비행기로 시드니에 갈 거야. 하루, 이틀 정도 걸려. 혼자여도 괜찮지?"

끈질기게 대답을 기다리던 제레미가 제풀에 지쳐 포기하고는 말했다.

"나 없는 동안 조심해. 형도 리치만큼 눈치가 빠르니까."

웬수.

제레미가 나간 후 드로잉을 대충 마치고 객관적으로 스케치북을 들여다보았다. 부는 바람에 가지와 이파리는 미동도 없었고, 포도송이는 축 늘어져 생명력이 느껴지지 않았다.

채색을 할 엄두도 나지 않게 그림은 엉망이었다. 예전 미술 선생님이 종종 하시던 말씀이 떠올랐다. 단 며칠이라도 손에서 그림을 놓으면 티가 난다고. 하물며 10년 넘게 놓았으니 당연하겠지. 하지만 그 사실이 견딜 수 없게 그녀를 괴롭혔다.

격렬한 눈동자로 캔버스를 노려보았다. 그럼 나는 뭐야? 그림을 그릴 수도 없고, 강산에 남을 수도 없다면 내게 남은 건 대체 뭐냐고? 나는 내 전부를 걸고 달려왔는데, 이제 와 아무것도 남은 게 없다면 십수 년 동안 허송세월을 산 거야? 이제 와 내게 새로운 길을 찾아 떠나라는 건 너무나 무책임하잖아!

테라스를 뛰쳐나온 세아는 모자와 생수병을 챙기고 운동화를 신었다. 만반의 준비를 마친 그녀는 자전거에 올라 관개 수로 쪽 길로 향했다. 어제 바비큐를 하면서 들은 바에 의하면 그곳에 멋진 호수가 있다고 했고, 차로 10분 정도 걸린댔으니 30분 정도 달리면 도착할 수 있을 것이다.

그냥 아무 생각 않고 달리는 거야.

심장이 터져라 페달을 밟았다. 비포장 길이라 흙먼지가 날리긴 했으나 한편으로는 포도밭이 그림처럼 펼쳐져 있었고, 오전이라 그런지 햇빛은 견딜 만했다.

10여 분쯤 달렸을까, 자전거를 멈춘 세아는 헐떡이며 포도밭을 뚫어져라 쳐다보았다. 나무 사이로 낯선 색채의 움직임이 포착되어서였다. 자세히 보니 얼추 서른 명은 되어 보이는 일꾼들이 일을 하고 있었다.

"세아!"

귀에 익은 목소리의 부름에 고개를 돌리자 포도나무 사이에서 반가운 얼굴이 뛰어나왔다.

"롭."

"여기서 뭐 하고 있는 거예요? 딘이 꺼내 줬나 보군."

롭이 모자를 벗고 땀이 흐르는 얼굴을 훔치며 그녀 앞에 선 자전거를 보았다.

"네. 호수 쪽으로 가던 길이었어요."

"저 언덕을 넘어야 하는데, 너무 가팔라서 자전거로는 힘들어요. 내 차로 갑시다. 마침 그쪽으로 가는 길인데, 바쁘지 않으면 몇 구획 들렀다가 가는 건 어때요?"

"저야 감사하죠."

트럭 짐칸에 그녀의 자전거를 싣고, 둘은 차에 올랐다. 세아는 가져온 생수병을 내밀며 물었다.

"매일 이렇게 와이너리를 다 돌아다니셔야 하는 거예요?"

"너무 넓어서 혼자서 다는 못 돌아요. 나를 포함해서 열 명의 관리자가 있고, 그 아래로 중간 책임자들이 있죠."

"딘은요?"

"따로 관리하는 구획이 있어요. 그가 특별히 신경 쓰고 보살피는 나무들이 있죠. 물론 주 업무는 와인 블렌딩이에요."

물을 마시며 장부같이 보이는 노트에 무언가를 기입한 롭이 차를 출발시켰다. 그러고는 3분도 안 되어 차를 세우고 포도밭으로 들어가자 세아는 그를 따라 내렸다.

롭은 나뭇잎과 넝쿨을 살피고, 흙 상태를 확인했다. 간혹 이파리를 뜯기도 하고, 허공에 돌아다니는 포도 가지를 철사에 고정시키기도 했다. 둘은 다시 차에 올랐고, 똑같은 작업을 열 번 정도 반복한 후 롭이 미안한 표정으로 쳐다보았다.

"그냥 자전거를 타고 가는 게 나을 걸 그랬지?"

"아니에요. 어차피 전 시간이 많으니까요. 그런데 흙이 엄청 건조해 보이던데, 물은 안 주시나요? 스프링클러 장치 같은 건 안 보였던 것 같아서요."

"안 보이겠지만, 관개 수로가 흙바닥에 깔려 있어요. 포도나무는 물을 많이 주면 안 돼요. 자, 도착했어요. 바로 이 호수가 레이너 와이너리의 중앙 수로예요."

차에서 천천히 내려 눈앞에 펼쳐진 장관을 바라보았다. 호수는 하늘을 품은 채 언덕 위에 고요히 앉아 있었고, 병풍처럼 푸르른 숲이 그를 빙 둘러싸고 있었다. 세아는 넋을 잃고 중얼거렸다.

"아름다워요."

"맞아요. 가끔 머리를 비우고 싶거나 생각을 정리하고 싶을 때면 이곳으로 오지. 더운 여름에는 수영도 할 수 있고, 별장이 있어서 방해받지 않고 혼자 있기 딱이거든."

세아는 롭이 가리키는 호수 앞에 있는 자그만 통나무집을 보며 농담을 건네었다.

"허클베리 핀의 집 같은데요?"

"그 오두막보다는 훨씬 좋을 거요. 잠깐만."

롭이 울리는 핸드폰을 꺼내 통화를 하는 동안 세아는 호수 가까이로 다가갔다. 맑은 물이 운동화 앞코까지 와 찰랑였다.

전화를 끊은 롭이 그녀를 향해 무언가를 던졌다. 받아 보니 열쇠였다.

"한 바퀴 둘러보고 별장에 들어가 있어요. 금방 돌아올게요."

"네, 천천히 다녀오세요."

롭의 차가 다시 언덕 아래로 내려가자 세아는 호숫가를 따라 걷기 시작했다. 호수는 고요하고 평화로웠고, 그 주위를 둘러싼 나무숲에서 불어오는 바람은 상쾌했다. 고개를 쭉 빼고 보자 반짝이는 수면 아래 작은 물고기 떼가 노니는 모습까지 보일 정도로 물이 깨끗했다. 와이너리와 저택이 잘 정돈된 공원 같았다면, 이곳은 자연 그 자체였다.

세아는 명상 선생에게 배운 대로 깊게 숨을 들이마셨다 내쉬기를 반복했다. 그러자 뾰족뾰족 날 선 감정의 편린들로 들쑤셔 대던 가슴이 조금씩 편안해지는 걸 느꼈다. 그동안 사람들이 늘 해 대는, 자연의 힘으로 치유된다는 말을 믿을 수 없었는데, 이곳에서 몸소 체험하고 있었다.

호수를 한 바퀴 돌고 오두막으로 향했다. 삐걱거리는 나무 계단을 올라 안으로 들어가자 예상 외로 깔끔한 실내가 펼쳐졌다. 3인용 소파와 식탁, 싱크대 시설이 있었고, 욕실과 침실도 있었다. 거실 창문을 밀어 활짝 열어젖히자 잔잔한 호수 물이 시야를 가득 메웠다.

만약 지상 낙원이 있다면 이곳일 거야. 떠나기 전에 이 호수를 그려야지.

설사 그녀의 마음에 차지 않는 그림이더라도 캔버스에 옮겨 꼭 한국으로 가져가고 싶었다.

나무 계단을 올라오는 삐걱거리는 발걸음 소리에 이어 문을 여는 소리가 들렸다. 세아는 등 뒤로 말했다.

"여기 정말 멋지네요. 며칠 묵게 해 준다면 제가 가진 전부를 다 드릴 수도 있을 것 같아요. 이 호수에 이름이 있나요?"

"시크릿 레이크Secret Lake라고 해요."

귀에 선 목소리에 세아는 휙 몸을 돌려 문간에 선 남자를 쳐다보았다.

"딘? 롭은요?"

"그가 들른 구획 중에 일이 제대로 되지 않은 구획이 있어서 급히 갔어요. 지금 와이너리는 솎아내기를 하느라 외지인들을 쓰고 있는데, 일이 제대로 안 된 경우가 종종 있어요. 나는 마침 이 근처에 있었는데, 롭이 당신을 저택에 데려다주라고 하더군요."

딘이 등 뒤로 문을 닫자 좁은 실내가 꽉 차는 듯한 기분이 들었다. 그가 알 수 없는 표정으로 소파에 앉은 그녀를 바라보자 무심결에 세아는 등을 세워 바로 앉았다. 무언가 잘못되었다는 걸 확실히 깨달은 건 그가 딱딱한 목소리로 물었을 때였다.

"왜 여기에 혼자 왔죠? 제레미는요?"

딘의 굳은 눈빛에 슬금슬금 자리에서 일어났다. 그리고 그녀 혼자인 게 문제인지, 그녀가 이곳에 있는 게 문제인지 알 수가 없어 솔직하게 대답했다.

"제레미는 계속 리치와 있어요. 저 혼자 충분히 돌아다닐 수 있으니, 그들을 방해하고 싶지 않았어요. 그림을 그리다 조금 답답해서 자전거를 끌고 오다 롭을 만났어요. 허락도 없이 별장에 들어와서 미안해요."

"그런 게 아니에요."

하지만 그의 얼굴은 여전히 굳어진 채였다. 그런 게 아니라면 대체 뭐죠? 왜 지금 내가 있지 말아야 할 곳에 있는 것처럼 느껴지는 거죠. 아침에 자전거와 화구 가방을 챙겨 주었을 땐 꽤 다정하다 느꼈는데, 지금은 왜 내게 화가 난 것처럼 느껴지는 거냐고요.

둘 사이에 흐르는 침묵을 깨고 딘이 별장 안을 휘돌아보며 말했다.

"어머니가 이곳을 너무 좋아해서 아버지가 이 별장을 지어 줬죠."

"정말 아름다운 곳이에요."

"여긴 와이너리의 댐이에요. 포도 농사를 위해 인공적으로 만든 호수죠."

그 이상의, 그 이하의 아무런 의미도 없다는 듯 무뚝뚝한 목소리로 말을 이었다.

"마음에 든다면 묵어도 좋아요. 하지만 하루만 있어도 도시 생활이 그리워질 거예요. 이곳은 인터넷도 안 되고, 심지어 TV

도 없어요. 아무리 소리쳐 봐도 메아리조차 없는 침묵과 시간이 멈춘 듯한 지루함이 당신을 덮칠 거예요."

그렇지 않다는 말을 하려는데, 딘이 자리를 떨치고 일어나며 빠르게 말을 이었다.

"저택에 들르기 전에 몇 구획 들러야 하는데, 괜찮겠어요?"

"네."

별장 문을 잠그고 딘의 파란 트럭에 올랐다. 가는 동안 그는 말이 없었고 세아도 아무 말도 건네지 않았다. 이유를 알 수 없지만, 자신이 별장에 있던 게 그의 마음에 들지 않았던 것이 틀림없었다. 아침에 헤어질 때는 제레미더러 와이너리 구경을 시켜 달라고 하라고 했으면서. 이럴 거면 호숫가의 별장은 예외라고 말해 주든지.

당황스러운 기분에 휩싸인 채 멈춘 차에서 내려 그를 따랐다. 딘은 롭과 똑같이 잎사귀와 포도 상태를 살폈고, 흙도 들쳐 보았다. 덜 여문 포도송이를 하나 떼어 입에 넣고 꼭꼭 씹자 세아는 그 떫떠름한 맛의 기억이 떠올라 찡그린 눈으로 그를 보았다. 하지만 딘은 미동 없이 그것을 씹어 넘기고는 나뭇잎을 솎기 시작했다. 그의 일련의 행동들은 언뜻 무심해 보였지만, 깊은 애정이 깃들어 있다는 걸 알고 있었다. 오랜 침묵을 깨고 딘이 입을 열었다.

"이곳은 건지 농법으로 키우고 있어요."

"건지 농법이라면 건조하게 키운다는 말이에요? 그러면 포도들이 견뎌 낼 수 있나요?"

"뿌리가 깊은 나무들은 견뎌 내죠. 아이러니하게도 좋은 포도를 얻기 위해서는 포도나무를 괴롭혀야 해요. 물이 풍부한 땅에서 자란 포도는 와인으로 만들면 맛이 없어요. 열매 안에 수분이 많아져 와인 맛이 진하지 않기 때문이죠. 오히려 물이 많지 않은 땅에서 자란 포도는 송이는 크지 않은 데 비해 맛이 더 진해요. 보통 포도나무의 뿌리는 3, 4미터 정도 되는데, 척박한 땅에서 자라는 나무들의 뿌리는 10미터도 넘어요. 살아남기 위해 지하수를 찾아 더 깊이 뿌리를 내리기 때문이에요. 그렇게 되면 지하에 있는 영양분을 빨아들이기 때문에 독특한 테루아를 가진 포도가 만들어지게 되는 거죠. 우리는 다른 테루아의 와인을 얻기 위해 구획마다 각각의 변수를 줘요. 어떤 구획은 나무 사이의 간격을 아주 가깝게 심죠. 그러면 과실 수는 줄어드는 데 비해 그 품질은 향상돼요. 나무들이 햇빛과 양분과 물을 서로 더 가지려고 경쟁하며 자라기 때문이에요."

"뭔가……."

세아가 놀란 얼굴로 무슨 말인가 하려다 말끝을 흐리자 딘이 그녀를 쳐다보았다. 조용한 채근에 그녀가 말을 이었다.

"꼭 사람 같네요. 희한하죠. 가끔 와인을 마실 때면 한 병의 와인이 마치 이미지화된 한 인간처럼 느껴지는 순간이 있었어요. 그게 와인을 만든 와인 메이커의 느낌인지, 재료인 포도의 원 매력인지 궁금했었죠. 그런데 그 의문이 풀리는 것 같아요."

"계속해 봐요."

"몇 년을 매일 얼굴 보며 일한 사람인데 막상 설명하라면 못하겠는 그런 흐릿한 맛의 와인도 있고, 같은 여자가 봐도 섹시하고 아름다운 여인 같은 와인도, 실연당한 남자처럼 쓸쓸하고 외로운 와인도 있죠. 술에서 그런 감흥을 느낀다는 게 놀라웠어요. 그런데 정말 포도가 가뭄에서 살아남으려고 발버둥치고, 옆 나무와 경쟁을 하고 싸운다니 진짜 사람 같잖아요. 예전에 이런 얘길 하면 제 동생은 와인을 너무 많이 마셔서 정신이 이상해졌다고 했죠. 그런데 제 생각이 영 근거 없지는 않았던…….”

세아는 신이 나서 말하다가 딘이 빤히 쳐다보는 걸 깨닫고 입을 다물었다.

“미안해요. 너무 더워서 헛소리를 지껄였어요.”

하지만 딘은 고개를 저었다.

“헛소리라 생각 안 해요.”

네. 그런데 당신은 왜 나를 그렇게 빤히 쳐다보는 거죠? 왜 난 어제부터 자꾸 당신 앞에서 실언을 늘어놓는 거고요?

괜한 말을 했다 후회하며 뒤로 돈 순간이었다. 풀숲에서 무언가가 튀어나와 앞을 가로막자 기절초풍하게 놀란 세아는 소리 지르며 딘에게로 뛰어들었다. 구명줄인 양 그를 붙잡고 몇 미터 앞에 서 있는 캥거루를 보았다. 길고 뾰족한 귀를 쫑긋거리고, 코를 벌름대던 캥거루는 그들을 물끄러미 보다 곧 흥미를 잃은 듯 경중경중 뛰어 사라졌다. 세아가 그제야 참았던 숨을 몰아쉬자 딘이 물었다.

“괜찮아요?”

너무 놀라 눈물이 찔끔 나올 것 같은 걸 삼키며 하얗게 질린 얼굴로 더듬더듬 물었다.

"왜, 왜 와이너리에 캥거루가 있는 거죠?"

"야생 캥거루는 호주 어디든 살아요. 포도를 따 먹진 않기 때문에 와이너리에서도 내버려 둬요."

"심장이 멎는 줄 알았어요."

"괜찮아요. 호기심에 다가갔다 뒷발에 차이는 일도 있지만, 먼저 사람에게 달려들진 않으니 걱정 말아요."

놀라 잔뜩 오그라든 어깨를 풀어 주려는 듯 쉬지 않고 쓸어내는 손길에 세아는 딘을 올려다보았다. 이 남자는 왜 이렇게 속눈썹이 길고, 왜 이렇게 눈동자는 파랗고 맑고 파문도 없이 잔잔해서 누군가 돌을 던져도 미동조차 없을 것 같은 호수 같은 거야?

뭔가에 홀린 듯 그를 보다 문득 둘의 거리가 너무 가깝다는 걸 깨달았다. 지금 그녀는 거의 그의 어깨에 매달려 가슴에 안기기 직전이었다. 얼굴이 사과처럼 발개져 후다닥 뒤로 물러서며 당황한 목소리로 말했다.

"미안해요. 너무 놀라서. 여기서 캥거루를 만날 거라곤 예상도 못했거든요."

더 절망스럽게도 딘은 아무 일도 벌어지지 않은 듯 무심한 얼굴로 대답했다.

"괜찮아요. 이제 저택으로 돌아갑시다."

뒤로 돌자 놀라 뛰느라 땅에 떨어진 그녀의 모자가 눈에 들어왔다. 아, 얼마나 꼴불견이었을까? 시트콤도 아니고, 다 큰 성인 여자가 캥거루에 놀라 어린애처럼 펄쩍 뛰어 안겼으니.

세아는 모자를 집어 푹 눌러쓰고 앞서 걸었다. 등으로 쏟아지는 남자의 시선이 느껴졌지만, 뒤도 돌아보지 않고 차에 올라타는 데 성공했다.

딘이 운전석에 올랐고, 차는 저택으로 향했다. 열린 창문으로 뜨거운 바람이 불어왔고, 둘은 아무 말도 하지 않았다.

Chapter. 5

Think I'd crumble
Think I'd lay down and die.
Oh, no not. I will survive.

내가 부서질 거라 생각했나요?
내가 그냥 누워서 죽을 거라 생각하나요?
오, 아니요. 난 살아남을 거예요.

_Gloria Gaynor의 I will survive 中

"저도 일을 하고 싶어요."

딘은 접시에서 눈을 들어 여자를 보았다. 어깨까지 늘어뜨린 검은 머리칼은 햇살 아래 반짝반짝 윤이 났고, 하얀 셔츠는 얇아 가는 몸의 윤곽이 드러났다.

놀라 그를 쳐다보는 롭과 린다의 시선을 넘기며 접시에 베이컨과 계란을 덜었다. 제레미와 리치가 시드니행 첫 비행기에 오르느라 새벽부터 나가 아침 식탁에는 그들 네 명뿐이었다.

냄새는 기억을 부르는 묘한 마력을 가지고 있다. 자전거 윤활유에 세월의 무게만큼이나 켜켜이 내려앉은 먼지 내음이 뒤섞이고, 호숫가의 맑은 물비린내와 여자에게서 풍기는 시트러스 향기가 코끝에 스미는 순간 그는 어린 소년으로 돌아갔다.

푸르른 하늘 아래 끝도 없이 펼쳐진 포도밭 사이로 자전거를 타고 달리다 땀을 식히러 호수로 갔다. 셔츠를 벗어 던지고 물장구를 치며, 운동화로 잡은 물고기를 의기양양하게 들어 보이면 오두막에 앉은 여인은 미소 띤 얼굴로 연신 셔터를 눌러 소년의 모습을 카메라에 담았다. 어느새 여인의 얼굴은 장세 아로 바뀌며, 부드럽고 나직한 목소리로 선녀와 나무꾼을 읽기 시작했다. 아이들을 안고 하늘로 날아간 선녀를 보며 나무꾼이 발을 구르며 울었다는 대목이 응응, 계속 울렸다.

딘은 꿈에서 깼고 다시 잠을 이룰 수 없었다. 그렇게 또 불면증이 찾아왔다. 밤새 잠을 설쳐서인지 입 안이 까끌까끌했지만, 기계적으로 음식을 씹고 넘기며 무뚝뚝하게 물었다.

"갑자기 왜요?"

"이곳에 오기 전에 저는 일주일에 6일을 하루 열다섯 시간씩 일했어요. 4년 동안 한 번도 그 패턴을 벗어난 적이 없었죠. 물론 책상에 앉아 하는 일이었지만, 이렇게 종일 아무것도 하지 않는 건 저 같은 사람에게는 너무나 견디기 힘들어요. 게다가 다들 바쁘게 일하시는데, 저만 노는 건 옳은 일이 아닌 것 같아요."

특유의 유쾌함으로 린다를 제 편으로 만들고, 와인에 대한 무한한 관심으로 롭을 매료시키고, 더없이 쿨 한 태도로 리치를 당황케 했다. 딘은 그녀 같은 사람을 잘 알고 있었다. 자신과 연결된 모든 것에 열정을 불어넣고, 불안과 초조 속에서도 확고한 신념을 놓지 않고 기어이 원하는 바를 쟁취하는 스타일. 아마 회사에서나 사회에서도 여러 사람을 이끄는 직책에 있었겠지. 다만 자신을 불타오르게 할 더 많은 자극과 경험을 끊임없이 필요로 하기 때문에, 와이너리를 휘젓고 다니며 잊고 있던 기억을 들쑤셔 그를 괴롭히고 있다는 사실을 모르는 건 엄밀히 말해 그녀의 탓은 아니었다.

"당신이 쉰다고 뭐랄 사람 없어요. 당신은 제레미의 여자 친구로, 손님으로 와이너리에 온 거예요."

"동생의 여자 친구가 일을 못 도울 이유가 있나요? 말씀하셨잖아요. 와이너리는 늘 일손이 부족한데다 지금 한창 솎아내기 작업 중이라 외지인들을 쓰고 있다고요."

리치의 말이 맞다. 차라리 머리가 빈 여자인 게 나았을 뻔했다. 딘은 퉁명스레 대답했다.

"제레미의 화구 세트를 가져갔잖아요. 그림을 그려요. 수영장에서 수영을 하든지."

"그림이랑 수영은 일하고 와서 오후에 즐겨도 충분해요."

핑퐁처럼 오가는 대화 끝에 딘은 고개를 들어 세아를 보았다. 마주친 검은 눈동자에 물러서지 않는 고집스러움이 느껴졌다. 저 여자가 예측 불허라는 사실을 잊으면 안 되는 거였는데.

딘은 뜨겁고 진한 커피를 한 모금 들이켜며 진심으로 조언했다.

"농장 일은 생각보다 힘들어요. 체력을 기르기 위해서 운동하는 수준이 아니라고요."

"어제 보니 농장에서 일하는 분들 중에 여자도 있었어요. 그 분들이 할 수 있다면 저도 할 수 있어요. 가르쳐만 주신다면 배울게요."

딘은 잠시 그녀를 바라보다 고개를 끄덕였다.

"좋아요. 단, 봐주지 않을 거예요. 원하는 대로 일을 줄 테지만, 손님이라고 예외를 두진 않겠단 말이에요. 그러니 적당히 간만 보다 말 생각이면 그냥 여기서 멈춰요."

"걱정 마세요. 할 수 있어요."

"좋아요. 그럼 준비하고 같이 나갑시다."

그녀는 접시에 담긴 음식을 깨끗이 비우고, 옷을 갈아입고 오겠다며 위층으로 올라갔다. 세아가 사라지자 롭이 근심 어린 표정으로 물었다.

"정말로 일을 주려고?"

"하고 싶다잖아요."

"저렇게 여리여리한 몸으로 무슨 일을 한다고 그래. 그러지 말고 잘 설득해서 저택에 머물게 하게. 무뚝뚝하게 그러지 말고 친절하게 말이야."

롭이 먼저 자리를 떴다. 접시에 놓인 계란을 휘적거리다 그녀가 사라진 계단 쪽을 올려다보았다. 친절하게, 어렵지 않다. 그와 상관없고 관심 없는 상대에게는 한없이 관대하게 베풀 수 있는 게 친절이니까.

커피 잔을 비우고 일어나자 린다가 물었다.

"이렇게 못 먹어서 오늘 일을 어떻게 하려고 해요? 얼굴 보니 또 잠을 설친 모양이네. 정 힘들면 참지 말고 약을 먹어야지."

"아직 견딜 만해요."

"종묘장 갔다가 내일 저녁에 돌아올 거지? 미트파이 맛있게 구워 놓을게."

"고마워요, 린다."

그녀의 뺨에 가볍게 입을 맞추자 린다는 웃으며 아들에게
하듯 등을 두드렸다.

서재로 들어온 딘은 매일 똑같은 일과대로 메일을 확인하
고, 답장을 보내고, 몇 군데 전화를 했다. 그리고 밖으로 나오
자 마침 세아가 계단을 내려오고 있었다. 한 올의 잔머리도 없
이 단단히 올려 묶은 검은 머리에 몸에 딱 달라붙는 검은색 긴
팔 티셔츠에 검은 바지, 검은 신발까지, 완벽하게 준비한 그녀
의 모습에 딘이 물었다.

"캣우먼이에요?"

"공중제비라도 돌아야 되는데, 유연함은 제로라서 못하겠
네요."

딘이 신발을 내려다보자 그녀가 검고 목이 긴 신발을 신은
발을 들어 보였다.

"린다가 빌려줬어요. 목이 긴 걸 신어야 벌레가 옷 안으로
안 들어온다고요."

흥미와 자신감이 넘치는 여자를 현관으로 이끌며 중얼거렸다.

"좋아요. 갑시다."

딘과 그녀는 트럭에 올라 양조장 쪽 길로 달리기 시작했다.
10분쯤 달려 멈춘 포도밭에는 이미 스무 명 정도의 일꾼들이
바삐 일하고 있었다. 세아를 데리고 선글라스를 낀 대머리의
중년 남자에게 다가갔다. 부책임자인 매튜였다. 그가 반갑게

딘을 맞았다.

"딘, 아침부터 웬일인가? 한 시간 전부터 작업 시작했는데. 오늘은 60번 구획부터 80번까지 끝낼 계획이야."

"네. 오늘도 수고해 주세요. 그리고 여기 이 여자 분, 하루 일할 수 있게 자리 배당 좀 해 주시겠어요?"

매튜가 그제야 그의 옆에 선 세아를 발견하고는 쳐다보았다. 나란히 선 그녀와 자신의 관계를 궁금해하는 눈빛이었으나 현명하게도 아무것도 묻지 않았다. 찌푸린 눈이 그녀의 빼빼 마른 팔과 다리를 빠르게 훑었다.

"초보자신가?"

"초보자지만, 가르쳐 주면 일은 잘할 겁니다."

"그러지 뭐."

매튜가 흔쾌히 허락하자 딘은 무릎을 꿇고, 들고 있던 힙백을 그녀의 가는 허리에 둘러 주었다. 세아가 당황한 기색이 역력한 표정으로 그의 정수리에 속삭여 물었다.

"당신과 같이 다니는 게 아니었어요?"

"나는 여기서 70킬로미터 떨어진 종묘장에 가 봐야 해요. 왜요? 나는 당신이 다른 일꾼들과 마찬가지로 제대로 농장 일을 해 보고 싶다고 하는 줄 알았는데."

"네, 물론이에요."

그가 몸을 일으키자 여자가 턱을 치켜들고 고개를 끄덕였다. 고집쟁이 같으니라고. 왜 당신은 날 친절하게 두지 못하는 거야.

딘은 그녀의 허리에 매달린 힙백 지퍼를 열었다.

"여기에 목장갑과 가위가 있어요. 핸드폰을 넣어 두어도 좋을 거예요. 쭈그리고 앉아 일하다 보면 주머니에서 빠져 잃어버릴 테니까. 그리고 이거."

딘이 보랭 주머니에 든 생수병을 건네자 세아는 하는 수 없이 받아 들었다.

"아껴 마셔요. 다 마셔도 여긴 물 뜨러 갈 데가 없어요. 일은 3시까지고, 끝나면 전화해서 롭에게 데려다 달라고 해요."

뒤돌아서 몇 걸음 걷던 딘은 그녀 앞으로 되돌아와 주머니에서 꺼낸 쿨워머를 그녀의 머리 위로 끼워 목에 걸쳐 주었다. 까만 머리, 까만 눈동자, 까만 옷. 온통 까만 그녀에게서 하얀 얼굴과 쿨워머만 유독 하얬다. 그를 올려다보는 눈동자에 불꽃이 튀었다.

"나한테 일부러 이런 거죠? 포기하게 하려고요."

곧 뜨거운 햇살에 상큼한 시트러스 향은 사라지고 땀과 포도즙으로 범벅이 되겠지. 지금이라도 말릴까 싶었지만 그만두었다. 오늘 일로 에너지를 다 소진한 그녀가 더 이상 와이너리를 휘젓고 다니지 않길 바랄 뿐이었다.

"수고해요. 가위질하다 손가락 자르지 않게 조심해서."

포도밭 한가운데에 그녀를 두고 차에 오른 딘은 종묘장으로 향했다.

"여기가 당신이 일할 줄이에요."

5분 정도 걸어 멈춘 포도밭 앞에서 매튜가 맨 앞에 있는 포도나무로 가 몸소 시범을 보이기 시작했다.

"자, 봐요. 당신이 할 일은 세 가지예요. 포도송이 솎아내기, 나뭇잎 쳐 내기, 가지 고정시키기. 포도 한 그루당 나뭇가지는 세 개 정도고, 이 나뭇가지에 열린 포도송이는 대략 열다섯 개에서 스무 개 정도예요. 이 이상 열리면 영양분이 분산되니까, 이렇게 덜 익은 애는 따 버려요. 송이가 너무 길어 처지는 애도 송이 중간을 잘라 버리고."

매튜가 고개를 숙여 포도나무 깊숙이에 감춰진 작은 포도송이를 가위로 잘라 내 버렸다.

"그리고 이렇게 벌레가 파먹은 애도 자르고. 병든 애도 잘라 버려요."

매튜가 드문드문 벌레 먹어 날파리가 꼬이는 송이와 노랗게 시든 송이를 잘라 그녀에게 보여 주었다. 더위와 벌레 때문에 냄새가 진동했지만, 부러 아무렇지 않은 얼굴로 그것을 바닥에 내던지는 것을 지켜보았다.

"이파리가 너무 많아 햇빛을 가리면 포도알이 안 여무니까 쳐 내 줘야 해요. 이때 가위질을 잘못해서 포도송이를 같이 자르지 않도록 조심해요."

그가 이파리 넝쿨을 잡고 가위손처럼 거침없이 싹둑싹둑 잘라 내자 포도 이파리의 잔재들이 바닥에 쌓였다.

"그리고 이게 제일 중요한데, 가지가 와이어에 고정되어 있어야 하는데 이렇게 튀어나와 있는 경우가 있어요. 이러면 가지가 힘이 없어 포도가 안 여물고, 가지가 일꾼을 치거나 찌르니까 위험해요. 이렇게 와이어에 감아서 고정시키는 거예요. 자, 다 이해했어요?"

"네. 이해했어요."

"한 시간 뒤에 와서 일을 제대로 했는지 확인할 거예요. 시작해요."

매튜가 가자 세아는 챙이 넓은 모자를 쓰고 목장갑을 끼고 가위를 들었다. 좋아. 내가 이 일을 할 수 있다는 걸 보여 주겠어.

나무 아래로 구부정하게 들어가 안을 살폈다. 나무의 키가 그녀만 해서 안을 살피려면 허리를 반으로 접거나 무릎을 꿇는 수밖에 없었다. 썩고 있는 포도송이를 발견하고 가위로 잘라 냈다. 송이에 붙어 있던 날벌레들이 먼지처럼 날아오르자 손사래를 치며 또 다른 송이를 잘라 내고 얼른 밖으로 나왔다.

이번엔 텐트처럼 무성하게 드리워진 포도 이파리를 내려다보았다. 대충 집어 올려 싹둑싹둑 가위로 잘라 냈다. 이 정도만 잘라 내면 되는지, 더 잘라야 하는지 가늠이 되지 않아 소심하게 조금 더 쳐 냈다.

다음 포도나무로 가 포도를 솎아 내고, 나뭇잎을 잘라 냈다. 날벌레와 파리가 너무 많아 콧속으로 들어올까 싶어 쿨워머를 눈 아래까지 끌어 올렸다. 오전인데도 날은 벌써 더웠고, 거친 숨소리가 연신 입에서 튀어나왔다. 포도송이를 솎아 내는 건 어렵지 않았으나, 나뭇잎을 쳐 내는 건 어느 정도까지 해야 하는지 알 수가 없어 영 불안했다. 역시나 돌아온 매튜가 잔소리를 늘어놓았다.

"안 돼요, 이런 식으론 안 돼. 정원수 다듬나? 더 나뭇잎을 쳐 내야지. 안 그러면 그늘이 져서 포도가 썩는다니까. 다시 와서 나뭇잎을 쳐 내요. 그리고 이런 속도로 일하다가는, 맡은 구역을 다 하려면 밤을 새워야 할 거예요. 더 빠르게 움직여요. 어서, 어서. 해가 중천에 뜨면 더워서 속도를 내려고 해도 못 낸다니까."

매튜의 득달에 다시 시작점으로 돌아온 세아는 가위를 고쳐 들고 나뭇잎을 마구 쳐 냈다. 그러다 가위질에 툭, 커다란 포도송이가 잘려 땅에 떨어지자 이를 악물고 하늘을 올려다보았다. 자, 진정하자. 진정.

숨을 고르고 나뭇가지를 일일이 들어 거침없이 쳐 냈다. 그러자 포도나무는 이발을 한 듯 점점 시원한 자태를 뽐냈고, 주렁주렁 열린 포도송이가 훤히 잘 보였다. 허리가 너무 아파 쭈그려 앉아 포도송이를 따 내고, 벌레와 사투를 벌이고, 현란한 가위질을 선보이기를 두 시간째 되자 미친 듯이 목이 말랐다.

세아는 보랭 주머니에서 생수병을 꺼냈다. 물은 날씨를 견디지 못하고 이미 미지근해져 있었지만, 찬물 더운물 가릴 처지가 아니었다. 단숨에 반을 비우고 주위를 둘러보았다. 10여 미터 너머에서 여자 한 명과 남자 한 명이 일을 하느라 여념이 없었다. 세아는 생수를 보랭 주머니에 다시 넣고 목장갑을 꼈다. 이제 겨우 10시였다.

"자, 먹고 해요."

매튜가 점심을 가지고 온 건 해가 중천에 뜬 12시였다. 그사이 벌레 먹은 포도송이를 발견하지 못해서 한 번 더 지적을 받고 지나온 포도나무를 다시 솎아내기를 해야만 했다. 살아생전 이토록 스스로가 무능하다는 생각이 들기는 처음이었다.

세아는 우울한 얼굴로 매튜가 건넨 샌드위치와 콜라를 받아 들었다. 자신이 이걸 먹을 자격이나 있는지 의문이었다.

"12시 반까지 먹고, 다시 시작하도록 해요. 속도를 더 내야 해요. 3시까지 이 줄을 마저 끝내야 하니까."

"여기 계신 분들은 하루에 몇 줄이나 해내죠?"

세아는 그제야 한 줄을 끝내고 옆줄로 들어섰을 때였다.

"잘하는 사람은 다섯 줄. 보통 네 줄은 하죠. 당신은 오늘이 처음이니 네 줄을 할 수 있으리라 기대하지도 않았어요. 두 줄이나 실수 없이 해내길 빌 뿐이에요."

매튜가 위로 같은 잔소리를 늘어놓고 사라지자 세아는 나무 그늘을 찾아 앉았다. 종일 구부정하게 등을 굽히고 일했더니 허리가 너무 아파 한참을 웅크린 채 앉아 있었다. 우두둑 소리가 날 것만 같은 몸을 겨우 펴고 앉아 가부좌를 틀자 절로 곡소리가 새어 나왔다. 바지는 온통 포도즙으로 얼룩져 있었고, 모자도 윗옷도 땀에 푹 절어 있었다. 머리는 미친 여자처럼 산발이 되었을 거고, 얼굴도 진작 선크림이 번져 난리가 났을 게 분명했다. 차라리 거울이 없어 이 꼴을 볼 수 없음이 다행일지도.

목장갑을 벗은 세아는 햇볕에 달궈진 뜨거운 생수를 들이켜고는 매튜가 주고 간 샌드위치 포장을 풀었다. 패티와 소스가 뒤엉켜 식욕을 돋우는 모양새는 아니었으나 너무 배가 고파서 그런 걸 따질 겨를이 없었다.

샌드위치를 우걱우걱 씹어 5분 만에 해치우고 목이 메어 콜라 캔 뚜껑을 따 마셨다. 여태 먹어 본 콜라 중 가장 맛있고 시원한 콜라였다. 힙백을 뒤져 찾은 물티슈로 얼굴과 손을 대충 닦고 있는데, 핸드폰의 알림 소리가 울렸다.

[언니. 뭐 해?]

내 무덤 판다. 깊게, 아주 깊게.
답장을 남기기도 전에 또 올라왔다.

[재미 좋아? 좋은 데 가서 혼자 노니까 잼 나냐고.]

삐친 표정을 하고 있는 캐릭터 이모티콘이 이어서 떴다.
재미가 너무 좋아 허리가 끊어질 것 같다고, 이 철딱서니야!

[거기에 잘생긴 남자들은 없어? 사진 좀 올려 봐.]

세아는 모자 아래 실눈을 뜨고 사방을 둘러보았다. 이 넓은 포도밭 반경 20미터 내에 두 다리로 걷는 생명체라곤 그녀뿐이라고 자신할 수 있었다. 눈이 번쩍 뜨일 미남이 한 명 있긴 한데, 그녀에게 지옥을 선사하고는 유유히 사라져 버렸다. 딘, 그

를 탓할 생각은 없었다. 경고했지만 그녀가 듣지 않고 우긴 것
이었다.

　농장 일에 대해 잘 아는 그에게 그녀의 부탁은 치기 어린 행
동으로밖에 보이지 않았겠지. 아마 전략기획팀에 이 대리가 처
음 와서 6시가 되자마자 '퇴근 안 하세요?' 했을 때 느낀 기분이
랑 비슷하리라.

　[놀면서 찐하게 연애나 하고 와. 할아버지는 기함하시겠지만, 난 개
인적으로 외국인 형부도 환영함.]

　사랑 혹은 연애.

　그림을 포기하면서 그것들도 당연한 듯 버리고 살아왔다.
아니, 가진 적도 없었으니 애써 버리고 살아온 게 아니라 애초
에 나와 상관없는 듯 적당히 피해 살아왔다는 말이 더 맞을 것
이다. 그녀의 세상은 반복되는 일상 속의 날 선 경쟁과 순위 매
김만이 존재했고, 그 속에서 10여 년 동안 늘 무언가에 쫓기듯
분초를 쪼개며 살아왔다. 남자와 연애가 끼어들 틈이 있을 리
없었다.

　하지만 어느 날 낙오되어 튕겨져 나왔고, 아무것도 할 수 없
었다. 그녀는 패배자였다. 그래서 세연의 말마따나 이 자유의
순간을 편안히 쉬며 즐기고 싶었지만, 순간순간 덮쳐 오는 자
괴감에 고통스러웠고 잠을 이룰 수가 없었다. 농장 일을 하고
싶다 자처한 이유는 그 때문이었다. 일하는 동안은 힘들고 바

빠 괴로울 틈이 없을 테고, 밤에는 지쳐 쓰러져 잠이 들 수 있을 테니까. 적어도 오늘 밤, 잠 못 이룰 걱정은 없겠다고 긍정적으로 생각하며 세아는 자리를 털고 일어났다.

무성하게 우거진 포도 줄이 그녀 앞에 놓여 있었다. 요령이 없는 탓에 한 줄을 네 시간이나 걸려 마쳤는데, 나머지 한 줄은 두 시간 반 만에 마쳐야 했다. 게다가 이제 하루 중 제일 더울 오후 시간대였다.

모자를 고쳐 쓰고, 목장갑을 다시 꼈다. 단단한 가위에 짓눌린 손가락이 아파 이를 악물며 가지를 잡을 때였다. 가지 끝에 매달린 엄지손가락만 한 바퀴벌레가 꿈틀거리며 날개를 펴자 놀라 뒷걸음질 치다 어딘가에 걸려 쿵, 엉덩방아를 찧었다. 그녀가 아는 가장 험한 욕설이 입 밖으로 튀어나올 것 같은 걸 참고 일어나 바퀴벌레가 시야에서 사라지길 기다렸다. 온몸에 소름이 돋아나 있었지만, 분명한 건 이 포도밭에 바퀴벌레가 저 한 마리만은 아닐 거라는 사실이었다.

모든 정신력을 끌어모아 다시 가지에 달려들어 나뭇잎을 솎아 내고, 송이를 따 냈다. 땀이 비 오듯 쏟아지고, 바싹 마른 입에서 단내 나는 숨소리가 끊이지 않았다. 부서질 듯 아픈 허리를 펴며 야속한 하늘을 올려다보았다. 머리 위에서 태양이 이글거리며 타오르고 있었고, 포도밭은 프라이팬 위처럼 지글지글 끓었다.

결국 세아는 쿨워머를 벗어 던졌다. 벌레가 싫긴 했으나 너무 더워서 견딜 수 없었다. 손이 점점 더뎌졌으나 주저앉으면 다시 일어날 엄두가 나지 않을 것 같아 멈추지 않았다. 10미터 남겨 놓고 3시가 되었고, 매튜가 왔다.

"일 마칠 시간 됐어요. 더워서 더는 못해요."

"잠깐만요. 거의 다 했어요."

세아는 갸름한 턱 아래로 구슬땀을 떨구며 마지막 힘을 끌어모아 일을 마쳤다.

매튜가 매의 눈으로 포도밭을 둘러보자 세아는 바싹 긴장해서 그의 대답을 기다렸다.

"좋아요. 손이 느리긴 해도, 처음치곤 일은 꼼꼼하게 괜찮았어요. 이제 당신을 어떻게 해야 하죠? 차 가져왔어요?"

"아니요."

"그럼 딘에게 연락해 줄까요? 아니면 혹시 롭을 알면 근처에 있는데, 연락해 줄까요?"

"롭에게 연락해 주세요."

매튜는 롭에게 전화를 했고, 롭의 하얀 트럭이 5분도 안 되어 나타났다.

"대체 뭘 한 거예요? 딘이 여기에 데려다줬어요?"

차 창문 사이로 롭이 놀라 소리쳐 묻자 세아는 기진맥진한 얼굴로 그의 차에 올라타며 고개를 끄덕였다.

"오늘 포도밭 두 줄을 솎아내기 했어요. 내일은 기필코 네 줄은 할 거예요."

"내일 또 하겠다고?"

"그럼요."

땀에 전 몸을 시트에 기대며 지친 얼굴로 대답했다.

세아를 포도밭에 내려 주고 한 시간을 달려 종묘장 입구에 도착했다. 차에서 내리는 딘의 모습에 연구실 앞 벤치에 앉아 있던 감색 머리칼의 남자가 몸을 일으키며 농을 건넸다.

"약속은 칼같이 지키는 사람이어서, 무슨 일이 생겼나 걱정했는데 멀쩡하네."

오랜 친구이자 종묘장의 책임자인 레나트의 말에 딘은 시계를 들어 약속한 시간보다 30분이나 지체된 것을 확인하고는 말했다.

"미안해. 아침에 일이 조금 있어서."

누구 안내를 받을 것도 없이 둘은 익숙하게 포도밭으로 들어갔다. 이곳은 여러 포도나무를 교배해서 얻은 새로운 품종을 개발, 연구하고 있는 곳으로, 언덕 아래로 어린 묘목부터 노목까지 심어져 있었다.

포도나무는 다른 식물보다 자연적 변이가 자주 일어나는 편이라 현재 고품질의 포도가 나온대도 후대로 그게 물려진다는 보장이 없었다. 그리하여 수많은 와이너리들이 자연적 수분이 아닌 꺾꽂이로 새 포도나무를 식재하는데, 그렇게 하면 동일한 포도나무를 계속 얻어 낼 수 있기 때문이었다.

하지만 갑작스러운 기후 변화나 취약한 병충해에 걸리게 되면 어마어마한 피해를 입을 수 있는데다, 다양한 포도 맛을 얻는 데 한계가 있다는 맹점을 가지고 있었다. 새로운 품종 개발을 해야만 하는 이유였다.

"이 구획은 디종 115*에 에이블**을 교차 수정시킨 종으로, 올해 처음으로 수확 예정이야. 싹은 스무 개 내로 조절했고, 태즈메이니아에도 똑같이 100그루 심었는데, 그쪽이 송이가 더 작지만 무거워. 태양열에 약한 녀석이라 아마도 태즈메이니아산이 더 좋을 것으로 예상되긴 하지만, 결과는 두고 봐야겠지."

변덕스럽고 연약한 피노 누아는 태즈메이니아처럼 선선한 기후에서는 잘 자라지만 바로사 밸리처럼 더운 곳에서는 잘 자라기 힘들다. 뜨거운 여름을 보내고 나면 작황은 평균의 반 토막이 나고 품질도 좋지 못했다. 더운 기온에서도 견뎌 낼 수 있는 피노 누아의 품종 개발이 꼭 필요하다고 생각한 이유였다.

레나트가 내민 자료를 확인하며 푸른 포도송이를 자세히 살폈다.

"올 봄 냉해 피해는?"

"다행히 별 피해 없이 잘 버텼어. 이 구획은 디종 76, 75에 바로사 밸리 70번 구획의 50년 령 샤르도네를 접목시킨 거야. 송이 수는 열두 개 내외로, 솎아내기를 하지 않아도 될 정도였고, 작년에 수확 후 오크 통에서 6개월, 병 숙성 3개월 했어. 열대 과일 맛이 여전하긴 한데, 예상했던 대로 시트러스 향과 미네랄 풍미가 가미되었어. 꽤 좋아. 조금 이따 시음해 보자고.

---

* 피노 누아 품종 중 하나.
** 피노 누아 품종 중 하나.

그리고 이쪽은 내가 말했던 그 구획이야."

딘은 트랙터가 갈아엎고 있는 언덕 아래를 내려다보았다. 얼마 전까지만 해도 포도나무들이 있었던 그곳은 이제 텅 빈 땅만 남아 있었다. 품종 교배에 실패한 나무들은 폐목 처리되기 때문이었다. 종묘장이 만들어진 이후 쓰레기통으로 사라진 클론만 수십여 개에, 뽑혀 태워진 나무만도 수천 그루는 되었다. 돈과 시간이 많이 들고 기대한 만큼의 결과가 나오지 않은 경우도 부지기수였지만 새롭고 완벽한 와인을 얻기 위해 딘은 새로운 품종 개발을 포기할 수 없었다. 만약 그가 블렌딩을 못할 최악의 경우를 예상하면 새로운 품종 개발은 더욱 시급했다.

모든 구획을 다 돌아보고 나오자 레나트는 와인 병 하나를 들고 근처 레스토랑으로 딘을 이끌었다.

"제레미랑 애인이 와이너리에 왔다고?"

레스토랑 직원이 와인 잔을 가져다주자 레나트는 스크루 캡을 제거한 와인 병을 기울여 따르며 물었다. 고개를 끄덕인 딘은 잔을 들어 차가운 황금빛 액체의 향을 음미했다. 뜨거운 열기를 몰아낼 상큼한 레몬, 청사과 향과 오크가 코를 간질였다. 더 집중하려 했지만 지난밤 잠을 못 이룬 탓인지 쉽지가 않았다.

조심스레 한 모금 입에 머금자 파인애플과 자몽, 망고의 풍미가 혀를 감쌌다. 딘이 물었다.

"도수가 어떻게 되지?"

"15퍼센트야. 조금 세. 브리딩을 시킨 후에 마셔 봐. 확연히 달라지니까."

마침 요리가 나오자 둘은 와인을 놔두고 늦은 점심을 들기 시작했다. 레나트가 딘의 얼굴을 흘끔 살피고는 물었다.

"요즘도 잠을 못 자?"

"가끔."

"리치가 말하길, 네가 잠을 이루려면 여자가 필요하다던데."

레나트의 말을 들었는지 서빙을 하던 여직원이 입술을 실룩이자 딘은 한심스럽다는 얼굴을 돌리고 양고기 스테이크를 조각내기 시작했다.

"리치는 네 금욕적인 생활이 불면증을 가져왔다고 믿는 눈치였어."

"그래서 너도 그 말에 동의하는 거야?"

"아니. 네가 금욕하는 이유가 불면증도 같이 불러왔다고 생각하지."

아무런 대답 없이 식사를 하는 딘에게 레나트는 멈추지 않고 말했다.

"나는 네가 컨디션이 돌아올 동안 블렌딩 외의 모든 일을 멈추고 쉬어야 한다고 생각해."

"알잖아. 그럴 순 없어."

아버지가 돌아가시고 난 뒤 딘은 그 빈자리를 완벽하게 메우려 애썼다. 아버지는 친구이자 동료였고, 와인 메이커로서는 경쟁자이자 동반자였다. 그의 빈자리는 누구보다도 딘에게 크게 다가왔고, 딘이 와인을 만드는 데 집중할 수 있도록 아버지가 해 오던 일들 역시 온전히 그의 몫이 되었다. 그리하여 지난 5년간 한시도 쉬지 않고 달렸고, 이제 저 멀리에 바통을 든 손이 보였다. 그 손의 주인공이 제레미인지 다른 제3의 인물인지는 알 수 없지만, 그에게 바통을 넘겨줄 때까진 딘은 쉴 수가 없었다.

물방울이 몽글몽글 서린 와인 잔을 들어 한 모금 머금자 잠깐 사이 믿을 수 없을 정도로 농밀해진 풍미에 놀란 눈으로 레나트를 쳐다보았다.

"단단하면서 상큼하고 우아하지?"

거 보라는 듯 웃으며 묻는 레나트의 말대로, 생동감이 넘치는 과일 맛과 단단한 오크가 조화를 이루고, 매혹적인 시트러스 향이 후각을 사로잡았다. 그 익숙한 향에 작고 하얀 여자가 떠오르자 손목을 들어 시간을 확인했다. 2시가 조금 넘은 시간. 레스토랑 창밖으로 뜨거운 햇볕이 내리쬐는 오후의 거리에는 인적조차 드물었다. 아마도 그녀 역시 지금쯤 파김치가 되어 헉헉거리고 있겠지. 이 더운 날씨에 물정 모르는 여자를 포도밭에 데려다준 게 못내 마음에 걸렸다.

"어때?"

레나트의 물음에 잡념에서 깨어난 딘이 말했다.

"좋아. 이 종으로 300그루 심어 보자고. 그런데 말이야, 레나트. 어떤 사람이 와인을 마실 때, 몇 년을 알았는데 막상 밖에서 보면 얼굴을 못 알아볼 것 같은 흐릿한 와인이라거나, 젊고 섹시한 여인 같은 와인, 여리고 귀여운 소녀 같은 와인이라는 둥, 의인화된 표현을 했다면 어떻게 생각해?"

딘이 건넨 질문에 레나트는 되물었다.

"와인 평론가야?"

"아니, 이쪽 분야의 사람이 아니야. 와인을 좋아할 뿐이지. 노스텔지아를 좋아하는데, 마시고 슬퍼서 눈물이 났다고 했어."

"독특하군. 만나 봐야 알겠지만 테이스팅에 재능이 있어 보여. 젊다면 테스트를 해 보고, 농장 관리자나 양조 일을 권유해 보지."

"젊긴 한데 여자야."

레나트가 먹던 걸 멈추고 의자 등받이에 기대어 흥미진진한 표정으로 그를 보았다. 딘의 입에서 와이너리 이외의 이야기, 특히 여자 이야기가 나오는 건 정말 흔치 않은 경우였기 때문이었다.

"젊은 여자라……. 예뻐?"

딘이 고개를 끄덕이자 레나트의 입가에 의미심장한 미소가 떠올랐다.

"그렇다면 와이너리 직원이 아니라 진지하게 만남을 가져 보자고 말하는 건 어때?"

딘이 알 수 없는 표정으로 쳐다보자 레나트는 연애 세포가 말살 직전인 친구에게 온 천금 같은 기회를 그냥 넘길 수 없음을 직감하고 재차 물었다.

"내게 얘기를 한 것 보니 너도 그 여자가 마음에 있는 거잖아?"

"넘겨짚지 마. 그냥 그런 말을 하는 사람을 만나 봤냐고 물었을 뿐이야."

"아니, 만난 적 없어. 심지어는 내가 와인을 고를 때면 젬마마저도 그만 까다롭게 굴라고 잔소리를 하지. 딘, 와인을 좋아하는 사람은 많아도 와인을 꿰뚫어 보고 이해하는 사람은 드물어. 그런 직관적 시선은 타고나는 거라고. 그 여자를 만나 봐. 놓치면 후회할지도 몰라."

열성적으로 그를 설득하려는 레나트의 말을 귓등으로 흘려들으며 중얼거렸다.

"식사나 해. 그녀는 벌써 애인이 있어."

"꾀어 봐. 넌 그녀를 뺏을 수 있잖아."

세기의 난봉꾼이나 된 것처럼 추켜세우는 말에 물 잔을 기울이던 딘이 어이없는 웃음을 흘리며 물었다.

"그 말 책임질 수 있겠어?"

"뭘 책임지라는 건데?"

"그녀는 제레미의 애인이거든."

자리에서 일어난 딘은 벙 찐 레나트의 어깨를 가볍게 두드리고 나왔다.

다음 날 세아는 또 포도밭으로 나갔다. 롭과 린다는 힘드니 그만두라 연거푸 말렸지만, 그녀는 포기하지 않았다. 아마 딘이 있었다면 예의 알 수 없는 눈으로 그녀를 쳐다보다 마음대로 하라며 지옥 문 앞에 데려다줬을지 모르지만, 그는 어젯밤 저택에 돌아오지 않았다.

세아는 롭을 채근해서 다시 포도밭으로 갔다. 어제보다 빠른 7시였다. 일꾼들이 일을 막 시작하고 있었고, 매튜는 그녀의 재방문을 전혀 예상치 못했는지 당황해 물었다.

"또 일을 하겠다고? 오늘 일은 어제보다 더 힘들어요. 게다가 낮 기온이 34도까지 오를 예정이고. 그 정도면 일하다 쓰러질 수도 있어요. 진짜 할 수 있겠어요?"

"네. 자리를 배정해 주세요."

롭은 혹시 힘들면 전화하라고 몇 번이나 당부를 하고 갔고, 매튜는 그녀를 포도밭 중간으로 데리고 갔다. 어제와 달리 일꾼들이 바로 건너 줄에서 일하고 있었다.

"일은 어제와 같아요. 오늘은 어제보다 속도가 빠르길 빌겠어요."

세아는 모자를 쓰고, 쿨워머를 코까지 올리고, 목장갑을 꼈다. 완전 무장을 하자 망토를 두르고 빨간 팬티를 입은 슈퍼맨처럼 힘이 솟아났다. 오늘은 꼭 네 줄 솎아내기에 성공해서 이일을 잘할 수 있음을 증명해 보이리라.

가위를 잡자 눌린 손가락이 아렸지만 무시하고 포도나무에 달려들었다. 날벌레가 날아들었지만 어제처럼 피하느라 뒷걸음질 치지 않고 재빨리 썩은 포도송이를 따고 가위손에 빙의되어 사정없이 나뭇잎을 쳐 냈다. 아직 선선한 아침이라 그런지, 일이 손에 익어서 그런지 어제보다 훨씬 속도도 빠르고, 동작은 정확했다. 두 시간 만에 한 줄을 마친 쾌거에 매튜는 놀란 얼굴로 그녀가 손본 포도밭을 둘러보고는 오케이를 했다.

"잘했어요."

"진짜요?"

"그래요. 생각보다 습득이 빠른 아가씨군. 하지만 이번 줄부터는 좀 힘들 거예요. 포도 상태가 좋지 않으니 마음 단단히 먹으라고요."

매튜가 짐짓 겁을 주고 사라지자 세아는 새로운 줄을 시작하기 전에 얼려 온 생수를 시원하게 들이켜며 득의양양한 얼굴로 깨끗하게 손질된 포도 줄을 바라보았다. 거봐, 할 수 있다니까! 딘 레이너, 당신이 보고 있다면 더 좋았을 텐데.

하지만 그 자신만만한 미소는 가위를 들고 포도나무 아래로 들어가는 순간 지워지고 말았다. 시큼한 냄새와 상상을 초월할 정도로 많은 파리가 날아다니는 걸 보니 어딘가에서 포도가 제대로 썩고 있는 게 틀림없었다.

눈만 보일 정도로 워머를 올리고 파리 떼가 들끓는 포도송이를 쳐 내기 시작했다. 매튜의 말대로 전체적으로 포도의 상태가 좋지 않아 3분의 1이 썩어 있었고, 설상가상 어제보다 더 강렬한 기운을 뿜어내는 태양이 서서히 포도밭 위로 드리워지자 작업 속도는 현저히 더뎌졌다. 냄새와 더위와 벌레와 땀이 사위일체가 되어 그녀가 벌레인지, 땀이 그녀인지 알 수가 없을 지경이었다.

게다가 허리가 끊어질 듯 아파 몸을 세우는 순간, 하필 와이어에 고정되어 있지 않은 가지가 얼굴을 가격했다. 얇은 가지가 어찌나 질긴지 눈물이 쏙 빠져 나올 정도로 아파서 세아는 뺨을 감싸 쥔 채 한참을 무릎을 꿇고 주저앉아 있었다. 안 그래도 괴로운 인생에 왜 자처해서 괴로움을 더했을까? 몇 초 동안 '다 때려치우고 저택으로 돌아갈까?'라는 생각이 수십 번은 몰려왔다.

안 돼. 여기서 포기하면 여태 한 건 아무것도 아니게 되잖아. 그러면 나는 이곳에서도 패배자가 되겠지. 일도 할 수 없고! 그림도 못 그리고! 포도까지 못 딴다면! 앞으로 난 아무것도 할 수 없을 거야. 아무것도!

이를 악물고 일어나 다시 가위를 들었다. 손가락이 너무 아프고 뺨이 불이라도 난 듯 따가웠지만, 분노의 힘이 더 컸다. 그래, 나는 지금 바보 같은 짓을 하는 걸지도 몰라. 안 그래도 괴로운 내 인생을 더 볶아 대고 있는 건지도 모르지. 하지만 쓸데없는 짓은 아니야! 적어도 난 지금 썩은 포도를 따 내고 있으니까.

악에 받쳐 한 줄을 마치고 다음 줄을 시작한 지 얼마 안 되어 매튜가 점심시간임을 알렸다.

"점심 먹고 해요. 이쪽으로 와서 같이 먹읍시다."

기진한 얼굴로 그를 따라 터덜터덜 걸어가자 커다란 나무 아래 스무 명쯤 되어 보이는 사람들이 옹기종기 모여 샌드위치를 먹고 있었다. 인종과 성별이 각양각색이라, 워킹홀리데이로 호주에 일하러 온 사람들이라는 걸 알아차렸다.

그늘 아래 적당히 자리 잡고 앉아서 매튜가 내민 샌드위치

포장을 뜯었다. 어제와 똑같이 맛없는 샌드위치를 우적우적 씹으며, 이게 음식이라면 린다의 요리는 천상의 음식일 거라 생각했다.

"안녕. 나는 애드리언이라고 해."

그녀 옆에 앉은, 갈색 머리칼에 주근깨가 많은 남자가 친근하게 악수를 청하자 세아는 땀으로 축축한 손바닥을 바지에 닦고는 맞잡았다.

"안녕. 난 세아야."

"세아. 여기서 처음 본 얼굴인 것 같은데, 어디서 왔니? 중국, 일본?"

"한국에서 왔어. 여기 일은 처음 맞아."

"우리 백패커스 안에도 한국 애들이 몇 명 있었어. 일거리가 없어 다른 지역으로 갔지만. 여기는 능력제에 급여가 좋긴 한데, 일거리를 얻긴 쉽지가 않거든. 우리도 거의 보름을 기다려 들어왔어. 네 뺨에 빨간 자국은 다친 거니?"

애드리언의 말에 따끔거리는 뺨을 손등으로 눌렀다. 눈물이 쏙 빠지도록 아프더니 상처가 생긴 모양이었다.

"가지에 맞았어."

"조심해야 해. 포도 가지에 맞으면 진짜 아프거든. 어느 날은 너무 아파서 도끼로 나무를 패 버리고 싶을 정도로 화가 치밀 때도 있지. 아 참, 나는 프랑스에서 왔어. 너의 일행은 어디 있니?"

"난 혼자 왔어."

"혼잔데 일을 줬다고?"

세연의 나이 또래로 보이는 남자는 믿을 수 없다는 얼굴로 되물었다. 아마도 이곳 워킹홀리데이의 시스템을 잘 알고 있는지, 그녀 혼자 이곳의 일거리를 얻었다는 사실에 의심스러운 표정이었다.

"사실 와이너리에 아는 사람이 있어서 부탁했어."

"와우, 진짜? 부러운데."

애드리언은 그에 대해 더 자세히 묻고 싶은 표정이었으나 그녀가 쉬지 않고 샌드위치를 먹자 자신도 몇 입 먹다 말을 이었다.

"사실 난 와인에 대해 배우려고 세계 각지를 돌아다니는 중이야. 우리 집이 와이너리를 하고 있거든. 아주 작긴 한데, 나와 형이 아버지에 이어 가업을 물려받을 예정이야."

"진짜? 어딘데?"

"프랑스 알자스에 있어."

"아주 유명한 곳이잖아."

"맞아. 주로 화이트 와인을 주력 생산하지. 형은 지금 와인 학교에 다니고 있고, 나는 여러 와이너리를 돌면서 직접 보고 배우는 중이야. 독일과 미국, 뉴질랜드에 이어 호주를 돌면서 일을 하고 있지."

"멋지구나. 그래서 도움은 많이 됐니?"

애드리언은 흔쾌히 고개를 끄덕였다.

"응. 농사법이나 포도나무 관리법에 대해서 많이 알게 됐어.

특히 레이너 와이너리는 포도 관리를 철저히 하기로 유명하거든. 사실 더 유명한 건 와인 메이커지. 딘 레이너."

그의 이름을 되뇌는 애드리언의 눈동자가 반짝였다.

"딘은 젊은 와인 메이커 중에서 단연 최고로 뽑혀. 그의 이력은 아주 독특해. 그는 와인 학교를 다닌 적도 없고, 와인 유학을 간 적도 없어. 전혀 관련 없는 경영학과를 나와 MBA 과정을 밟았지. 하지만 그의 와인은 최고로 뽑혀. 와인 셀러브리티들은 매해 출시되는 그의 와인을 고대하지. 실은 그동안 난 미국이나 호주의 와인에 별 매력을 느끼지 못했어. 그들에게서는 너무 급히 숙성시킨 맛이 나고, 깊이가 없었지. 그런데 데스페라도를 맛보고서 내 생각이 틀렸다는 걸 알았어. 넌 혹시 그 와인을 마셔 봤니?"

세아는 고개를 저었다.

"아니."

"내가 마신 건 데스페라도 2009인데, 그 해는 호주에 폭우가 내려 안 좋은 빈티지Vintage*에 속하는데도 놀랄 정도로 완벽한 와인이었어. 딘 레이너는 천재야. 와인 블렌딩의 마술사지. 솔직히 내가 여기서 일하는 건 혹시나 그를 만날 수 있을까 해서야. 그를 한 번만이라도 만날 수 있다면……. 내 꿈이 그 같은 와인 메이커가 되는 거거든."

선망과 꿈에 사로잡힌 남자의 얼굴이 빛났다.

---

* 포도의 생산연도. 'XXX 1995'라면 1995년에 수확된 포도로 만든 와인.

부러워요. 나는 지옥에서 뒹굴고 있는데, 당신은 최고고, 여기에 당신의 추종자가 한 명 있네요.

세아는 희미하게 웃으며 고개를 끄덕였다.

"그렇게 될 수 있을 거야. 노력하면."

"진짜? 너는 이 와이너리에 알고 있다는 사람이 누구니? 혹시 딘 레이너를 직접 본 적 있어?"

"아니."

고개를 가로젓자 애드리언은 실망한 표정으로 샌드위치를 마저 먹기 시작했다. 핸드폰 벨이 울려 보니 제레미였다.

너랑 말 안 한다니까, 왜 자꾸 전화질이야? 짜증스러운 손길로 통화 거절을 누르자, 띠링. 문자가 도착했다.

[오늘 밤 늦게, 아니면 내일 아침 일찍 도착할 것 같아.]

안 물어봤어, 안 궁금하고.

하지만 끈질긴 녀석은 다시 문자를 보냈다.

[잘하고 있지? 장세아, 너만 믿는다.]

한번 믿는 도끼에 발등 찍히게 해 줘? 얼마나 아프고 기분 더러운지 직접 느끼게 해 봐?

하지만 안타깝게도 녀석이 무서워하는 형이 와이너리에 없었다.

"먼저 일어날게. 오전에 일을 별로 못했거든."

애드리언과 다음에 또 보자는 기약 없는 인사를 나눈 뒤 그
녀의 구획으로 돌아왔다. 캔 뚜껑을 따 따갑도록 탄산 기포가
올라오는 시원한 콜라를 단숨에 들이켰다. 태양은 지글지글 타
고 있었고, 포도밭은 더운 숨이 훅훅 새어 나올 정도로 뜨거웠
다. 모자를 쓰고 워머를 두르고 목장갑을 끼었다. 다시 일할 시
간이었다.

— 일은 잘 마쳤나?

"네. 곧 출발할 거예요."

저녁 식사 중에 온 롭의 전화에 딘은 자리에서 빠져나왔다.
그는 어제부터 종묘장 근처에 있는 레나트의 집에 머물고 있었
다. 어제부터 오늘까지 그들은 종일 묘목을 심고 돌보았고, 레
나트의 아내가 준비한 저녁을 먹었다. 레나트네의 저녁 식사는
늘 그렇듯 정신이 없지만 유쾌했다.

— 밤 운전 조심해서 오게. 혹시 리치와 제레미한테서 연락
왔었나? 저녁에 돌아올 것처럼 말하고는 여태 소식이 없군.

저 멀리 뾰족한 나뭇가지들이 열을 지어 심겨 있는 묘목장
이 내려다보이는 발코니에 기대서서 대답했다.

"저에게도 연락 없었어요."

— 제레미와 간 일이 잘 안 된 건지 걱정이야. 잘 해결됐다
면 리치가 전화를 안 했을 리 없는데 말이야.

"제가 전화해 볼게요."

— 그래 보게. 그리고 자네는 무슨 생각으로 세아를 매튜에게 데려다준 건가? 진심으로 그녀에게 농장 일을 시킬 거라고는 생각도 못했어.

롭의 책망 어린 목소리에 하얀 소금을 흩뿌린 듯 별이 수 놓인 하늘을 올려다보자 반짝이던 까만 눈으로 원망스레 그를 보던 여자가 떠올랐다.

'나한테 일부러 이런 거죠? 포기하게 하려고요.'

"안 그러면 계속한다고 우길 테니까요."

— 그렇지 않아도 계속하고 있네. 오늘도 나갔고, 내일도 나간다고 일찍 누웠어. 완전히 녹초가 되어 돌아왔는데도 포기를 안 하더군.

딘이 아무런 대답도 하지 않자 롭은 조심해서 오라는 말을 끝으로 전화를 끊었다. 문을 열고 들어가자 젬마의 부드러운 목소리와 키득거리는 어린아이들의 웃음소리가 들려 왔다. 식당에 들어선 딘이 말했다.

"미안, 젬마. 나는 이제 그만 일어나야 할 것 같아요."

"왜요, 딘. 조금 더 들지 않고요."

딱 벌어진 어깨에 금발을 양 갈래로 땋은 여자가 안타까운 얼굴로 그의 접시에 남겨진 음식들을 쳐다보았다. 그녀는 만삭이었고, 식탁을 둘러앉은 세 아이들은 시종일관 장난을 치며 접시의 음식을 식탁 아래로 흘려 대고 있었다.

"미안해요. 리치와 동생이 시드니에 가서, 롭 말고 저택에 남은 이가 없어요."

"동생이 왔다는 이야기는 레나트에게 전해 들었어요. 그가 제발 정신 차리고 와이너리 일을 도우면 좋을 텐데. 너무 오래 딘 혼자 레이너를 맡아 왔어요. 리치와 롭이 있긴 하지만, 롭은 연세도 많고요. 어깨에 짊어진 짐이 너무 무거워 보여요. 물론 동생뿐만 아니라 당신의 외로운 인생을 밝혀 줄 아름다운 여인이 나타나 준다면 더 바랄 게 없겠지만."

"젬마."

레나트가 말리는 눈빛으로 그녀의 어깨를 감싸자 젬마는 장난을 치고 있는 아이들에게 말했다.

"자, 얘들아. 딘에게 작별 인사를 해야지."

딘은 레나트의 아이들이 우르르 몰려와 인사를 하도록 무릎을 굽혀 앉았다. 젬마와 레나트와 인사를 나누고 집을 나서면서 리치에게 전화를 걸었지만, 그는 받지 않았다. 하는 수 없이 딘은 차를 출발시켰다.

저택으로 향하는 도로는 불빛 하나 없이 깜깜하고 적막했다. 평원에 늘어선 포도나무들은 어둠 속에서 휴식을 취하고 있었고, 움직임을 멈추고 잠을 청하는 말과 소의 모습도 간혹 눈에 띄었다. 야간 운전에 들짐승의 로드킬이 종종 벌어지는지라 긴장을 놓지 않은 채 차를 몰았다.

'그렇지 않아도 계속하고 있네.'

묵직한 이마를 손가락으로 문질렀다. 벌레에 놀라 울며불며 포도밭에서 뛰쳐나오리라 예상한 건 아니었다. 그녀라면 자존심 때문에라도 꾹 참고 하루는 일했을 거라는 걸 알고 있었다.

하지만 계속하겠노라, 일을 나갔을 줄은 몰랐다.

겨우 며칠이었지만 그녀가 얼마나 와인을 좋아하는지, 얼마나 특별한 시선으로 와인을 대하는지 느낄 수 있었다. 하지만 좋아하는 것과 현실 사이에는 크나큰 간극이 존재했다. 농장일은 취미나 소일거리가 아니었다. 아름다운 풍경 이면에 살인적인 더위와 수많은 땀방울과 파리 떼들이 있음을 깨닫고 물러서길 원했을 뿐이었다.

솔직히 어머니의 추억을 일깨운 덕에 저도 모르게 그녀에게 차갑게 굴었음을 인정했다. 별장 소파에 앉아 창밖을 바라보던 그녀의 뒷모습에 어머니의 모습이 겹쳐 보이는 순간 심장이 내려앉는 걸 느꼈다. 아니라는 걸 알지만 그녀를 데리고 도망치듯 그곳을 빠져나왔다. 그녀의 입장에서는 종잡을 수 없는 남자라고 느꼈겠지. 하지만 그에게 세아 역시 그랬다. 그녀는 아무것도 모르는 얼굴로 끊임없이 그의 내면 깊숙이 숨겨 둔 무언가를 자극했고, 그 사실이 혼란스러웠다.

눈을 돌려 차창 밖을 바라보았다. 그와 세상 모든 것이 암흑 속에 있는데, 별들만이 쏟아질 듯 반짝이며 빛나고 있었다.

와이너리에 도착해 차고에 차를 세우고 나오자 어둠에 휩싸인 대저택에서 단 두 곳만이 불빛이 새어 나오고 있었다. 2층의 제레미의 방과 주방이었다.

문을 열고 집 안에 들어서자 시끌벅적하고 정신없던 레나트의 집과 달리 저택은 완벽한 침묵에 싸여 있었다. 거실을 지나 주방으로 갔지만 그곳은 불이 꺼져 있었다. 딘은 의아한 얼굴로 주방 불을 켰다. 깨끗하게 정돈된 주방과 식탁을 지나 바에 놓인 와인 병에 시선이 멈췄다.

딘은 다가가 와인 병을 들어 보았다. 윗부분이 딱 한 잔만큼 부족한 상태였다. 마개가 막혀 있었지만, 이미 딴 걸 다시 막아 놓은 거라는 걸 알아차렸다. 딘은 새 와인 잔을 꺼내며 등 뒤로 물었다.

"그거 알아요? 와인이 오크 통에서 숙성되는 과정에서 2, 3퍼센트는 증발해서 없어져요. 우린 그걸 천사가 마신다고 해서 엔젤스 셰어Angel's Share라고 하죠. 대신에 천사는 남은 와인에 훨씬 더 깊은 맛과 향을 남기고 가요."

"……."

"숨지 말고 나와요, 천사 아가씨."

뒤로 돌자 부스럭거리는 소리에 이어 잔을 든 여자가 식탁 뒤에서 일어났다. 바에 기대선 딘은 늘어뜨린 머리에 린넨 원피스 차림의 세아를 바라보았다. 이틀 사이 햇볕에 타 까뭇해진 듯했으나 태생이 하얀 여자였다. 그녀가 당혹스러운 얼굴로 그를 보는 동안 어색한 적막이 흘렀다.

좋아. 딘은 그녀의 투지가 마음에 든다는 걸 인정해야만 했다.

"미안해요. 허락도 없이 와인을 제멋대로 땄어요."

그녀가 사과를 건네자 딘은 코르크를 다시 빼 잔에 와인을 채우며 말했다.

"괜찮아요. 마시라고 놔둔 와인이니까. 나는 당신이 왜 숨었는지 궁금할 뿐이에요."

"술주정뱅이처럼 혼자 술을 마시고 있는 걸 보이고 싶진 않으니까요."

"이리 와요. 그럼 같이 마십시다."

다가온 그녀에게서 풍기는 달콤한 시트러스 향이 흙냄새가 밴 코에 스몄다. 딘이 병을 들어 그녀의 잔을 채우자 둘은 바에 나란히 기대어 와인을 마시기 시작했다. 주방 창밖으로 어둠이 내린 포도밭이 보이고 둘 사이로 느슨한 공기가 떠돌았다. 와인을 홀짝이던 세아가 그의 모습을 살피더니 물었다.

"지금 돌아오신 거예요?"

"음."

"종묘장 일은 잘 끝내셨어요?"

별다른 설명 없이 고개를 끄덕이자 세아가 그를 슬쩍 올려다보며 말했다.

"솔직히 말하면 와인 회사의 오너는 나무를 심는 일이나 농장 일은 안 할 줄 알았어요."

"우아하게 와인 블렌딩이나 하고 책상에 앉아 무언가를 하는 모습을 그렸나 보군요."

"정확히 맞아요."

"그럴 때도 있죠."

"어쩐지 좀 피곤해 보여요."

아이러니하게도 불면증을 일깨워 놓은 여자의 속삭임은 매끈한 실크 침대 안으로 유혹하는 연인처럼 허스키하고 부드러웠다.

너무 못 잔 나머지 정신이 어떻게 됐나 보군. 딘은 스스로를 비웃으며 눈두덩을 꾹 눌렀다. 이틀째 잠을 못 이뤘고, 어제오늘 땡볕 아래서 쉬지 않고 묘목을 심었다. 극도의 피로에 그녀의 말마따나 녹다운 직전이었다. 너무나 간절히 잠을 자고 싶었다.

"잠을 좀 설쳐서 그래요."

딘의 대답에 바 위에 와인 잔을 놓은 그녀가 손을 내밀었다.

"손을 줘 보세요."

그가 영문을 모른 채 손을 내주자 그녀가 그의 손을 잡았다. 그러더니 그의 가운뎃손가락 끝을 꾹꾹, 손바닥 가운데를 꾹꾹, 손가락 사이 어딘가를 꾹꾹, 부드럽지만 힘을 주어 누르기 시작했다. 딘은 미간을 좁히며 아주 진지하게 손을 누르고 있는 여자를 내려다보았다.

"지금 뭐 하는 거예요?"

"그러니까 이걸 뭐라고 해야 하나? 일종의 잠이 오게 하는 마사지죠. 지압이라고 하는데, 음…… 한의학이라고, 한국의 전통 의학인데, 그곳에서는 손이나 귀가 우리 신체의 중요 부위와 연결되어 있다고 믿어요. 그래서 그 부분을 적당히 자극해 주면 그 기관의 통증이나 긴장이 풀어진다고 하죠. 명상 선생님이 알려 주신 건데, 제가 잠이 안 올 때 종종 써먹는 거예요. 그렇다고 갑자기 잠이 막 쏟아지진 않지만, 그래도 몸의 긴장은 좀 풀리거든요."

"당신도 불면증이 있나요?"

그의 물음에 잠시 망설이는 듯하다 결국 고개를 끄덕였다.

"네, 있어요. 잠을 자주 못 이루죠. 솔직히 와인을 몰래 훔쳐 마신 것도 그 때문이에요. 몸은 죽을 것처럼 피곤한데도 잠이 오지 않아서요. 정말 종일 포도밭에 있었나 봐요. 당신 손 구석구석에 흙가루가 배어 있어요."

"농부니까. 수확기에는 손이 늘 보라색이죠."

"포도즙 때문에요?"

딘이 고개를 끄덕이자 세아는 신기하다는 미소를 띠며 그녀의 손에 비해 훨씬 크고 두꺼운 손을 열심히 주물렀다.

"어때요? 좀 괜찮아지는 것 같아요?"

세아가 그를 올려다보았다. 까만 하늘의 반짝이는 별 같은 눈동자에 손을 놓고 뒤로 물러서고 싶은 충동을 누르며 무표정한 얼굴로 답했다.

"모르겠어요."

"효과 없나 봐요."

다행히 그녀가 빠르게 패배를 인정하고 물러서자 딘은 움켜쥔 주먹을 바 위에 올려놓으며 물었다.

"당신은 언제부터 잠을 못 이뤘죠?"

"스무 살 전후쯤부터요. 그땐 불면증인지도 몰랐어요. 이십대 중반까진 공부하느라 24시간이 모자랄 정도여서 불면증이 아니어도 잠잘 시간이 없었거든요. 병원을 다니기 시작한 건 1년밖에 안 됐어요."

"학업 스트레스였나요? 어린 나이에 불면증이 왔군요."

"부모님이 열여덟 살에 사고로 돌아가셨거든요. 그 뒤부터 그랬던 것 같아요."

"미안해요."

딘이 정색한 얼굴로 사과를 건네자 세아는 웃으며 고개를 저었다.

"괜찮아요. 그럼 당신은 언제부터 불면증이 시작됐나요?"

"2년 정도 됐을 거예요. 갑자기 어느 날 밤부터 잠을 이룰 수가 없었죠."

"뭐 때문이었을까요?"

세아의 물음에 딘은 희미하게 웃으며 남의 이야기하듯 대답했다.

"아마도 스트레스?"

"지금 당신에게 가장 큰 스트레스는 무엇인지 말해 봐요."

바에 등을 기대선 딘은 어둠이 내린 창밖을 바라보았다. 그녀가 그의 빈 잔을 채워 주며 쳐다보는 시선이 느껴졌다. 어차피 곧 이곳을 떠날 이방인이니 털어놓아도 상관없겠지.

마치 뭐에 홀린 듯 누구에게도 털어놓은 적 없던, 포도밭에서 길을 잃고 방황하던 수많은 밤 그를 괴롭히던 의문을 꺼내 놓았다.

"내가 언제까지 와인을 만들 수 있을까."

계속 이렇게 잠을 이룰 수 없다면, 와인의 부케와 아로마를 제대로 캐치하지 못한다면, 와인을 만들어 내지 못한다면 나는 어떻게 해야 할까.

"정말요? 하지만 계속 만들어 낼 수 있잖아요. 물론 나이가 많이 들면 못할 수도 있겠지만, 그건 아주 먼 미래가 아닐까요?"

딘은 쓸쓸한 미소를 흘리며 말했다.

"생각보다 먼 미래가 아닐 수도 있어요. 당신 말처럼 나이가 들어서까지 와인을 만들어 낼 수도 있지만, 피치 못할 이유로…… 당장 와인을 만들 수 없을지도 몰라요. 마치 언제 죽을지 모르고 있다가 방심하는 순간 눈을 감게 되는 것처럼요."

"맞아요. 갑작스럽죠. 부모님이 돌아가셨을 때 저도 그런 생각을 많이 했어요. 하지만 당신은 그러지 말았으면 좋겠어요. 나는 그 끝을 보았지만, 당신의 끝은 멀리 있어요. 분명히 나이가 많이 들어서까지도 와인을 만들 수 있을 거예요. 그러니 걱정하지 말아요."

다른 이들도 그렇게 말했다. 걱정하지 마, 좋아질 거야. 하지만 좀처럼 나아지지 않는 증상에 지치고 불안한 그의 귀에 그런 위로의 말들이 들어올 리 만무했다. 그녀의 위로라고 특별날 이유가 없었다. 다만 이 순간 그런 위로가 필요한 건 그보다 그녀가 아닐까라는 생각이 들었을 뿐이었다. 이 작고 고집스러운 여자가 지내 온 기나긴 불면의 밤이 상상이 가지 않았다. 그 어린 나이에 그 밤들을 어떻게 버텨 냈을까?

세아가 와인 잔을 비우자 딘이 와인 병을 들며, 분위기를 전환시키기 위해 화제를 돌렸다.

"직접 와이너리 일을 해 본 소감은 어때요?"

그의 물음에 그녀는 만감이 교차하는 얼굴로 웃음기 어린 한숨을 흘리더니 이야기를 시작했다.

"포도밭은 만두 찜통에 들어가 있는 것처럼 더웠고, 제가 30년 동안 본 것보다 더 많은 벌레를 이틀 동안 다 봤죠. 여기 벌레는 정말 어머어마하게 크더라고요. 손가락이랑 허리가 너무 아팠고, 점심으로 나온 샌드위치는 눈물이 날 정도로 맛이 없었어요. 고해 성사를 하자면, 나뭇잎을 솎아 내다 멀쩡한 포도송이를 족히 서른 송이는 잘랐는데, 매튜한테 혼날까 봐 잎사귀로 덮어 숨겼어요. 미안해요."

농담을 건네며 세아는 웃었지만, 머리칼에 가려져 있던 뺨을 가로지르는 빨간 자국을 쳐다보는 딘은 웃고 있지 않았다.

"뺨에 그건 뭐예요?"

"아, 일하다 가지에 치였어요. 진짜 아프더라고요. 이젠 괜찮아요."

그녀가 손등으로 상처를 누르자 이번에는 가느다란 손가락 옆 마디에 가위에 눌려 부풀어 오른 물집들이 보였다. 딘이 죄책감으로 굳어진 얼굴로 와인 잔을 놓고 몸을 일으키자 마법처럼 그들 사이로 흐르던 느슨하고 비밀스러운 분위기가 파사삭 깨졌다.

"괜찮지 않아요. 잘못하면 가지에 눈을 찔려 실명될 뻔하기도 하니까. 롭에게 내일 또 나간다고 했다면서요. 우린 당신이 이곳에서 일꾼처럼 지내길 원치 않아요. 편안히 쉬면서 즐기길 바라죠."

쓸데없는 고집에 피를 보다니. 저도 모르게 이 여자의 분위기에 휩쓸려 있었다는 후회와, 아무리 우겼대도 그녀를 포도밭에 데려다주지 말았어야 했다는 질책이 동시에 몰려왔다.

제발 난 내 역할대로 당신에게 친절할 테니, 당신은 아무것도 하지 말고, 아무것도 흔들지 말고 재밌게 즐기다 원래 있던 자리로 되돌아가. 제레미를 놓고 가 준다면 더 고맙고. 그게 내가 원하는 전부야.

딘은 이해할 수 없다는 표정으로 물었다.

"왜 일을 하고 싶다고 했죠? 호기심 때문이라면 하루면 족하고, 자존심 때문이라면 이틀이면 충분해요. 더는 안 돼요. 이제 그만 해요."

하지만 그녀가 힘겨운 얼굴로 꺼낸 대답은 그를 당황시키기에 충분했다.

"미안해요. 하지만 난 멈출 수가 없어요. 왜냐하면, 전 증명해야만 하거든요."

증명하고 싶다니? 무엇을?

딘은 그제야 이 작은 여자 안에서 격렬한 싸움이 벌어지고 있다는 걸 알아차리고, 인내심을 발휘해 그녀가 털어놓길 기다렸다.

"난 내가 쓸모없는 사람이 아니라는 걸, 내가 무언가를 할 수 있다는 걸 증명하고 싶어요. 이대로 아무것도 하지 않고 패배감에 휩싸여 주저앉아 있고 싶지 않아요."

세아는 빈 잔을 내려놓고 허공 어딘가에 시선을 둔 채 말을 이었다.

"난 오랫동안 그곳을 바라봤어요. 너무 높고 빛이 나서 겁이 났지만, 그 자리에 앉고 싶었죠. 맞아요. 여왕이 되고 싶었어요. 그래서 열심히 오르고 올랐는데, 어느 날 절벽 아래로…… 쭉 미끄러져 내려왔어요. 10년을 넘게 그 자리에 오르기 위해 제 인생 모두를 걸었는데, 단 하루 만에 바닥으로 끌려 내려왔죠. 최선을 다하면 언젠간 가질 수 있을 거라 믿었는데, 최선이 결코 최고는 될 수가 없다는 걸 몰랐어요."

추상적인 이야기였지만 딘은 이해했다. 그녀가 할아버지의 회사에서 최고의 자리에 오르길 원했지만 어떤 이유 때문에 좌절당했다는 걸. 아마도 여왕은 오너의 자리를 말하는 거리라. 그래서 여자는 견딜 수 없이 괴로웠지만, 주저앉아 우는 대신 증명해 보이는 걸 택했다. 이대로 끝이 아니고, 자신의 의지대로 충분히 무언가를 해낼 수 있는 존재임을.

그 순간 딘은 여자가 포도나무 같다는 생각이 들었다. 폭풍우에 가지가 꺾이고, 가뭄에 이파리가 바싹 말라비틀어지고, 옆의 나무가 햇빛을 독차지해도, 굳세게 버텨 내 척박한 땅에 뿌리를 내려 열매를 맺고 여물게 하는 끈질긴 생명력을 가진 포도나무.

세아가 고개를 돌려 속삭여 물었다.

"말해 봐요."

딘은 자신에게 낯선 감동을 안겨 주는 여자를 혼란스러운 눈으로 바라보았다.

"그곳은 어떤가요? 보는 것처럼 자리도 편하고, 전망도 멋지고, 공기도 좋나요?"

"어딜 말하는 거예요?"

"최고의 자리요. 당신도 그곳에 앉아 있잖아요."

세아는 와인 병을 들어 자신의 빈 잔을 채웠다. 딘은 둥근 와인 잔으로 굽이치듯 떨어지는 검붉은 액체를 바라보는 여자의 섬세한 옆얼굴과 묵직한 병을 든 우아한 손길에 매료되어 바라보았다. 숨을 쉬고 있는데, 숨이 쉬어지지 않는 것처럼 호흡이 가쁜 느낌이었다.

"오늘 농장에서 당신의 팬을 만났어요. 그는 프랑스 알자스의 와이너리를 물려받을 예정인데, 당신의 데스페라도를 칭송했어요. 혹시 당신을 만날 수 있을까라는 기대에 농장 일을 하고 있었죠. 당신 같은 최고의 와인 메이커가 되고 싶어 했어요. 멋지잖아요. 최고란 그래요."

"그렇지 않아요."

딘이 고개를 젓자 그녀는 그의 대답을 기다리듯 바라보았다.

"아래서 보기에만 멋진 곳이죠. 늘 내려갈 걱정을 해야 하고, 춥고 외롭고 쓸쓸해요. 왜냐하면 이 자리를 얻기 위해 많은 걸 포기해야 하거든요."

고개를 기울여 그를 바라보던 세아가 물었다.

"당신도 외롭나요?"

딘은 아무 말 없이 그녀를 내려다보았다. 하지만 삐걱, 하며 묵직한 문소리가 울리자 둘은 동시에 고개를 돌렸다. 복도를 걸어오는 발소리가 점차 가까워지더니 곧 주방 앞에 두 남자가

나타났다. 리치와 제레미였다. 세아를 발견한 제레미는 한달음
에 달려와 그녀를 안고 이마에 입을 맞추며 속삭였다.

"보고 싶었어, 자기야."

Chapter.6

"Where are the people?
It's a little lonely in the desert."
asked the little prince.
"It's also lonely with people."
said the snake.

어린 왕자가 물었어요.
"사람들은 어디에 있니? 사막에서는 조금 외롭구나."
뱀이 말했어요.
"사람들 속에서도 외롭기는 마찬가지야."

_어린 왕자 中

경악한 눈을 올려 이마에서 입술을 떼는 제레미를 보았다. 잇사이로 알 수 없는 외마디가 흘러나왔다.

"이……."

미친놈아, 너 이게 무슨 짓……!

그녀의 눈동자에 피어오르는 분노를 확인한 제레미는 혹여나 터져 나올 말문을 막으려는 듯 가슴에 그녀의 머리를 끌어안으며 물었다.

"내가 얼마나 보고 싶었게. 나 없는 동안에 심심하지는 않았어? 오늘 밤 안 넘기려고 얼마나 밟고 달려왔는지 넌 모를 거야."

숨을 쉴 수 없는 게 녀석이 너무 세게 안아서인지, 녀석의 행동이 숨이 멈출 정도로 충격이어서 그런지 알 수가 없었다.

제레미는 그녀가 폭발하기 직전에 영악하게 몸을 떼고는 구경
꾼처럼 서 있는 리치와 딘 쪽으로 돌아섰다.

"미안해, 형. 내가 세아한테 정신이 팔려서 형한테 인사도
늦었네."

"괜찮아."

"할 얘기가 많은데, 시간이 늦었으니 내일 하자. 우린 먼저
올라갈게. 잘 자요, 리치. 잘 자, 형."

어깨를 감싸 안은 녀석이 서둘러 그녀를 끌고 계단을 올랐
다. 그리고 방으로 들어와 문을 닫자마자 앞일을 예견한 듯 그
녀를 놓고 재빨리 뒤로 물러섰다. 하지만 세아가 한 발 빨랐다.
도망치지 못하게 녀석의 팔을 움켜잡고, 온 힘을 다해 주먹 쥔
손으로 난타하기 시작했다.

"내가, 아무, 말도, 안 하, 니까, 괜찮, 은 것, 같지? 응? 더
해도, 되는 것, 같지?"

"아파, 아파! 잠깐만. 장세아, 내 말 좀."

"일주일 뒤에, 떠날 때까지, 아무것도, 하지, 말랬지! 내 말
이 우습게 들려? 너 이딴 식으로 나오면 나라고 계속 참을 것
같아?"

세아가 그를 놓고 문을 향해 걸어가자 제레미가 뛰어와 그
녀를 뒤에서 껴안아 번쩍 올렸다. 발이 허공에 들려 버둥대자
제레미가 다급히 귓가에 속삭였다.

"제발, 내 말 좀 들어 보라니까."

"이거 못 놔?"

뒤로 팔꿈치를 날렸지만, 녀석이 허리를 굽혀 몸을 동그랗게 말자 공격이 무산되었다. 콩 뛰어올라 뒷발로 종아리를 차자 녀석의 입에서 윽, 하는 소리가 들리더니 비틀거렸다. 둘이 온 방을 누비며 몸싸움을 벌이느라 카펫이 말리고, 의자가 우당탕 넘어졌다.

제레미는 가까스로 그녀를 침대 위에 던져 못 일어나게 어깨를 누르고는 속사포처럼 쏟아 냈다.

"제발, 장세아, 내 말 좀 들어 봐. 딘과 리치가 우리가 연인 같지 않다고 의심하고 있었어. 시드니로 가서 라벨 디자인에 대해 이야기를 나누는데, 리치가 너와 내 사이가 그다지 친밀해 보이지 않다고 했어. 우리 사이는 전혀 문제가 없다고 했지만, 리치는 차라리 그럴 거면 다시 우정 쪽으로 돌아서는 게 좋은 친구를 잃지 않는 방법이라고 했어. 그러면서 나를 붙잡고 있는 게 많지 않다면 호주에 계속 머물면서 일해 보는 건 어떠냐고 물었어. 역시 내 예상대로 형과 리치는 날 붙잡아 두려는 거야. 라벨 디자이너 자리도 그래서 제안한 거겠지."

"좋은 말로 할 때 내 위에서 내려와."

제레미가 두 팔을 항복하듯 올리며 물러서자 세아는 자리를 털고 일어나며 퉁명스레 물었다.

"그러면 넌 그 발연기에 다들 깜빡 속아 넘어갈 거라 생각한 거야? 모든 게 그렇게 네 뜻대로 쉬울 줄 알았냐고?"

"안 돼, 안 돼. 왜 내가 너까지 데려와서 이 짓을 벌였는데."

제레미가 머리를 움켜쥐고 고뇌하자 세아는 '넌 대체 언제쯤

철이 들래!'라고 쏘아붙이고 싶을 걸 간신히 참으며 그의 옆에 앉았다.

"분명 리치는 라벨 디자인 때문에 시드니에 가자고 했는데, 일은 한 시간 만에 끝내고 이틀 동안 내내 클럽만 끌고 다녔어. 이거 봐, 리지. 금발이 참 멋지더라. 그리고 도나, 가수 지망생이라더니 엄청 섹시하고. 그리고 켄달. 미국에서 여행 왔다고 했지. 허, 이제 보니 호텔 호수를 적어 놨네."

끔찍한 표정으로 청바지 주머니에서 여자들에게 받은, 전화번호가 적힌 종이를 침대에 던지자 세아는 상황에 걸맞지 않게 웃음이 터져 나올 것만 같은 입술을 꽉 오므리며 물었다.

"그래서 이제 어떻게 할 건데? 라벨 디자이너 자리는 고사한 거야?"

"수락했어."

"들키기 직전인데, 그걸 수락했다고?"

그녀가 이해할 수 없다는 눈으로 쳐다보자 제레미는 변명을 늘어놓기 시작했다.

"괜한 짓 했다는 거 알아. 하지만 정말 매력적인 조건이었단 말이야. 컨셉도 없고 시안도 없어. 내 스타일, 내가 하고픈 대로 디자인하면 돼. 모든 게 내 마음대로라고."

"하지만 일하는 내내 넌 계속 시달리겠지."

"네 말이 맞아."

"그러지 말고 제레미, 절충안을 찾아보는 건 어때?"

"무슨 절충안?"

드넓은 저택의 텅 빈 방들과 인력 부족, 그리고 딘의 불면증.

세아는 차분한 얼굴로 제레미를 설득하기 시작했다.

"가족들이 널 원하고 네 도움을 필요로 한다면, 이곳에 머물며 디자인 일을 해도 돼. 꼭 하나만 선택할 필요는 없잖아. 넌젊고, 프리랜서로 나선 이상 굳이 한국을 고집할 필요도 없어.물론 아주머니도 계시고 네 애인도 있으니 결정이 쉽지 않겠지만, 1년 정도만 와이너리 일도 도우면서 디자인 일을 해 보는건 어때?"

"왜 그렇게 해야 하지? 난 내 꿈을 이루는 데 충분히 집중하고 싶을 뿐이야."

"네 꿈이 중요하지 않단 말이 아니야. 하지만 가족이잖아.넌 하늘에서 갑자기 뚝 떨어지지 않았어. 그건 뿌리 같은 거라고. 뿌리가 없는 나무는 없잖아. 물론 당연히 선택은 네 몫이야."

"말도 안 돼. 네 말에 동의 못하겠어. 가족은 가족일 뿐이야.내가 제레미 레이너라고 해서 내 인생을 와인에 저당 잡힐 생각은 없어. 나와 레이너 와인은 별개라고."

네 나르시시즘과 이기주의에 가끔은 질릴 때가 있어. 오늘이 그중에 최고고. 제 형이 농장 관리하느라, 묘목 심느라 정신없이 뛰어다니면서도 불면증에 잠 못 이루고 있는 줄은 알까?

세아는 미련 없이 두 손 들고 물러섰다.

"좋아, 알았어. 너는 레이너 와인과 전혀 상관없구나. 매해나오는 값비싼 와인과 부족함 없는 학비와 든든한 용돈을 받아 챙기고, 서른이나 먹어서 네 형이 준 돈으로 사무실을 내고는 말이야."

그녀의 독설에 새파랗게 질린 제레미가 소리쳤다.

"제발 좀! 넌 왜 이렇게 잔인하냐? 나라고 좋은 줄 알아? 나는 이곳에서 5년밖에 살지 않았어. 아주 어려서 기억조차 나지 않지. 방학 때 몇 번 들렀다고 갑자기 없던 애정이 샘솟지는 않는다고. 그게 내 탓은 아니잖아? 이러는 내 마음도 편치 않다고."

"좋아, 알았다고. 혹 잊었나 싶어 말하는데, 나 며칠 뒤면 떠나. 내가 떠날 때 댈 적당한 핑계거리나 생각해 두길 바라."

고개를 번쩍 든 제레미가 옆집 불구경하듯 말하는 세아를 원망스럽게 쳐다보았다.

"아직 이틀이나 남았잖아. 그리고 이게 다 네가 날 사랑하는 눈길로 안 봐서 사달이 벌어졌다는 생각 안 들어?"

세아는 어이가 없어 소리쳐 물었다.

"사랑하지도 않는데 속이고 데려온 네가 이 사달을 벌였다는 생각은 안 들고? 사랑하는 사람이 필요했으면 거짓말 말고 처음부터 김승우를 데리고 왔으면 됐을 거 아냐. 그리고 나만 널 사랑스럽게 안 봤어? 너는 날 그렇게 봤고?"

"이제부터 정말로 그렇게 볼 테니까, 너도 이왕 하는 김에 그럴듯하게 연기 좀 해 줘."

세아는 침대 옆에 놓인 서랍장에서 수면 안대를 꺼내 귀에 걸며 말했다.

"노력은 해 볼게. 단, 스킨십은 절대 안 돼. 손이랑 어깨까지만이야. 아까처럼 뽀뽀라도 하는 날엔 그 자리에서 네 사기 행각을 다 폭로할 테니까 알아서 해."

제레미가 조그만 목소리로 "비싸게 굴긴." 하며 침대에서 일어나자 세아는 베개를 몇 번 두드려 펴고는, 넓은 침대의 정중앙에 자리 잡고 누우며 물었다.

"내가 너 남자 좋아한다는 거 언제 처음 알게 됐는지 알아?"

"언제 알게 됐는데?"

"고1 때였는데, 학원 끝나고 골목을 올라가는데 네가 보였어. 나는 네게 인사를 하려고 했는데, 네 옆에 어떤 남자가 있었어. 둘은 키스를 나눴고, 나는 멍해졌어. 넌 내 제일 친한 친구였는데 남자와 키스를 하고 있었어. 남자랑 말이야. 진하기는 얼마나 진하고, 또 길게 하기는 얼마나 길게 하던지. 그렇게 넌 어린 나의 순수성과 남자에 대한 환상을 와장창 깨부쉈던 거야. 넌 늘 그래. 이젠 더 깨부술 동심도 믿음도 없지만."

수면 안대를 낀 세아는 멍하니 그녀를 보는 제레미에게 등 돌려 누우며 말했다.

"불 꺼. 잘 거야."

그러고는 당신도 외롭냐는 물음에 아무런 대답도 하지 않던 남자를 떠올리다 서서히 달콤한 수마에 빠져들었다.

제레미와 세아가 다정하게 방으로 올라가자 리치가 냉장고에서 생수병을 꺼내 들며 들뜬 얼굴로 입을 뗐다.

"굿 뉴스와 베드 뉴스가 있어."

그들이 사라진 계단에서 눈을 뗀 딘은 손가락이 하얘질 정도로 주먹을 움켜쥐고 있다는 걸 깨닫고 바 위에 손을 펼쳐 놓았다. 거칠고 굳은살이 박인 손이 저릿저릿했고, 자리를 뜬 지한참 지났는데도 희미하게 남은 시트러스 향이 계속 그의 주변을 맴돌았다. 형용할 수 없는 감정의 찌꺼기를 떨쳐 내듯 딘은 단호한 목소리로 말했다.

"베드 뉴스부터."

"제레미가 라벨 디자인을 하겠다고 하긴 했어. 다만 우리의 공격을 예상한 것처럼, 자기는 그녀를 너무나 사랑해서 한국을 떠날 수 없노라고 여러 번 못을 박더군. 여자와 유혹이 넘쳐나는 클럽에 데려갔는데도 전혀 관심이 없었어. 그녀보다 백배는 더 아름답고 섹시한 여자들이 즐비했는데도 말이야. 내가 잘못 본 걸까? 둘 사이의 감정이 그리 깊어 보이지 않았는데 말이야."

생수병 뚜껑을 따 기울이던 리치는 위에서 울리는 쿵쿵거리는 발소리에 이어 우당탕 무언가 쓰러지는 소리에 딘을 쳐다보았다.

"내 착각이었나? 이틀 만의 재회라 아주 뜨거운가 본데."

딘은 말없이 와인 잔을 들어 남은 와인을 한입에 털어 마셨다. 위는 금세 조용해졌고, 리치가 말을 이었다.

"굿 뉴스는, 며칠간 장세아에 대해 조사를 해 봤어."

고개를 돌린 딘이 아연한 표정으로 리치를 보자 그가 재빨리 변명을 늘어놓았다.

"화내지 마. 적에 대한 정보도 없이 싸울 수는 없다고. 장세 아라는 여자에 대해 얼마간은 알고 있어야 한다고 생각했어. 알잖아. 우린 제레미를 데려와야 하는 상황이라는 걸. 그녀는 회사 주요 팀의 팀장이었고, 여러 프로젝트를 성공시켜서 회사 내 신망이 두터워. 하지만 얼마 전에 후계 구도에서 밀려 나와 한직으로 좌천됐어. 그런데 그 이유가, 놀라지 마. 그녀가 약혼을 깼기 때문이야."

그 몰래 조사했다는 말에 화가 나 놀라지 않으려 했지만, 그럴 수가 없었다. 리치가 거보라는 듯한 표정으로 바라보자 딘은 놀란 마음을 숨기지 못하고 되물었다.

"약혼자가 있었다고?"

"응. 상대는 같은 회사 사람이고, 정략적인 약혼이었던 것 같아. 원래 12월 1일에 약혼식이 치러질 예정이었는데, 그 직전에 파혼을 했어."

"제레미 때문에?"

"그것까진 알아내지 못했지만 가능성이 없진 않아. 파혼을 하고 나서 바로 호주에 같이 왔으니까."

커플인 듯 커플 아닌 것 같은 연인과 파혼 후 로맨틱한 사랑의 도피행이라. 둘 사이가 좀처럼 연결되지 않았지만, 다 제쳐두고 물었다.

"그런데 그게 왜 굿 뉴스지?"

"장세아가 약혼을 깨고, 좌천을 당하고 호주로 온 게 일주일 사이에 벌어진 일이야. 세 사건이 긴밀한 연관이 있단 이야기지. 그럼 두 가지 가설을 세울 수 있어. 그녀는 제레미 때문에 파혼을 했다. 그리고 함께 호주로 왔다. 결론은 제레미에 대한 감정이 우리가 생각한 것보다 깊다. 두 번째, 그녀는 워커홀릭에 회사에서 인정받는 중역이었는데 하루아침에 좌천을 당했다. 그녀는 지금 어떤 상태일까?"

인생 모두를 걸었다며 바르르 떨던 작은 입술과 비통에 빠진 검은 눈동자가 떠올랐다.

"상처와 배신감이 크겠지."

딘의 대답에 리치가 "빙고." 하며 작게 외쳤다.

"지금 그녀는 붕 떠 있어. 왕좌에서 추방당한 여왕 같은 거지. 아마도 분노와 실망으로 가득 차 있을 거야. 우린 그녀를 위로해 주고, 잘해 줘야 해. 제레미를 사랑해서든, 한국에 정나미가 떨어져서든, 자기를 좌천시킨 할아버지에게 복수를 하기 위해서든, 그 이유가 뭐든 상관없어. 그녀를 붙잡아 이곳에 계속 머물도록 설득해야 해. 그녀가 이곳에 있게 된다면 제레미는 자동적으로 호주를 떠날 수 없게 돼. 가장 좋은 방법은 그 둘이 결혼해서 이곳에 정착하는 거지."

그녀는 처음부터 제레미와 정착할 의사가 없음을 확실히 밝혔고, 제레미가 남든 떠나든 간에 이곳에 계속 머물 사람이 아니었다. 곧 떠날 여자라 믿었다. 그런데 가족이 될지도 모를 여자라니. 동생의 여자라니.

그녀가 떠나야 할 이유가 오늘 저녁 하나 더 늘어난 걸 모르고 리치는 자신이 짠 계획에 신이 나 말을 이었다.

"게다가 린다에게 들었는데, 그녀가 포도밭에 나갔다면서? 거봐. 그녀는 완벽해. 놀라울 정도로 적응을 잘하고 있다고. 애초에 농장을 싫어하는 제레미 쪽보다 오히려 설득하기 쉬울지 몰라. 내일부터 제레미는 라벨 디자인에 들어갈 거야. 내가 제레미 옆에 바싹 붙어 그를 설득할 동안 넌 그녀를 위로하고 돌봐 줘. 믿었던 할아버지가 좌천을 시키다니, 마음이 얼마나 괴롭겠어? 최대한 다정하게 대해 주라고. 이곳이 그녀가 있던 치열하고 각박한 서울과 달리 얼마나 안락하고 평화로운 보금자리가 될지 보여 주란 말이야. 와이너리의 장점을 최대한 부각시켜야 한다고. 네 역할이 아주 중요해. 딘. 딘?"

리치의 부름을 무시하고 딘은 어두운 복도를 지나 그의 방으로 들어갔다. 생수병을 다 비운 리치도 방으로 들어가자 저택은 다시 조용해졌다.

다사다난했던 밤이 지나고 와이너리의 아침이 돌아왔다. 딘이 식당에 들어서자 식탁을 세팅 중인 세아의 뒷모습이 보였다. 스트라이프 원피스 차림의 그녀가 몸을 돌리다 그를 발견하고는 인사를 건넸다.

"좋은 아침이에요. 어젯밤은 잘 잤나요?"

그녀가 단순한 아침 인사를 건네는 게 아니라 지난밤에는 불면증에 시달리지 않고 잘 잤는지 묻는 것임을 알아차렸지만, 딘은 고개를 끄덕이는 것으로 대답을 대신했다.

"당신은 빨리 일어났군요."

"네. 지난밤에 와인 덕택인지 잘 잤거든요."

세아가 그의 앞에 뜨거운 커피 잔을 놓자 빌어먹을 술의 신 바쿠스의 은총이 왜 그녀에게만 미치고 그에게는 못 미친 건지 원망하며, 다른 이들이 눈치채지 못하게 묵직한 관자놀이를 눌렀다.

그의 대각선 맞은편에 앉은 세아는 기다란 컵에 우유를 따르며 린다의 이야기에 웃음을 터트렸다. 문득 그녀의 컨디션이 좋은 이유가 단지 와인 덕택인지, 아니면 제레미가 돌아와서인지 궁금해졌다.

제발 그만. 며칠 동안 잠을 못 잔 탓에 일어나자마자 두통이 일었고, 기분도 좋지 않았다. 그렇대도 남의 행복을 질시한다거나 동생 커플에게 필요 이상의 호기심을 가지는 신경질적이고 고약한 남자가 되고 싶진 않았다.

제레미와 리치가 왔고, 음식 준비를 돕던 롭도 린다와 함께 자리에 앉았다.

"겨우 이틀 만인데, 아주 오랜만에 다 같이 앉아 식사를 하는 것 같네요?"

린다의 말에 리치가 고개를 끄덕이며 의미심장한 얼굴로 질문을 건넸다.

"특히나 연인들에게는 이틀이 아주 길었겠죠?"

"당연한 말을. 단 몇 시간만 못 봐도 보고 싶을 때일 텐데."

린다가 사랑스럽다는 듯 나란히 앉은 커플을 바라보자 제레미가 그 기대에 부응하기 위해 다정함이 뚝뚝 묻어나는 눈길로 세아를 보았다.

"몇 시간이 뭐예요. 몇 분만 떨어져 있어도 그립죠."

"그래서 어젯밤 잠은 푹 잘 잤니?"

"당연하죠."

리치의 질문에 남자끼리만 공유할 우쭐한 미소를 띠어 보이자 딘은 커피 잔을 기울였다. 뜨겁고 쓴 커피가 목구멍을 태우고 내려간 듯 아렸다.

"그래서 오늘은 이틀간의 공백을 메우도록 세아 옆에 꼭 붙어 있으려고요."

"어쩌지? 난 농장에 나가 봐야 하는데."

"농장?"

제레미가 아무것도 모르는 얼굴로 되묻자 또 알 수 없는 느낌이 찾아들었다. 왜 녀석은 그녀가 일을 한다는 걸 모르고 있는 거지?

세아가 당황한 표정으로 얼른 대답했다.

"네가 걱정할까 봐 말을 안 했는데, 이틀 동안 농장에서 일했어."

"네가? 무슨 일을?"

"솎아내기."

"진짜로 그걸 했다고? 벌레며 햇빛이며 장난 아니었을 텐데?"

옛 추억을 떠올리는 듯 제레미가 끔찍하다는 표정으로 부르르 몸을 떨며 물었다.

"그런데 왜? 형이 도와 달라고 했을 리 없을 텐데."

제레미가 자신을 보자 딘은 또 정체를 알 수 없는 꺼림칙한 느낌을 풍기고 있는 두 사람 때문에 혼란스러워졌다. 제레미는 심지어 그녀가 왜 일을 하고 싶어 하는지도 모르고 있어. 밤마다 괴로워 자주 잠 못 이룬다는 것은 알고 있긴 한 걸까?

빵에 잼을 바르던 세아가 아, 하고 소리 없이 입을 벌리며 버터나이프를 놓고는 찡그린 얼굴로 손가락을 내려다보았다. 물집이 잡힌 자리 때문에 아파 보였지만, 대수롭지 않다는 듯 다시 칼을 들며 말했다.

"내가 해 보고 싶다고 졸라서 한 거야. 그냥 빈둥거리는 것보다는 좋은 추억이 될 것 같아서. 데이트는 주말로 미루도록 하자."

그녀의 대답에 제레미는 더 묻지 않고 고개를 끄덕였다.

식사를 마친 딘은 서재로 갔다. 메일을 확인하고 답장을 보냈다. 전화를 몇 통 하고 서재를 나오자 집 안은 침묵에 휩싸여 있었다. 리치와 제레미는 라벨 디자인 때문에 리치의 서재에 있을 것이고, 린다는 레스토랑으로 갔을 시간이다. 세아와 롭은 함께 농장으로 나갔겠지.

오늘 그는 이틀 동안 묘목을 심느라 살펴보지 못한 구획을 돌아야 했다. 파란 트럭에 올라 20여 분 달려 도착한 곳은 50번 구획이었다. 이 부근의 포도는 모두 카베르네 소비뇽이었다.

'이건 2015년 3월 27일 바로사 밸리 59번 구획 카베르네 소비뇽이네요.'

또박또박 바리크에 쓰여 있는 숫자를 읽던 여자의 목소리가 귓전에 스쳤다. 하지만 드넓은 포도밭에는 그와 지나치는 바람뿐이었다.

한참 동안 잘 정돈된 포도나무를 살피며 데이터를 기입하고 다음 구획으로 차를 달렸다. 도로 반대편 울타리 안으로 야생 캥거루들이 정중정중, 그의 차의 속도에 맞춰 달리기 시작했다. 그러자 캥거루에 놀라 그의 품에 안기던 부드러운 몸과 바르르 떨리던 까만 눈동자가 떠올랐다. 액셀을 밟자 뿌연 흙먼지가 사방으로 휘날렸다.

밤새 고민했지만 아무런 결론도 내릴 수 없었다. 제레미를 정착시켜야 한다는 데 동의했지만, 녀석이 마음을 바꾸지 않을 거란 믿음도 여전했고, 기대할 만한 재능이 있을지도 회의적이었다.

그럼에도 불구하고 리치의 의견에 따를 수밖에 없는 건, 아무것도 시도해 보지 않은 채 와이너리가 망해 가는 꼴을 지켜볼 수만은 없기 때문이었다. 지금은 그 무엇보다 레이너 와인의 존폐가 우선이기에 무슨 방법이라도 동원해야 한다.

하지만 그 방법에 그녀를 포함시키는 건 전혀 다른 문제였다. 딘은 이 일에 그녀가 끼어들기를 원치 않았다.

'당신도 외롭나요?'

뭘 신경 쓰는 거야? 그런 질문 따위가 뭐라고.

차에서 내린 딘은 그 질문에 사로잡혀 밤잠을 설친 제 자신을 질책하며 거침없는 발걸음으로 다음 구획을 향해 걸었다.

내가 그녀의 눈동자에 어린 깊은 외로움을 보았고, 그녀가 숨겨 왔던 내 고독을 알아봤대도 변하는 건 아무것도 없어. 어차피 세상 모든 인간이 외로우니까. 그리고 서로를 이해하고 위로해 줄 사이로 적합하지도 않지. 당연하잖아. 동생의 여자라고!

포도나무를 살펴야 했지만, 그는 그것들을 획획 지나쳐 무작정 걸었다.

하지만 분명 그 둘은 이상해. 그녀는 제레미가 곁에 있건 없건 무감해 보이고, 제레미는 그녀를 사랑한다고 하지만 그녀가 왜 일을 하고 싶어 하는지 이유도 몰라. 궁금해하지도 않고. 한여름의 농장 일이 얼마나 힘든지 알면서 그녀를 그냥 내버려 두었어. 자기는 하루도 못하고 포기한 일을.

그만, 그만! 힘들든 말든 그녀가 선택한 거야. 말리는 건 제레미의 몫이고. 내가 할 일은 적당히 친절을 베풀며 이곳에 정착하도록 설득하기만 하면 된다고.

새 구획의 시작점에서 멈춘 딘은 짧게 욕설을 내뱉으며 왔던 길을 다시 되돌아 걷기 시작했다. 차로 돌아와 매튜가 맡은 구획을 확인하자 110번에서 140번 대였다. 차를 몰아 10분쯤 달려 몇 대의 차들이 세워진 길가에 멈췄다. 시계를 보니 12시, 마침 딱 점심시간이었다.

포도밭을 따라 한참을 걷자 저 너머로 눈에 익은 모자를 쓰고 포도나무 아래에 구부정하게 들어가 있는 여자의 모습이 보였다. 가까이 다가가자 매튜와 갈색 머리칼의 낯선 남자가 옆에 서서 일하는 그녀를 지켜보고 있었다. 남자가 박수를 치며 응원했다.

"자, 세아, 파이팅! 이제 네 그루밖에 안 남았어!"

"나 참. 이게 다 무슨 소용인지 모르겠군."

남자는 요란하게 휘파람을 불며 소리쳤고, 매튜는 가슴에 팔짱을 낀 채 뚱한 얼굴로 서 있었다. 딘은 솎아내기를 하느라 정신없는 세아를 보았다. 가위손에 빙의된 양 이파리를 거침없이 잘라 내고, 썩은 포도를 솎아 내는 손길이 3일 일한 것치고 놀랄 만큼 빠르고 정확했다.

마지막 포도송이까지 솎아 낸 그녀가 세상이라도 다 가진 듯 감격스러운 얼굴로 두 손을 올리자 갈색 머리칼의 남자가 다가와 하이파이브를 했다.

"거봐요, 매튜. 오전에만 세 줄을 해냈다고요. 내가 할 수 있다고 했잖아요."

"그래. 썩 나쁘진 않았어. 포도송이를 몇 개 잘라 먹긴 했지만."

"그러지 말고, 매튜."

옆에 선 남자가 눈치를 주자 매튜의 두둑한 턱살이 실룩거렸다.

"그래, 잘했어. 이런 식이라면 아가씨는 곧 최단 기간에 농장의 신이 될 거야."

"고마워요. 당신이 친절하게 가르쳐 주지 않았다면 못했을 거예요."

그녀가 활짝 웃자 매튜의 목덜미가 붉게 달아오르는 게 그의 눈에 보일 정도였다.

저 여자를 이곳에 머물게 하면 안 돼.

그녀에게 끌리는 위험한 감정을 제치고도, 제레미를 붙잡아 두기 위해 그녀의 상처 입은 마음과 순수한 호감까지 이용하고 싶지는 않았다.

반드시 이곳에서 떠나도록 해야 해. 우선은 이 포도밭 안 모든 남자들의 마음을 빼앗기 전에 이 찜통 같은 곳에서 그녀를 빼내야 하고.

"자, 이제 점심 먹으러 가자고. 다들 기다리고 있다니까."

겸연쩍었는지 매튜가 서둘러 둘을 이끌고 가려 하자 딘이 다가갔다. 그를 발견한 세아의 눈이 토끼처럼 동그래졌고, 매튜 역시 놀란 얼굴로 선글라스를 벗으며 인사를 건넸다.

"딘. 롭한테서 종묘장에 갔다고 들었는데, 어제 돌아왔나 보군. 그런데 여긴 웬일인가?"

"잠깐 들러 봤어요. 일은 어때요? 이 구역은 상태가 안 좋은 나무들이 많잖아요."

"알다시피 피노 누아는 예민하고, 더운 날을 견디기 힘들어하잖나."

"알죠. 죄송하지만, 이제 그녀를 데려가야겠어요."

매튜의 시선이 딘의 눈길을 따라 검은색 작업복 차림의 땀으로 범벅된 여자에게로 향했다.

"세아가 해 줘야 할 일이 생겨서 농장 일을 더 돕긴 힘들 것 같아요."

"아깝군. 아주 성실한 일꾼인데."

"죄송해요, 매튜. 세아, 어서 와요. 갑시다."

그녀가 당황스러운 표정을 수습하지도 못한 채 얼뜬 얼굴로 서 있는 갈색 머리칼의 남자와 매튜에게 인사를 하고는 그에게로 왔다. 그리고 차가 있는 곳으로 걸어가는 동안 목장갑을 벗으며 그에게 물었다.

"갑자기 무슨 일이에요? 집안에 무슨 일이 생긴 거예요?"

"……."

"딘, 무슨 일이냐고요."

그녀가 그를 붙잡아 세우자 뜨겁고 메마른 바람이 그들 사이로 지나쳤다. 땀범벅이 된 뺨의 상처는 여전히 발갰고, 그의 팔에 얹힌 가느다란 손가락 끝은 물집이 죄 터져 쭈글쭈글해져 있었다.

3일 만에 만신창이가 된 여자를 보며 딘은 깨달았다.

이 여자를 안전하고 덜 힘들면서 최대한 멀리, 그의 눈길이 미치지 않는 곳으로 보내야 한다는 사실을.

"당신이 해 줬으면 하는 일이 있어요."

"무슨 일이요?"

"셀러 도어에서 일해 줘요. 크리스마스 시즌이라 일손이 많이 달려요."

차에 올라탄 둘은 저택으로 향했다. 세아가 혼란스러운 얼굴로 말했다.

"혹시 어젯밤에 제가 한 말 때문에 신경 쓰시는 거라면 안 그러셨으면 좋겠어요. 전 농장 일이 즐거워요."

당신은 즐거운데 나는 안 그래. 당신과 제레미는 둘 다 너무 쿨 하거나, 혹은 이상한 커플이라 이런 게 신경 안 쓰이는지 모르지만, 나는 그렇지가 않아. 당신이 포도밭에서 그러고 있으면 나는 아무것도 할 수가 없다고.

차창에 팔을 기댄 딘이 핸들을 틀자 차는 야자수가 드리워진 길을 지났다.

"증명하고 싶다고 했잖아요. 당신의 능력을."

"⋯⋯."

"그곳이 당신의 능력이 더 필요한 곳이에요. 중국어 할 줄 안다고 했죠? 셀러 도어에 중국 관광객들이 많이 오는데, 중국어를 할 줄 아는 사람이 몇 없어요. 어차피 솎아내기는 마무리 단계여서 하루 이틀이면 끝나요. 더 하려 해도 할 수가 없다고요."

"좋아요. 알았어요."

결국 세아는 고개를 끄덕였고 차는 저택 앞에 멈춰 섰다.

"난 여기서 기다릴 테니 씻고 내려와요."

세아가 올라간 동안 딘은 셀러 도어 매니저인 톰에게 전화를 걸었다.

말끔하게 씻은 그녀가 체크무늬 원피스로 갈아입고 다시 보조석에 앉은 건 15분 만의 일이었다. 젖은 머리칼과 어깨와 목덜미, 온몸에서 시트러스 향이 진동했다.

딘은 차 창문을 열고 최대한 빨리 차를 몰아 셀러 도어로
갔다.

"우선 먹고 시작합시다."

차를 세우고 린다의 코코모로 향했다. 요리 중인지 린다는
보이지 않았고, 레스토랑은 점심 손님들로 북적였다. 2인용 테
이블에 앉아 연어 샐러드와 피시 앤 칩스를 주문한 딘은 소독
약과 밴드를 꺼내 놓으며 말했다.

"손 내밀어 봐요."

"제가 할게요."

그녀의 말을 무시하고 손을 까딱이자 세아는 테이블 너머로
오른손을 내밀었다. 딘이 손가락을 들어 어제보다 더 심해진
상처를 살폈다.

"물집이 터진데다 계속 가위질을 하니 속살까지 헐었잖아요."

딘은 물집이 터져 속살이 발갛게 드러난 자리에 갈색 소독
약을 바르며 흘끔, 아랫입술을 물고 있는 여자를 보았다.

"아파요?"

"조금 따갑네요."

딘은 입술을 모아 약을 바른 자리에 바람을 불어 말렸다. 거
구의 잘생긴 남자가 귀여운 여인과 머리를 맞대고 다정스레 약
을 발라 주는 모습에 모든 시선이 쏠린 줄도 모르는 건 레스토
랑 안에 그 둘뿐이었다.

"며칠 계속 소독하면서 물에 닿지 않게 해요. 뺨도 봐요."

손가락에 밴드를 말아 주고는 고개를 왼쪽으로 기울였다.

"뺨은 다 나았어요."

세아가 고개를 젖히자 갸름한 턱 선 아래로 눈부시게 하얀 목이 드러났다. 애써 빨간 실선에만 시선을 고정시키며 말했다.

"다행히 흉터가 생기진 않겠네요."

"고마워요. 그런데 제가 셀러 도어에서 할 일이 뭐죠?"

"셀러 도어에서 직원이 하는 일은 세 가지예요. 와인 판매와 테이스팅, 그리고 와이너리 소개. 어떤 손님이 당신에게 와인을 추천받기를 원할 경우나 혹 레이너 와인에 대해 궁금한 걸 물어보면 바로 대답할 수 있어야 해요. 와인을 판매할 경우 가장 중요한 게 뭘까요?"

"글쎄요. 손님의 취향?"

"맞아요. 손님이 원하는 와인이 무엇인가를 파악하는 거예요. 포도 품종에 대해 좀 알아요?"

"알긴 아는데, 전문적으로 배운 건 아니어서."

그녀가 난감한 표정으로 고개를 젓자 딘은 파일 첩을 테이블 위로 내밀었다.

"읽어 봐요. 와인의 품종에 따른 레이너 와인의 종류와 특징, 빈티지별 가격, 모두 당신이 외워야 하는 것들이에요."

세아는 새로운 미션에 들뜬 눈으로 자료를 살피기 시작했다. 요리가 곧 나왔지만, 연어 샐러드를 먹으면서도 그것에서 눈을 떼지 않았다. 딘은 그런 그녀를 내버려 두고 조용히 식사했다.

그가 만난 사람들 중 와인을 좋아하는 사람도 많고, 와인 이

론에 빠삭한 사람도 많았다. 결코 그녀가 그중 최고는 아니었다. 하지만 누구도 열다섯 살에 부모 몰래 샤토 페트뤼스를 머그컵에 따라 마시거나, 노스텔지아가 슬픈 와인이라거나, 와인이 한 명의 사람처럼 이미지화된다고 한 사람은 없었다. 그녀는 와인의 특별함과 복합성을 꿰뚫어 보는 눈을 가지고 있었고, 와인이 가진 히스토리에 매력을 느끼고 있었다. 그것은 외우거나 배워서 얻어지는 것들이 아니라 그녀가 진심으로 와인을 좋아하고 타고난 직관적 재능을 가지고 있기 때문이었다. 레나트의 말대로 셀러 도어가 그녀의 재능을 살려 줄 곳이라는 걸 의심치 않았다. 더불어 농장 일처럼 덥거나 힘들지도 않고, 와이너리 내에 그가 직접적으로 관여하지 않는 유일한 곳이니 그에게도 더할 나위 없이 좋은 장소였다.

식사를 끝낸 그들은 셀러 도어로 갔다. 손님들로 붐비는 홀을 지나, 와인 잔을 씻느라 정신없는 주방을 지나쳐 더 깊숙이 들어가자 와인 병으로 빼곡한 룸이 나왔다.

"여긴 어디죠?"

딘이 등 뒤로 문을 닫자 시끄러운 소음이 들리지 않게 되었다.

"교육실이에요. 여기서 실습을 받고 나서야 홀에 나갈 수 있죠. 다 읽어 봤어요?"

"네."

"좋아요. 테스트 해 봅시다. 내가 손님이고, 당신이 직원이에요. 안녕하세요, 미스 장. 실례하지만 와인을 좀 추천해 주시겠어요? 아쉽게도 레이너 와인을 한 번도 마셔 보지 않아서 잘

못 고르겠군요."

그가 시작한 역할 놀이에 그녀도 즐거운 얼굴로 미소를 띠며 물었다.

"네. 어떤 와인 스타일을 좋아하시죠?"

"나는 레드 와인을 원하고, 묵직하면서 강렬한 타입을 좋아해요. 타닌Tannin*도 적당히 있고요. 개인적으로 제일 좋았던 와인은 오퍼스 원Opus One**이었어요. 혹시 오퍼스 원 마셔 봤어요?"

"네. 마셔 봤어요."

"그러면 이 손님이 원하는 와인을 한번 가져와 봐요. 셀러 도어에서 판매하는 모든 레이너 와인이 여기에 있어요."

딘은 테이블에 엉덩이를 걸치고 앉아, 장식장에 놓인 와인을 살피는 여자의 늘씬한 뒷모습을 지켜보았다. 분주한 눈이 선반을 훑고 병 사이로 손이 지나치더니 데스페라도 2007을 골라 그의 앞에 놓자 딘이 물었다.

"왜 이걸 들고 왔죠?"

"우선 두 와인에 쓰인 품종이 거의 비슷해요. 카베르네 소비뇽을 80퍼센트 이상 채우고, 다른 품종의 포도로 보조를 했어요. 두 번째는 데스페라도가 풀 바디의 복합적이고 균형 잡힌 텍스쳐, 그리고 긴 여운을 가진 와인으로 많은 호평을 받았기

---

* 포도 껍질이나 그 밖의 부위에 들어 있는 물질. 와인을 마셨을 때 텁텁한 느낌이 바로 이 타닌 때문.

** 미국 유명 부띠끄 와인.

때문이고요. 마지막으로 몬다비와 로쉴드의 최고 합작품이 오퍼스Opus인 것처럼 데스페라도가 레이너 와인의 대표 와인이기 때문이에요."

그녀의 설명에 고개를 끄덕인 딘이 물었다.

"혹시 데스페라도를 마셔 본 적 있어요?"

"미안해요. 그 유명한 와인을 아직 못 마셔 봤어요."

그녀가 그것까지 다 마셔 버릴까 봐 제레미가 꽁꽁 싸 둬서 실물을 본 적도 없다는 말까진 덧붙이지 않았다.

딘은 엉덩이를 떼고 일어나 바 위에 놓인 시음용 데스페라도 병과 와인 잔을 들고 왔다. 임시 마개를 열어 잔에 한 모금이나 될 정도로 조금 따라 그녀에게 내밀었다. 세아가 마시고 나자 딘이 물었다.

"어때요? 오퍼스 원과 비슷한가요?"

"아……. 아니요. 제 기억 속에 오퍼스 원은 더 스모크하고 스파이시 했어요. 그런데 데스페라도는 그것보다 과일 향이 더 폭발적이에요. 정말 놀라울 만큼 파워풀한 와인이네요. 타닌도 오퍼스보다 강한 것 같고요."

역시 이 여자는 테이스팅에 재능이 있어.

딘이 쳐다보는 걸 모르고 와인 맛에 심취해 있던 세아가 물었다.

"제 느낌엔 오퍼스와 데스페라도는 별로 비슷하지 않은 것 같은데, 그러면 제가 와인을 잘못 추천한 건가요?"

"정답은 없어요. 당신 말대로 손님이 원한 게 레이너의 대표 와인이었을 수도 있으니까. 자, 이걸 마셔 봐요."

딘은 다른 와인 병 하나를 골라 들었다. 라벨에는 알 수 없는 목적지를 향해 튀어 나간 총알이 그려져 있었다. 이름은 건샷Gunshot. 잔에 따르자 데스페라도보다 조금 옅은 자줏빛의 와인이 채워졌다. 딘이 잔을 내밀자 세아는 그것을 들어 마시고는 놀란 표정을 지었다.

"오퍼스 원과 비슷해요."

"비슷하긴 하지만 안타깝게도 오퍼스 원보다는 매끈하지 않죠. 여운도 길지 않고. 하지만 오퍼스의 절반의 절반 가격이니 가성비가 좋은 와인이에요. 자, 이젠 화이트 와인이에요. 손님이 60불 이하의 화이트 와인을 추천해 달라고 해요. 향은 달콤하고, 맛은 미디엄 드라이 정도. 품종은 샤르도네나 소비뇽 블랑으로."

세아는 트램펄린 위를 뛰는, 스커트를 입은 말쑥한 종아리가 그려진 와인 병과 램프가 그려진 와인 병, 두 개를 들고 왔다.

"트램펄린Trampoline과 매직 램프Magic Lamp. 왜 이 와인들인지 설명해 줘요."

"전 트램펄린만 마셔 봤는데, 레몬과 복숭아 향이 매력적인 미디엄 드라이의 와인이었어요. 2012 시드니 로열 와인 쇼Sydney Royal Wine Show에서 대상을 받은 와인이고, 가격도 54불이라 적당하죠. 매직 램프는 마셔 보진 못했는데, 소비뇽 블랑 100퍼센트고, 풋풋한 풀 향기와 톡 쏘는 산도를 가진 와인이라고 적혀 있었어요. 가격은 48불이고요."

"직접 마셔 봐요."

딘이 매직 램프라 쓰여 있는 연두색 와인 병을 기울여 잔에 따라 내밀었다. 세아는 황금빛 와인을 한 모금 마시고 고개를 끄덕였다. 딘은 장식장에서 병 하나를 꺼내 들었다.

"그리고 뭄바Moomba도 괜찮아요. 소비뇽 블랑에 세미뇽이 블렌딩 된 스파클링 와인이죠. 이제 좀 더 수준을 높여 볼게요. 신혼부부가 왔어요. 그들은 10년 후 결혼기념일에 개봉할 레드 와인을 추천받길 원해요. 병 숙성이 10년 이상 가능해야 하고, 세월이 지날수록 맛이 열리는 와인이어야 한다는 소리예요."

세아는 신이 나 장식장으로 다가갔다.

수업은 오후 내내 이어졌고, 테이블에는 빈 와인 잔과 와인 병이 수북이 쌓여 갔다. 와인 판매에 이어 와인 따르는 법과 와인 잔 관리법까지 배우고 셀러 도어를 나선 건 해가 지고 컴컴한 어둠이 내린 뒤였다.

주차장으로 향하며 딘이 물었다.

"괜찮아요?"

"그럼요."

멀쩡하다는 듯 두 눈을 동그랗게 떴지만, 그 다음 순간 바로 돌부리에 걸려 고꾸라질 뻔한 걸 딘이 재빨리 어깨를 잡아 세웠다. 세아는 풀린 머리를 귀 뒤로 넘기며 머쓱한 표정으로 말했다.

"미안해요. 약간 취한 건 맞아요."

왜 안 취했겠는가? 한 모금씩 테이스팅 한 와인이 30여 종이 넘으니, 혼자서 와인 한 병을 넘게 마신 거였다. 그녀가 한계에 다다랐다는 걸 알고 있었지만, 부득불 와인 따르는 법까지 완벽하게 마스터 하게 해 달라고 졸라 늦어진 것이었다.

"그러니까 내일 나눠서 하자고 했잖아요."

트럭 문을 열어 세아를 앉히고 운전석으로 돌아오자 그녀가 반쯤 내려앉은 눈으로 가죽 시트에 등을 비비적거리며 중얼거렸다.

"안 돼요. 시간이 없어요."

"시간이 없다니, 무슨 말이에요?"

"일이 너무 재밌을 것 같아서 미뤄지는 게 시간이 아깝다는 말이었어요."

완전히 어둠이 내린 와이너리를 달리자 열린 창문 사이로 시원한 바람이 불어 들어왔다. 세아는 창틀에 기댄 팔에 턱을 괸 채 그를 바라보았다.

"말해 주세요. 객관적으로 내가 괜찮은 학생이었나요?"

"아주 훌륭한 학생이었어요."

"정말로요?"

딘은 차창 밖에 시선을 둔 채로 말을 이었다.

"만약 당신에게 돌아가야 할 곳이 없었다면, 이곳에 남아 와이너리 일을 배워 보지 않겠냐고 할 정도로."

"고마워요. 아마 선생님이 잘 가르쳐 줘서 그랬을 거예요."

그러다 문득 무슨 생각이 떠올랐는지 그녀가 쿡쿡 웃음을 토해 내자 딘은 그녀를 쳐다보았다.

"왜 웃어요?"

"아까 매튜가 당신한테 딘이라고 했을 때 애드리언 표정이 정말 웃겼는데. 당신이 포도밭으로 왔을 때 같이 서 있던 갈색 머리칼의 남자 말이에요. 어젯밤에 말한, 알자스의 와이너리를 물려받을 거라던 당신 팬이었거든요. 둘째 날 포도밭에서 일할 때 와이너리의 아는 사람 소개로 일자리를 얻었다고 했는데, 전 당신을 본 적도 없다고 했죠. 애드리언은 당신을 한 번만 보는 게 소원이라고 했거든요. 당황하지만 않았다면 인사라도 나누게 했을 텐데. 아마…… 지금쯤 날 비열한 거짓말쟁이라고 생각하고 있겠네요."

웃음소리가 잦아들더니 시트에 옆머리를 기댄 그녀가 껌껌한 포도밭을 바라보며 웅얼거렸다.

"맞아요. 난 비열한 거짓말쟁이에요. 언제부턴가 제 인생이 전부 다 거짓투성이네요."

"세아."

"음."

그녀가 고개를 돌리지 않은 채 대답했다. 딘이 흘끔, 여자의 쓸쓸해 보이는 작은 등을 바라보며 말했다.

"잠들면 안 돼요."

라벤더 길을 지나 차고에 도착한 딘은 서둘러 차에서 내린 뒤 보조석 문을 열었다. 고개를 외로 튼 여자는 미동도 없이 눈을 감고 시트에 기대앉아 있었다. 너무 곤히 잠든 듯 보여 딘은 저도 모르게 속삭여 불렀다.

"세아."

눈을 반쯤 올려 뜨더니 다시 감았다. 그러고는 겨우겨우 다
시 눈을 뜨고는 작게 한숨을 내쉬었다.

"도착했나요?"

"음."

그녀는 더덕더덕 들러붙은 잠기운을 떼어 내려는 듯 손으로
뺨을 세게 때리더니 트럭에서 내렸다. 하지만 발이 땅에 닿자
마자 힘이 풀린 듯 그대로 무릎이 꺾여 땅바닥에 주저앉고 말
았다.

딘은 어쩔 수 없이 그녀를 세워 허리를 감싸 안고는 나란히
걷기 시작했다. 세아가 자꾸 떨궈지는 고개를 쳐들며 중얼거
렸다.

"미안해요. 한 병은 거뜬히 마실 수 있다고 했지만, 사실이 아
니에요. 전 취하면 그 자리에서 그대로 잠드는 버릇도 있어요."

딘은 무너지려는 세아의 허리춤을 세워 안으며 말했다.

"괜찮아요. 당신이 취한 걸 알고 있었어요."

잠드는 버릇은 몰랐지만.

자꾸만 주저앉으려는 걸 일으켜 세우자 휘청거리던 여자가
가슴에 푹 안겨 왔다. 시트러스 향기가 사방에 진동하고, 하
늘의 수많은 별들이 빙그르르 돌기 시작했다. 이를 악물고 작
은 어깨를 잡아 세워 그에게서 떼어 놓았다. 왜 이렇게 난 당신
이…… 쉽지가 않을까. 친절한 것도. 무관심한 것도. 안 보이게
치워 버리는 것조차도 어려워.

딘은 세아의 팔을 잡아 그의 어깨에 둘렀다. 하지만 둘의 신장 차가 너무 커서 그조차도 쉽지가 않았다. 그들은 현관 계단 다섯 개에서 사투를 벌였고, 더 이상 그녀가 걸을 수 없음을 인지한 딘이 세아를 들어 안았다.

조용한 복도를 지나 계단에 올라설 때였다. 잠든 줄 알았던 그녀가 발버둥 치며 소리쳤다.

"걸을 수 있어요! 내려 주세요!"

"당신이 너무 취해서 계단에 코를 박을 거예요. 그만, 발버둥 치지 마요."

하지만 세아는 계속 버둥거렸고, 딘은 설득하길 포기하고 단숨에 계단 위로 올라갔다. 마지막 계단까지 올라가자 품 안에서 그녀가 웃음을 터트렸다. 문을 열어 방으로 들어서며 물었다.

"왜 웃는 거예요?"

"영화의 한 장면이 생각나서요."

창피한지 웃는 얼굴을 그의 가슴에 묻자 순식간에 심박 수가 두 배로 뛰어올랐다. 서둘러 침대에 그녀를 뉘자, 등 뒤에 닿은 부드러운 시트의 느낌에 황홀한 얼굴로 한숨을 흘렸다. 그녀가 취하면 더 예상 못할 일을 벌인다는 걸 깨달은 딘은 한 걸음 물러선 상태로 물었다.

"무슨 영화요?"

"여자는 남자를 사랑하는데…… 남자는 그녀가 다른 사람을 사랑하는 줄 알고 질투를 해요. 한밤중에 남자 혼자 술을 마시고 있는데, 여자가 내려오죠. 둘은 말다툼을 벌여요. 남자는 그녀의 머리를 부셔서라도 그녀 안에 있는 다른 남자를 지워 버렸으면 좋겠다고 하죠. 그리고 여자가 계단을 올라가는데, 남자가 발버둥 치는 그녀를 안고 올라가는 거예요. 빨간 계단 위어둠 속으로요."

"Gone with the Wind(바람과 함께 사라지다)?"

"맞아요. 레트 버틀러가 제 이상형이거든요. 지금 금방 레트버틀러 같았어요."

키득거리는 그녀에게 다가가 이불을 덮어 주려다 샌들을 신고 있는 걸 발견했다.

"신발 벗겨 줄 테니 가만있어요. 어떤 면에서 이상형인데요?"

가는 발목을 감싼 샌들 버클을 벗겨 내며 묻자 세아는 천장의 등이 눈이 부셔 손바닥으로 가린 채 중얼거렸다.

"그는…… 그녀의 꿈과 탐욕과 못돼 먹은 성격마저도 이해해 주죠. 그냥…… 불완전한 그대로의 스칼렛을 사랑해요. 바보 같은 스칼렛은 그걸 너무 뒤늦게 깨닫고 말지만."

"알았으니까 그만 하고 자요."

침대 아래에 샌들을 가지런히 놓고는 이불을 덮어 주었다.

"딘."

몸을 돌리려던 그가 그녀의 부름에 다시 돌아섰다. 마치 푹신한 매트에 몸을 웅크리고 잘 준비를 하는 고양이처럼 몸을 부드럽게 말아 누운 그녀가 나지막이 속삭였다.

"고마워요."

"뭐가요?"

"오늘 당신이 베풀어 준 호의 모두 다요. 그리고……."

결국 수마를 이기지 못한 눈꺼풀이 감겼지만, 세아는 마지막 힘을 다해 말했다.

"애드리언 말대로 당신의 데스페라도는 완벽했어요. 풍부한 과실과 오크 향이 완벽하게 조화를 이루고…… 복합적인 텍스쳐와 입 안 가득 채우는 여운. 어느 것 하나도 트집 잡을 게 없는 그런 와인이었어요."

"고마워요."

그녀가 눈을 뜨자 검은 눈동자와 파란 눈동자가 마주쳤다. 세아가 물었다.

"그런데 그 와인에 당신의 마음이 들어 있나요?"

"……."

"당신이 데스페라도를 만들었을 때 어땠는지 궁금해요. 기쁘거나 즐겁거나 유쾌했는지, 아님 슬프거나 외롭거나 힘들었는지. 아까 마신 데스페라도에서는 아무것도 느껴지지 않았어요. 너무…… 완벽했어요. 너무요. 마치 당신처럼요."

결국 눈이 감겼고, 금세 규칙적인 숨소리를 내며 잠든 그녀를 확인한 딘은 방을 나왔다. 계단을 내려서자 올라오던 제레미가 놀라 물었다.

"형, 무슨 일이야? 형이 세아를 안고 왔다며? 어디 아픈 거야?"

빠르게 그를 지나쳐 계단 아래로 내려가며 말했다.

"테이스팅을 하다 와인을 좀 과하게 마셨어. 자게 둬."

현관 밖으로 나선 딘은 도망치듯 서둘러 포도밭으로 걸음을 옮겼다. 그리고 얼음처럼 날카롭고 용암처럼 들끓어 오르는 가슴을 식히기 위해 밤새도록 그 길을 걷고 또 걸었다.

Chapter.7

Am I my brother's keeper?

제가 아우를 지키는 자입니까?

_창세기 4장 9절 中

"일어나요, 세아! 아침 먹어야죠."

문을 두드리는 소리에 이어 울리는 린다의 목소리에 세아는 용수철처럼 벌떡, 침대에서 몸을 일으켜 세웠다. 본능적으로 시계를 보니 6시 35분. 오 마이 갓!

침대에서 펄쩍 뛰어내리며 잔뜩 구겨진 체크무늬 원피스를 내려다보았다. 내가 왜 이 옷차림으로 잤지?

풀리지 않는 궁금증을 안고 문 밖에 대고 소리쳤다.

"미안해요, 린다. 3분 내로 내려갈게요!"

"천천히 내려와도 돼요."

욕실로 달려가 세수를 하고 이를 닦고 나와 옷을 갈아입었다. 소파에 누워 자던 제레미가 그녀의 기척에 깨 멍하니 쳐다보자 정신없이 빗질을 하며 말했다.

"뭐 해? 빨리 일어나. 지각이야."

"내 집에서 지각은 무슨."

다시 이불을 뒤집어쓰고 돌아눕는 제레미를 내버려 두고 계단을 내려오면서 고무줄로 머리칼을 묶었다. 그 순간 그녀의 뇌리를 스치는 모습은 바람과 함께 사라지다의 레트가 발버둥 치는 스칼렛을 안고 계단을 올라가는 장면이었다. 나 참, 바빠 죽겠는데 이 와중에 그게 왜 생각나는 거야?

서둘러 식당에 들어서자 리치와 롭, 린다가 식사를 하고 있었다.

"죄송합니다. 그만 늦잠을 잤어요."

"괜찮아요. 어제 테이스팅 하느라 와인을 많이 마셨다고 딘한테 들었어요."

린다 옆자리에 앉으며 리치 옆의 빈자리를 의아한 눈으로 보자 린다가 그녀 앞으로 유리컵을 당겨 주며 말했다.

"속은 좀 어때요? 이것 좀 마셔요."

세아는 얼음이 동동 띄워진 옅은 갈색의 음료에 코를 살짝 댔다가 한 모금 마셨다.

"꿀 차예요?"

"맞아요. 딘이 타 주라고 했어요. 한국에서는 과음 후에 꿀차를 마신다면서요."

내가 못 살아.

창피함에 목덜미가 뜨끈하게 달아올랐지만, 그보다는 궁금함이 더 위였다.

"그런데 왜 딘이 없는 거죠? 어디 갔나요?"

"종묘장 일 때문에 구획을 돌아보는 일이 늦어져서 새벽 일찍 나갔어요."

게다가 내게 셀러 도어 일까지 가르쳐 주느라 더 늦어 버렸지. 24시간이 모자라도록 바쁜 레이너 와인 오너의 금쪽같은 시간을 말이야. 그래서 세아는 더 말할 수가 없었다. 이래 봐야 그녀가 하루밖에 이 일을 할 수 없다는 말을 차마 딘에게 할 수가 없었던 것이다! 셀러 도어에서 하는 와인 판매와 테이스팅은 생각보다 더 재미있었고, 그는 차분하고 배려심 많은 선생님이 되어 다른 이에게 와인에 대해 알려 주는 즐거움을 그녀로 하여금 깨닫게 했다.

세아는 꿀 차가 담긴 유리컵을 내려다보았다. 하지만 이 일은 진짜 내 일이 아니고, 여기 계속 머물 수도 없어. 이제 떠나야 해. 이 사기극의 막을 내려야 할 때라고. 대체 뭘 망설이는 거야?

호랑이도 제 말 하면 온다더니, 제레미가 식당으로 들어왔다.

"죄송해요. 어제 늦게까지 작업하느라 새벽에 잠들었어요."

그녀 옆자리에 앉은 그가 피곤한 얼굴로 커피 잔부터 들자 리치가 물었다.

"어제 했던 거 수정한 거야?"

"네. 또 고쳐야 할지도 모르지만요."

"제레미, 특히 세아에게 너무 미안하네요. 여유로운 휴가를 생각하고 왔을 텐데, 농장 일이다, 라벨 디자인이다 해서 편히 쉬지도 못하고, 연인 사이가 소원해지는 건 아닌지 걱정이군 요. 너무 무리하지 말고 언제든 쉬고 싶으면 말해요."

"알았어요."

"어제 딘에게 와인 테이스팅을 배운 건 어땠어요?"

"정말 좋았어요. 재밌었고요."

"딘은 여태 누구에게도 와인을 가르쳐 본 적이 없죠. 세아가 처음이에요."

그럴 의도로 한 말인지는 모르겠지만 리치의 말은 은연중에 그녀의 어깨를 으쓱하게 만들었다.

"영광인데요. 그런데 정말 이해하기 쉽게 잘 가르쳐 주시더 라고요. 와인 학교 강의 같은 걸 해도 좋을 것 같아요."

"그런 제의가 자주 들어오긴 하지만, 알다시피 딘은 잠잘 시 간도 없이 바빠서 강의는 힘들죠. 그런데 오늘 일을 나갈 수 있 겠어요? 어제 딘에게 안겨 들어올 정도로 취해서 오늘 일은 취 소하려고 했는데."

"제, 제가…… 안겨 들어왔다고요?"

그녀의 물음에 식탁에 앉은 모두의 시선이 몰렸다. 리치가 되물었다.

"기억 안 나요?"

네. 기억이 안 나네요. 오, 대체 와인에 취해 무슨 일을 벌이 고 다닌 거니? 정신 차리고 기억해 내 봐!

하지만 그와 함께 셀러 도어에서 나와 차에 오를 때까지만 기 억이 날 뿐, 그 이후는 백지처럼 하얄 뿐이었다. 기억도 나지 않는 지난밤 일을 수습하기 위해 세아는 재빠르게 사과를 건넸다.

"죄송해요. 한 모금씩이라 괜찮을 거라고 생각했어요. 딘이 무리라고 나눠서 하자는 걸 괜찮다고 우겼어요. 제가 어리석었어요. 다음부터는 절대 이런 일 없도록 조심할게요."

"괜찮아요. 테이스팅 하다 보면 그럴 수도 있지. 와이너리에서는 그리 드문 일도 아니라오. 다만 세아처럼 잠드는 일은 없지. 너무 많이 마셔 버릇해서 취하는 일이 드물거든."

"그래. 하다 보면 그럴 수도 있지 뭐."

롭에 이어 제레미까지 관대한 남자 친구에 빙의되어 그녀를 위로하자 리치가 웃으며 말했다.

"오늘은 딘이 없으니 내가 셀러 도어에 데려다줄게요. 개장은 10시지만, 9시까지 가서 매니저 톰에게 테스트를 받아야 해요."

꿀 차 한 잔으로 아침을 때운 세아는 2층으로 올라와 방을 왔다 갔다 걸으며 지난밤의 기억을 찾으려 머리를 쥐어짜기 시작했다.

기억해 봐. 기억해 내야 해. 내가 어제 무슨 실수라도 저지르지 않았는지 딘에게 직접 물어볼 자신은 없으니까.

그와 함께 차에 올라탔고, 애드리언 이야기까지 한 건 기억이 나. 하지만 그 뒤는 전혀 생각이 안 나는걸. 그 후로 바로 잠이 든 걸까? 아니면 무슨 얘길 더 나눴을까?

무언가 발에 차여 내려다보니 가지런히 놓인 샌들이 눈에 들어왔다. 어제 그녀가 신고 나갔던 것이었다. 혹시나 해서 화장대를 보니 소독약과 밴드도 보였다.

딘이야. 그가 샌들을 벗겨 주고, 약을 두고 나간 게 틀림없어. 술 취한 내가 벗었다면 저렇게 가지런히 놓지 않았을 테니. 중요한 건 그때의 상황과 나의 상태야. 혹시 인사불성으로 취해서 그에게 추태를 부리거나 말실수를 한 건 아니겠지?

그녀가 놓치고 있는 지난밤 기억 속에 중요한 무언가가 있을 것 같은 예감이 들었지만, 결국 아무것도 생각나지 않았다. 9시를 30분 남겨 놓고 서둘러 샤워하고 화장을 하고 내려오니 리치가 거실에 앉아 그녀를 기다리고 있었다.

"자, 출발합시다."

리치가 차고에서 은색 세단을 끌고 왔다. 겨우 5분 남짓 타고 가기에는 과분하게 고급스러운 차에 오르자 리치가 물었다.

"기분이 어때요?"

그제야 세아는 자신이 조금 긴장하고 있다는 걸 깨달았다. 농장 일은 뭣도 모르고 뛰어들었지만, 영업과 판매에 대해서는 이론적으로는 잘 알고 있어도 직접 다수의 사람을 접대하고 영업을 해 본 적은 없었기 때문이다.

"솔직히 떨려요. 딘이 가르쳐 준 대로 잘할 수 있을지 모르겠어요."

그리고 자신이 잘해 내지 못할 경우, 부러 시간을 내서 가르쳐 준 그를 실망시킬까 봐 두려웠다.

"잘할 수 있을 거예요. 당신은 생각보다 훨씬 더 이곳에 잘 적응하고 있어요."

"이곳이 좋아요. 아름답고 치열하고 멋진 곳이죠. 게다가 다들 너무 잘해 주시고요."

애정 어린 눈길로 푸른 포도밭을 바라보는 검은 머리칼의 여자를 리치는 만족스럽게 보며 슬쩍 부추겼다.

"계속해 봐요."

"린다의 요리는 너무 맛있어요. 맛뿐만이 아니라 정성과 사랑이 가득 담겨 있죠. 마치 엄마 같아요. 부모님이 돌아가시고 회사 일로 바쁘게 지내면서 그런 음식을 먹을 수 있는 기회가 별로 없었어요. 하지만 너무 맛있어서 몸무게를 잊게 만들죠. 엄청 살이 쪘을 것 같아서 체중계에 올라가는 게 겁이 날 정도예요."

"당신은 좀 더 쪄도 돼요."

"또 롭은 무뚝뚝한 것 같지만 의외로 섬세하고 부드러운 분이신 것 같고요. 귀여우세요."

"귀엽다고?"

리치가 헛소리를 들은 표정으로 되묻는 걸 무시하고 말을 이었다.

"리치 당신은 지금처럼 시니컬하긴 하지만, 대부분은 유머러스하고 박학다식해서 대화가 즐거워요."

"과찬의 말씀을. 그리고요?"

세아는 끝없이 포도나무가 줄지어 있는 언덕을 바라보았다. 저기 어디쯤에 그가 있을까. 식사는 하고 나갔을까.

"딘은 정말 훌륭하고 멋진 사람이에요."

"맞아요. 훌륭하고 멋지죠. 그런데 대체 그의 어디가 어떻게 멋진지 말해 줄래요?"

리치가 비꼬아 되묻자 고개를 돌린 세아가 밉지 않게 눈총을 주었다.

"우선 외적으로 아주 잘생기고 매력적인 남자죠."

"딘이 잘생긴 걸 알고 있었단 말이에요?"

리치가 화들짝 놀란 표정을 지어 보이자 세아는 웃으며 소리쳤다.

"그만 놀려요, 리치! 하나도 재미없다고요."

"그게 아니라 나는 당신이 딘의 외모에 전혀 영향을 받지 않는다고 생각했거든요."

"난 장님이 아니에요. 눈이 있는 이상 그가 잘생겼다는 걸 모를 사람은 없고요. 그리고 아주아주 강한 사람이죠. 그를 흔들 수 있는 건 세상에 없을 것 같아요. 그 점이 정말 존경스러워요."

리치가 고개를 끄덕이며 대답했다.

"맞아요. 그를 흔들 수 있는 건 와인뿐이죠."

"네. 정말 와인을 진심으로 사랑하는 것 같아요. 그런 마음으로 만든 와인이기에 그렇게 완벽한 거겠죠. 여태 본 사람 중에 제일 인상 깊은 오너예요. 그런데……."

세아가 무슨 생각에 잠긴 듯 말끝을 흐리자 리치는 흘끔 그녀를 쳐다보았다.

"그런데 혹시 제레미와 딘 사이에 어떤 문제가 있나요?"

"질문의 의도를 정확히 알아야 대답할 수 있겠는데요."

리치의 주문에 적당한 말을 찾느라 고운 미간을 찌푸린 채 망설였다.

"그러니까 둘 사이가 형제치고는 안 친해 보여서요."

"당연한 게 아닐까요? 둘은 겨우 어린 시절 5년을 같이 살았을 뿐이에요. 그 이후로는 지구 정반대편에서 20년 넘게 떨어져 살았죠. 당신이 생각하는 끈끈한 형제애를 기대하긴 무리잖아요. 물론 그 둘의 사이는 나쁘지 않아요."

"알아요. 하지만 제레미는 뭐랄까, 딘을 좀 어려워하는 것 같아요. 제레미와 돌아가신 아버지 사이도 그랬나요?"

"아니요. 두 부자 사이는 꽤 좋았어요. 떨어져 살아 그런지 마이클은 유독 제레미에게 약했죠. 그래서 와이너리에 들어오도록 계속 설득했지만, 결국 제레미가 원하는 대로의 자유를 줄 수밖에 없었어요."

차 창문 너머로 셀러 도어의 파란 지붕이 보이기 시작했다.

"그럼 반대로 딘이 제레미를 불편해하는 걸까요?"

"그렇게 생각해요?"

리치가 모호한 표정으로 되묻는 순간 차가 주차장에 멈춰 섰다.

"잘 모르겠어요. 들어가서 매니저 톰을 찾으면 되는 건가요?"

"그래요. 딘이 말해 놨으니, 톰이 당신이 할 일을 자세히 알려 줄 거예요."

"태워다 줘서 고마워요. 저녁때 봬요."

셀러 도어 안으로 들어선 세아는 조용한 홀을 지나 바로 향했다. 린넨 천으로 와인 병을 닦던 남자가 고개를 올려 그녀를

보았다. 짙은 금발에 녹색 눈동자가 매력적인, 사십 대 중반쯤
되어 보이는 남자였다. 세아는 재빨리 그의 검은색 유니폼 가
슴에 걸린 명찰을 확인하고는 인사를 건넸다.

"안녕하세요, 톰."

"당신이 세아군요."

그가 의미심장한 미소를 띠며 악수를 청하는 듯 손을 내밀다
가 짓궂게도 휙 방향을 꺾어 시계를 확인하고는 말을 이었다.

"시간도 정확히 맞춰 왔군요. 난 시간 관념이 없는 사람을
좋아하지 않거든. 만나서 반가워요. 셀러 도어 매니저 톰 헤이
먼이에요. 편하게 톰이라고 불러요."

"반갑습니다. 장세아예요."

그가 내민 손을 맞잡으며 제 소개를 했다.

"어디 출신이죠?"

"한국이요."

"아, 딘의 동생이 한국에 있었죠. 얼마 전에 그가 왔다는 이
야기를 들은 것 같은데, 같이 온 모양이군요."

"맞아요."

"그런데 왜 딘은 당신이 이렇게 아름답고 젊은 미녀라는 말
을 안 해 줬을까요?"

세아가 눈동자를 굴리며 난감한 미소를 지어 보였다.

"그의 눈엔 그렇게 안 비쳐져서가 아닐까요?"

"그럴 리가. 미리 말해 줬다면 한 시간 일찍 출근한 게 신경
질 나지 않았을 텐데. 뒤로 가면 직원 탈의실이 있으니 옷을 갈

아입고 나와요. 당신 사물함 열쇠예요."

그가 내민 열쇠를 들고 탈의실로 들어갔다. 옷을 벗은 뒤 사물함 안에 걸린 검은색 유니폼을 입고, 명찰도 가슴에 달았다. 밖으로 나가자마자 톰이 쉴 새 없이 설명을 쏟아 내기 시작했다.

"시간이 없으니 바로 할게요. 이쪽은 레드 와인이고, 이쪽은 화이트 와인이에요. 빈티지별로 나뉘어 있고, 이 와인 장에 없는 와인은 노스텔지아와 데스페라도, 2000년 이전 것들이에요. 그것들은 모두 고가라 뒤의 와인 룸에 보관되어 있어요."

"네."

"시음표예요. 이 안에 있는 와인은 무료 시음이고, 이 뒷장의 목록에 있는 건 유료 시음이에요. 만약 이 둘에 다 포함되지 않는 와인을 손님이 요구한다면 시음이 안 되는 와인이라고 친절하게 설명해야 하죠. 우선 목록을 외워요. 정확히 10분 뒤에 테스트하겠어요."

톰이 그녀를 내버려 두고 가자 세아는 시음표를 외우기 시작했다. 혹시나 싶어 장식장에 놓인 와인 병의 종류를 하나하나 확인하고 있는데 톰이 돌아왔다.

"시작해도 될까요?"

"네."

바 앞에 서자 그가 볼펜으로 체크한 시음표를 내밀며 말했다.

"나는 이 와인들을 시음하고 싶어요."

"모두 무료로 시음하실 수 있으세요. 바로 준비해 드릴게요."

모양이 다른 와인 잔 세 개를 앞에 놓고 조심스럽게 연두색 병을 들어 라벨을 그에게 보여 주었다. 그의 시선이 그녀의 모든 손동작과 행동을 유심히 살피는 게 느껴졌다. 세아는 가장 좁은 와인 잔에 따르며 말했다.

"뭄바는 소비뇽 블랑에 세미뇽이 블렌딩 된 와인이에요. 시원한 풀 내음과 청포도와 복숭아의 청량한 향이 아주 깔끔한 와인이죠."

"좋아요. 뭄바부터 시작한 이유는?"

"제일 가볍기 때문이죠. 화이트에서 레드로, 드라이한 맛에서 스위트 하게 가야 와인의 맛을 정확히 느낄 수 있으니까요."

"좋아요. 잘 따랐어요. 군더더기 없는 손동작이 마음에 드네요. 하지만 와인의 양이 좀 많아요. 시음용이니까 이보다는 조금 덜 따라야 해요. 안 그러면 손님들이 이곳을 비틀거리며 나갈 테니까. 나는 건샷과 프시케 한 병씩 사길 원해요. 얼마죠?"

"건샷은 152불이고, 프시케는 23불이에요. 도합 175불입니다."

"데스페라도 중 당신이 추천할 만한 빈티지는?"

속사포처럼 이어지는 질문에 세아는 뇌 회로를 최대한 풀가동시켜 대답했다.

"당연히 1995년도죠. 만약 가격이 부담스러우시다면 1999년도 가성비가 좋은 빈티지예요. 만약 2, 3년 숙성 후에 드실 용도를 찾으시면 2002년도로 추천드리겠어요."

"하루 동안 달달 외웠나 보군. 좋아요. 아주 좋네요."

안도감에 긴 숨을 내쉰 세아는 그제야 활짝 웃었다.

"고맙습니다."

"개장 10분 전이네요. 우선 들어가서 직원들과 인사부터 나눌까요."

톰이 그녀를 이끌고 스태프 룸으로 들어갔다.

딘은 시계를 보았다. 4시 42분. 아직 날은 밝았지만 해는 서쪽 언덕으로 기울어져 있었고, 차 바닥과 시트는 그가 종일 묻혀 온 흙으로 버석거렸다.

이른 새벽부터 하루 종일 그가 관리하는 구획의 포도밭을 돌았고, 농장의 솎아내기 작업은 모두 마무리가 되었다. 2차 솎아내기는 한 달 뒤에나 있을 예정이므로 그동안 와이너리는 잠시 소강상태가 되었다. 물론 태즈메이니아에 있는 레이너 소유의 포도원들은 이제야 솎아내기를 시작한 상태라 며칠 내로 한번 들러 봐야 하지만, 크리스마스까지는 여유로운 시간을 보낼 수 있었다.

종일 흙먼지와 땀으로 범벅이 된 몸은 무겁고 피곤했다. 충분히 잠을 자지 못한 상태로 연일 강행군을 한 탓이 컸다.

야자수 길을 지나자 셀러 도어가 보였다. 폐장 시간이 지나 손님들이 빠져나간 주차장은 한산했지만 청소와 뒷마무리를 하는 직원들 때문에 아직 안은 밝았다. 조금만 기다리면 세아가 일을 끝내고 나올 것이다. 하지만 딘은 멈추지 않고 저택으로 향했다.

'당신이 데스페라도를 만들었을 때 어땠는지 궁금해요. 기쁘거나 즐겁거나 유쾌했는지, 아님 슬프거나 외롭거나 힘들었는지. 아까 마신 데스페라도에서는 아무것도 느껴지지 않았어요. 너무…… 완벽했어요. 너무요. 마치 당신처럼요.'

아버지 와인의 핵심은 그리움과 외로움이었다. 아버지는 어머니를 사랑했지만, 그녀는 바람이었다. 바람은 머물 수도 가둘 수도 없었다. 그녀는 떠났고, 아버지는 어머니에 대한 그리움과 그녀를 잡지 못했던 시절에 대한 후회, 그리고 채워지지 않는 외로움을 안고 이곳에서 와인을 만들었다. 그래서인지 아버지의 와인은 늘 씁쓸하고 긴 여운이 특징이었다. 와인 매니아들은 이름처럼 쓸쓸하고 애잔한 노스텔지아에 환호했다. 세아도 그중 한 명이었다.

차고에 차를 세우고 저택을 향해 걷자 포도밭을 지나쳐 온 뜨거운 바람이 땀에 젖은 목덜미를 스치고 지나갔다.

그가 새로운 품종의 포도로 새로운 와인을 만들려 할 때 아버지는 걱정했다. 그동안의 레이너 와인에 대한 도전이자 반기였기 때문이었다. 하지만 딘은 아버지의 와인을 깨부수고 싶었다. 와인을 만드는 데 감정 따윈 필요 없다고, 좋은 와인이란 풍부한 텍스쳐와 깊은 향과 복합적인 맛과 긴 여운의 조화로움이 있으면 될 뿐이라고 믿었기 때문이었다. 그가 추구하는 와인의 요체는 완전무결함이었다.

그렇게 심혈을 다해 만든 와인이 데스페라도였다. 그것을 그녀는 단번에 알아차렸다. 아버지의 와인에서 슬픔을 위로받았다는 그녀는 그의 와인에 아무런 감정도 깃들여 있지 않다는 걸, 그의 와인에 영혼이 없다는 걸 꿰뚫어 보았다.

바람이 멈추자 포도밭은 이내 잔잔해졌다. 하지만 그의 가슴 어딘가에서 불기 시작한 바람은 멈출 기미가 없었다. 지친 몸을 이끌고 저택에 들어선 딘은 식당에서 나오는 제레미와 마주쳤다.

"형, 이제 들어와? 완전히 흙먼지를 뒤집어썼네."

녀석이 콜라 캔을 기울이면서 땀투성이의 그를 찡그린 눈으로 바라보았다. 제레미는 언제나 아버지에게 있어 아픈 손가락이었다. 너무 어려서 애틋했고, 곁에 두고 돌보아 주지 못하는 걸 늘 미안해했다. 이혼과 급작스러운 한국행이 다섯 살의 아이가 감당하기엔 너무나 큰 상처일 거라 생각했지만, 너무 어렸던 탓인지 제레미는 호주에 대한 기억이나 가족과 함께했던 시간들을 거의 기억하지 못했고, 한국에서의 새로운 삶을 별 저항 없이 받아들였다. 오히려 그러지 못한 건 딘이었다. 그는 침묵했고, 동요하지 않았다. 모든 상황을 이해하고 잘 받아들이는 듯했으나 그의 가슴속은 나날이 혼란과 분노와 원망으로 가득 찼다.

기억 속의 부모님은 이혼을 결정할 정도로 사이가 나쁘지 않으셨다. 문득문득 창밖 먼 곳을 하염없이 바라본다거나 이유 없이 눈물 흘리는 엄마의 얼굴이 너무나 슬퍼 보였지만, 아버지는 그런 그녀의 향수병을 안타까워하며 기분을 북돋아 주려 백방으로 노력했으므로 딘은 화목한 그들 가족이 깨지는 일 따위는 상상조차 하지 못했다.

하지만 결국 어머니는 이혼 서류를 내밀었고, 거듭 마음을 바꾸길 설득하던 아버지와 그를 두고 제레미와 함께 한국으로 떠났다. 그렇게 수십 킬로 드넓은 포도 농장에 마이클과 딘만 남게 되었다. 그는 기다렸고, 계절이 바뀔 때마다 좌절하고 또 기다렸다. 그러는 사이 성인이 되었고, 마이클이 그의 상처를 알아차렸을 때는 시간이 너무 많이 지난 뒤였다.

짙은 피곤이 내려앉은 딘의 얼굴에 제레미가 한마디 했다.

"일은 잘 끝났어? 형 얼굴이 안 좋아 보여. 쉬엄쉬엄해."

어머니와 동생은 그에게 채워지지 않는 커다란 공동과도 같았다. 그 안으로 스산한 바람이 들 때면 잠을 이룰 수 없었고, 외로움과 고독을 먹고 구멍은 더 커져만 갔다. 그리고 처음이자 마지막으로 한국을 방문했던 그 여름 비로소 깨달았다. 그 구멍은 영원히 채워지지 않으리라는 걸.

늘 그들을 그리워하는 그와 아버지와 달리 어머니와 제레미는 한국에서의 삶에 만족했고, 행복해 보였다. 그들은 현재에 있었고, 호주에서 보낸 시간은 빛바랜 추억이자 되돌리고 싶지 않은 과거일 뿐이었다. 딘은 호주로 돌아왔고, 그 커다란 구멍을 가슴 깊은 곳에 감추고 사는 법을 서서히 터득하게 되었다.

"제레미."

"응?"

"넌 어느 순간에 빠져들었니?"

전주 없이 시작된 노래 후렴구 같은 질문에 당황한 제레미가 되물었다.

"무슨 소리야? 어딜 빠져?"

안 익은 포도알을 덥석 삼키고 떫은맛에 어쩔 줄 몰라 캑캑거리는 순간이었을까, 오두막 창가에 기대어 호수를 내려다보던 모습이었을까. 아니면 캥거루에 놀라 그의 가슴에 뛰어들던 순간이었을 수도. 분명한 건 그의 손을 주무르며 '당신도 외롭나요?'라고 물었을 때 그의 가슴 안의 무언가가 끝도 없는 바닥으로 떨어지는 기분이었다는 것이다.

이 혼란스러움과 이끌림의 변주를, 이런 야만적인 감정의 무질서를 제레미도 겪었을까. 그래서 친구를 넘어 연인이 된 걸까. 왜 하필 그녀가…… 동생의 애인인 걸까.

아담과 이브가 선악과를 따 먹고 에덴동산에서 내쳐진 아주 먼 옛날, 태초의 남녀는 아들 둘을 낳게 되었다. 카인과 아벨. 카인은 자신과 달리 신의 사랑을 독차지한 동생 아벨이 부러워 견딜 수 없었다. 그리고 그 질투와 분노를 참지 못하고 동생을 죽이고 만다. 인류 최초의, 형제를 살인한 자이자 배신자였다. 그렇다면 나는 동생을 지키는 자인가. 아니면 동생을 해치려는 자가 되려는가.

"형? 어딜 빠지냐니까?"

제레미의 물음에 눈을 두어 번 깜빡여 정신을 차렸다. 그리고 대답 대신 손에 들린 차 키를 던지자 제레미는 뭣도 모르고 받아 들며 물었다.

"뭐야?"

"곧 셀러 도어 문 닫을 시간이야. 네가 세아를 데려와."

제레미를 지나쳐 방으로 들어왔다. 지금 당장 시원한 물 아래 종일 묵은 먼지와 땀과 진득하고 불쾌한 잡념의 흔적을 씻어 내 버리고만 싶을 뿐이었다.

"저택까지 데려다줄까요?"

목을 빼고 차를 기다리던 세아는 뒤에서 울리는 목소리에 깜짝 놀라 돌아섰다. 검은 셔츠에 청바지 차림의 톰이 바로 그녀 뒤에 서서, 언덕 너머 저택이 있을 곳을 바라보았다.

"기다리는 사람이 안 오는 것 같은데."

"곧 오겠죠."

기억을 더듬어 보자. 리치가 아침에 데려다줄 때 오후에 데리러 올 거라는 말을 했던가?

아니. 그는 분명 아무 말도 하지 않았다.

아무도 오지 않는 걸까? 그냥 걸어가야 하나?

고개를 숙여 가죽 샌들을 내려다보았다. 종일 서서 일한 덕에 종아리가 퉁퉁 부은 상태라 도저히 30분이나 걸어 저택까지 갈 엄두가 나지 않았다. 그 순간 저택 쪽에서 파란색 트럭이 내려오더니 셀러 도어 앞에 멈춰 섰다. 세아는 두근두근 떨리는 가슴을 안고 차 문이 열리는 것을 보았다. 하지만 제레미가 내리자 그 기대가 푹, 발 아래로 떨어져 내렸다.

"기다리던 차는 왔는데, 기다리던 사람은 아닌가 보군요."

톰이 웃으며 중얼거리자 세아는 피곤에 지친 얼굴로 겨우 미소를 지어 보였다. 그러게. 대체 나는 누굴 기다린 거야.

"가 보겠습니다. 내일 또 봬요."

"그래요. 수고했어요."

톰이 흰색 SUV에 오르며 작별 인사를 건넸다.

세아가 다가가자 차에서 내린 제레미가 자랑스러운 얼굴로 물었다.

"딱 맞게 왔지?"

칭찬을 바라는 녀석을 지나쳐 보조석 문을 열며 시큰둥한 얼굴로 대답했다.

"10분이나 기다렸는데, 무슨."

"너 끝날 시간이라고 형이 가래서 바로 튀어나온 거야."

세아가 놀란 얼굴로 운전석에 오르는 제레미를 쳐다보았다.

"딘이 집에 있어?"

"일 끝내고 막 들어와서 내가 형 차 끌고 온 거야."

그가 오지 않은 건 아직도 농장에 있기 때문이라 생각했는데 집에 들어왔다니. 안 그래도 내게 셀러 도어 일을 가르쳐 주느라 일도 미뤄지고, 종일 돌아다니고 와서 피곤하고 귀찮겠지. 데리러 온다고 한 적도 없는데 왜 그가 올 거라고 생각한 거야? 애처럼 매달려 첫 근무를 얼마나 잘 마쳤는지 얘기하며 칭찬이라도 받길 원한 거야? 웃기기도 하지.

스스로를 비웃으며 시트에 기대앉아 중얼거렸다.

"출발해."

"우리 얘기 좀 해."

세아는 욱신거리는 팔다리를 두드리며 만사가 귀찮은 얼굴로 물었다.

"무슨 얘기?"

"너 혹시 셀러 도어에서 일한다고 한 거, 이곳에 더 머물겠다는 뜻이야?"

"아니야."

그녀가 고개를 젓자 제레미가 이해할 수 없다는 표정으로 물었다.

"그럼 내일이면 떠날 거면서 셀러 도어 일은 왜 하겠다고 한 거야?"

"모르겠어."

"뭐?"

"모르겠다고."

나는 그에게 말했어야 했어. 난 곧 떠나야 해요. 그러니 셀러 도어의 일은 배울 필요도 없죠. 당신이 가르쳐 주는 것들은 내가 들은 수많은 수업 중에 가장 재밌고 즐거운 수업이었어요. 솔직히 멈추고 싶지 않아요. 나는 이곳에 더 머물고 싶고, 와이너리 일도 더 하고 싶어요. 하지만 말할게요. 나는 당신을 속이고 있어요. 그러니 잘해 주지 마세요. 내가 걱정돼서 농장일 대신 다른 일을 구해 주려는 거 알아요. 동생이 사랑하는 여자기 때문이죠. 하지만 사실이 아니에요. 나는 당신 동생의 가장 친한 친구일 뿐, 그 이상도 그 이하도 아니죠. 내가 그 사실을 말한다면…… 당신은 더 이상 내게 친절하지도 않을 거고, 비열한 거짓말쟁이라 실망하겠죠.

세아는 고개를 돌려 저 멀리 보이는 보랏빛 라벤더 언덕을 바라보았다.

그래도 말했어야 했어. 그에게.

"장세아."

"왜?"

"뭐가 바뀐 거야? 무엇 때문에 마음이 바뀐 거냐고."

세아가 혼란스러운 얼굴을 돌려 제레미를 보았다. 그리고 고개를 저으며 중얼거렸다.

"모르겠어. 진심이야."

"좋아."

제레미가 손뼉을 짝 소리가 나도록 치고는 말을 이었다.

"그럼 우리 계약 조건을 조금 수정하도록 해. 네가 일주일만 머물고 떠나기로 한 걸 당분간 미루는 거야. 그동안에 왜 네 마음이 바뀌었는지 이유도 찾아보고."

녀석의 속내가 뻔히 보여 코웃음 쳤지만, 제레미는 아랑곳하지 않고 말을 이었다.

"이러지 마. 나는 네가 내일 떠날 때 댈 핑계거리까지 생각해 뒀다고. 네 회사에 비상이 걸려 급하게 귀국하게 됐다고 말이야. 너는 떠나고 나는 남겠지만 여전히 우리는 연인 사이지. 그리고 내가 한국으로 돌아간 뒤에 전하는 거야. 안타깝게도 너와 성격 차이로 헤어지게 됐다고. 그러니 네가 지금 가나 좀 있다 가나 난 상관없어."

"왜 상관없어? 내가 가면 리치가 널 완전히 압박 수비할 텐데. 나 같은 여잔 까맣게 잊도록 예쁘고 섹시한 호주 여자를 소개시켜 주며 이곳에 머물도록 끈질기게 설득하겠지. 내 존재 자체가 네게 방어막이 된다는 걸 인정해."

"좋아. 네가 있는 편이 내게 훨씬 이득이라는 걸 인정해. 나로서는 네가 있으면 좋지만, 떠난대도 다리 붙들고 말리지는 않을 거야."

제레미가 쿨 하게 인정하고 물러서자 세아가 고민 끝에 입을 열었다.

"알았어. 일주일만 더 있다 갈게."

"겨우 일주일?"

아쉬운 듯 되묻는 제레미를 무시하고 말을 이었다.

"물론 계속 네 애인인 척 연기할 거야. 하지만 더 이상 너랑 방은 같이 못 쓰겠어. 다른 방 달라고 해. 빈방 많잖아."

"그건 좀 어려워. 우리가 한방을 쓰는 건 뭐랄까…… 애정의 증표야."

애증의 증표겠지.

얼토당토않다는 듯 콧방귀를 뀌자 제레미는 그녀의 마음을 돌려놓기 위해 안간힘을 썼다.

"사랑하는 연인이 방을 따로 쓰겠다고 해 봐. 누군들 의심하지 않겠어?"

"그것에 대한 핑계거리는 내가 생각해 뒀어. 내가 불면증이 심해서 같이 방을 쓸 수가 없다고 하는 거야. 나한테 불면증이 있다는 걸 딘이 알아. 네가 시드니에서 돌아온 날 잠을 못 이뤄 와인을 마시다 들켰거든. 의심하지 않을 거야. 그러니 걱정 말고 딴 방 달라고 해."

"그럼 오늘 말고 내일이나 모레쯤 말하는 건 어때? 네가 셀러 도어 일에 불면증까지 겹쳐 힘들어한다고 말하려면 그러는 게 훨씬 자연스러울 거야."

"좋아. 그럼 내일."

"오케이."

제레미가 손을 내밀자 흔쾌히 그 손을 맞잡았다. 양자 간의 2차 협정이 성공적으로 이뤄지고 근 일주일 만에 둘 사이에 평화가 찾아왔다.

"좋아. 이제 출발해."

계약 연장에 신이 난 제레미는 저택으로 차를 몰았고, 오랜만에 의견 일치를 본 둘은 즐거운 얼굴로 안으로 들어섰다.

"린다가 오늘 저녁은 뒤편에서 바비큐를 한댔어. 옷 갈아입고 내려와."

"좋지."

방으로 올라가 편한 데님 원피스로 갈아입고 내려오는데, 주방에서 나오는 딘이 보였다.

"딘."

매끈한 난간을 잡고 종종걸음으로 계단을 내려온 세아는 그의 앞에 섰다. 당연히 셀러 도어 일은 잘했냐고 물을 줄 알았던 딘이 말없이 그녀를 바라보자 조금 머쓱한 표정으로 먼저 안부를 물었다.

"농장 일 잘 끝내고 오셨어요? 안 그래도 제게 셀러 도어 일을 가르쳐 주느라 더 더뎌졌다고 들었는데."

"오늘 다 마무리했어요."

"다행이네요."

딘은 또 아무런 말도 하지 않았고, 그녀가 침묵을 깰 말을 고민하는 동안 시간은 흘러만 갔다. 딘이 몸을 돌리며 말했다.

"가죠. 오늘 저녁은 바비큐예요."

"네. 들었어요."

세아는 그의 등에 대답하며 좌절감에 휩싸였다. 오 마이 갓. 저렇게 아무 말 없이 쳐다만 보는 걸 보니 어젯밤 진상을 제대로 부린 게 분명해. 대체 무슨 짓을 벌였을까? 노래방 18번인 '그리움만 쌓이네'를 쉬지 않고 불렀을까? 혹시…… 운 건 아니겠지? 오, 안 돼. 제발 그것만은.

온갖 추측이 난무하는 가운데 뒤뜰에 마련된 바비큐에 합석했다. 나무 테이블에 앉은 린다가 그녀를 불러 앉혔다.

"종일 서서 일하느라 힘들었을 텐데, 좀 앉아요."

빈 와인 잔 여섯 개에 와인을 따르는 린다는 러플이 화려한 하얀 원피스를 입고 있어 마치 소녀처럼 보였다.

"난 바비큐가 좋아요. 바람이 불고, 별이 보이고, 남자들이 요리를 하거든."

그녀의 말대로 붉게 석양이 지는 서쪽과 달리 동쪽 하늘에는 벌써 별들이 자리 잡고 있었다. 딘과 롭은 조금 떨어진 그릴에서 고기와 소시지를 굽고 있었고, 제레미와 리치는 간단히 샐러드를 만들어 오겠다며 간 터였다.

세아는 연기가 피어오르는 그릴 앞에 선, 넓은 등을 가진 남자를 괴로운 눈으로 쳐다보았다. 대체 난 어제 그 앞에서 무슨 추태를 벌인 것일까?

"오늘 첫 출근 어땠어요?"

린다의 물음에 딘에게 머문 시선을 얼른 거두며 대답했다.

"좋았어요."

"재미난 얘기 좀 해 봐요."

"와인 잔을 두 개 깨 먹었고, 한 번은 시음할 와인을 헷갈려서 잘못 드렸어요. 그 손님이 원한 건 패트릭Patrick이었는데, 저는 건샷을 따랐죠. 웃긴 건 그는 패트릭만 스무 병을 넘게 마셔 봤다고 했는데, 그게 패트릭이 아니라 건샷이라는 걸 모르고 감탄을 했죠. 역시 패트릭이라면서. 제 실수를 눈치챈 톰이 말해 줘서 제가 죄송하다고 사과를 드렸어요. 그는 매우 언짢은 얼굴로 패트릭을 사 가지고 갔죠."

린다가 와인 잔을 내밀며 웃었다.

"와이너리에 그런 손님은 흔해요. 모두들 와인 박사라도 되는 양 굴죠. 자, 한번 테이스팅 해 봐요. 이 와인이 무슨 와인인지 맞힐 수 있나 볼까요."

기대에 찬 눈빛에 세아는 조금 긴장한 얼굴로 짙은 자줏빛 와인의 향기를 맡고 한 모금 마셨다. 그러고는 고개를 갸우뚱거리며 말했다.

"모르겠어요. 처음 마셔 보는 것 같은데. 어제 실컷 테이스팅을 해 놓고 헛배웠나 봐요. 이게 무슨 와인이죠?"

"헛배우지 않았어요. 이건 아직 이름이 없는 와인이에요. 정확히 말하면 제품으로 출시되지 않은 시험용 와인이죠. 딘이 블렌딩 한 와인을 우린 시음하고 평가를 내려요. 이걸 세상에 낼지, 좀 더 숙성을 시킬지, 오늘 저녁 식사에 곁들여 마시고 끝낼지."

"아."

세아는 그제야 와인 병 라벨에 이름이 아닌 날짜와 알 수 없는 기호로 표시된 것을 확인했다.

"레드 와인의 경우, 가령 2000년에 수확한 포도는 1년 이상의 탱크 숙성과 6개월의 병 숙성을 거쳐야 하니까 빨라도 2001년 이후에나 나오게 되죠. 그 전에 대부분의 와인은 블렌딩을 해요. 블렌딩은 서로 다른 품종의 와인부터 다른 지역의 와인, 다른 빈티지의 와인까지 수많은 경우가 있죠. 강한 와인과 부드러운 와인을 섞어 적절히 맛을 조화롭게 해 주기도 하고, 강렬한 와인에 상큼한 와인을 넣어 한 줄기 청량감을 주기도 하고, 질이 떨어지는 와인을 좋은 와인과 황금비율로 섞으면 더 좋은 와인으로 재탄생하기도 하죠. 테루아는 인간이 범접할 수 없는 자연의 몫이지만, 블렌딩은 온전히 인간의 몫이에요. 새로운 창조죠."

"그러면 와인 메이커는 창조자가 되나요?"

세아의 물음에 린다가 고개를 끄덕거리며 딘을 보았다.

"맞아요. 딘은 레이너 와인의 창조자예요. 세아가 느끼기엔

이 와인의 맛과 향이 어떤 것 같아요?"

"향도 좋고, 맛도 괜찮은 것 같은데, 뭐랄까…… 안정적이지 않은 것 같아요. 편하지 않은 와인이랄까. 그게 와인의 비율 문제인지 숙성이 덜 돼서 그런 건지는 모르겠어요."

"맞아요. 이 와인은 산도가 강해서 그런지 날카롭게 느껴지네요. 과연 이걸 더 숙성시킨다고 달라질지 모르겠군요. 어서 딘의 컨디션이 돌아와야 할 텐데."

"딘이 어디가 아픈가요?"

순간 많이 당황한 듯 보였지만, 세아 역시 그녀와 마찬가지로 걱정스러운 표정인 걸 알아차린 린다는 망설이다가 말했다.

"이걸 말해도 될지…… 사실 딘에게는 불면증이 있어요."

"네. 딘에게 들었어요."

"그가 당신에게 불면증 얘기를 했나요?"

린다가 놀라 묻자 며칠 전 밤 와인을 몰래 훔쳐 마시다 들킨 이야기를 털어놓았다. 린다는 둘의 공통점에 놀라워했다.

"그렇군요. 세아도 그렇겠지만, 딘은 불면증으로 매우 힘들어하고 있어요. 무언가 그를 괴롭히고 있죠. 딘은 블렌딩을 해야 하는데, 잠을 잘 자지 못하면 컨디션이 떨어져 블렌딩이 엉망이 돼요. 우린 딘 대신에 농장 일을 해 줄 수 있고, 포도를 으깨 숙성시켜 와인을 만들 수도 있지만 블렌딩은 도와줄 수가 없어요. 그건 딘만이 해내야 할 일이에요. 창조자의 고통이죠. 게다가 마이클이 죽고 나서 단 하루도 마음 편히 쉰 적이 없어요. 딘은 강하지만, 그동안 자신을 너무 몰아세우며 일했죠. 올해 블렌딩이 어떻게 될지 정말로 걱정이에요."

"무슨 얘기를 그렇게 진지하게 나누세요?"

샐러드 그릇을 들고 온 리치가 테이블에 앉자 린다가 당황한 표정으로 얼버무렸다.

"오늘 세아가 셀러 도어에서 일한 이야기를 나누고 있었어요."

"톰과 통화했어요. 사소한 실수가 있었지만 잘해 냈다고 칭찬하더군요. 당신을 꽤 마음에 들어 하는 눈치였어요."

리치에 이어 제레미가 세아 옆에 앉으며 다정하게 물었다.

"난 세아가 잘해 낼 줄 알았다니까요. 맛 좀 봐 줄래? 네가 좋아하는 연어 샐러드인데."

제레미가 내민 포크를 받아 든 그녀는 시저 드레싱을 뿌린 야채와 연어 샐러드를 한 입 먹고는 무성의하게 고개를 끄덕였다.

"맛있어."

"진짜?"

모든 이의 시선이 둘에게 몰린 걸 알아챈 제레미가 의자 등받이에 팔을 두르고 사랑스럽다는 시선으로 내려다보았지만, 세아의 정신은 온통 그릴 앞에 서 있는 남자에게로 향해 있어 그런 줄도 몰랐다.

'춥고 외롭고 쓸쓸해요. 왜냐하면 이 자리를 얻기 위해 많은 걸 포기해야 하거든요. 영원히…… 혼자죠.'

바보. 모두 나처럼 맹목적으로 그 자리를 원하는 건 아니야. 정작 그곳에 있음으로 해서 힘들고 잠 못 이루며 괴로운 사람도 있다고. 그런 사람더러 최고라서 부럽다며 그곳은 어떠냐고 물었다니.

한심스러운 자신을 책망하기를 관두고 자리에서 일어나 딘의 옆에 선 롭에게 다가갔다.

"힘드실 텐데 앉아서 쉬세요. 제가 도울게요."

"아니, 거의 다 됐는데."

하지만 롭의 손에서 접시를 뺏어 들고는 그녀가 앉았던 자리로 밀었다. 못 이기는 척 린다 옆에 앉는 걸 확인하고는 딘에게로 시선을 돌렸다. 막 씻고 나온 듯 짧고 검은 머리칼은 젖어 있었고, 면도를 한 듯 턱이 말끔했다.

접시를 움켜쥐며 그에게 어떻게 말을 꺼내야 할지 고민했다. 미안해요. 내 생각이 짧았어요. 혹시 제 상처만 아는 이기적인 여자라 실망했나요? 아니면 내 뒤치다꺼리에 지친 건가요? 그도 아니면 내가 지난밤 당신에게 무슨 잘못이라도 했나요? 왜 갑자기 낯선 사람처럼 거리를 두는 거죠?

마치 그녀의 속마음의 목소리를 듣기라도 한 듯 딘이 입을 뗐다.

"다리 안 아파요? 온종일 서 있었을 텐데."

오, 신이시여! 그가 드디어 제게 질문을 건넸어요! 날 외면하지 않았다고요!

세아는 감격한 얼굴을 숨기려 애쓰며 대답했다.

"견딜 만해요."

"자, 이건 린다 거고. 이건 롭 거예요."

딘이 접시에 두툼한 스테이크와 소시지를 올리자 세아는 그

것을 테이블로 서빙 했다. 그러고는 다시 딘에게로 돌아와 힘
겹게 이야기를 꺼냈다.

"어제 일을 사과하고 싶어요. 당신 말대로 테이스팅을 멈췄
어야 했는데, 빨리 배워야 한다는 생각에 거짓말을 하면서까
지 우겼어요. 모두 제 잘못이에요. 솔직히 말하면 차에 오른 것
까지만 기억나고 그 이후는 전혀 기억이 나지 않아요. 혹시 내
가…… 당신에게 실수를 했나요?"

"아니요. 아무런 실수도 하지 않았어요."

"정말로요?"

딘이 대답 대신 고기를 뒤집자 그릴 위로 매캐한 연기가 피
어올랐다. 바람이 연기를 세아 쪽으로 실어 오자 그의 등 뒤로
그녀를 물려 세우며 말했다.

"당신 입으로 말했잖아요. 술에 취하면 그 자리에서 잠드는
버릇이 있다고. 당신은 잠이 들었고, 어쩔 수 없이 안아서 방에
눕혔어요. 그게 다예요."

그가 집게로 익은 고기를 들자 등 뒤에 서 있던 세아가 얼른
접시를 내밀었다.

"이건 제레미와 리치 거예요."

접시를 서빙 하고 돌아오자 딘은 마지막 고기를 굽고 있었
다. 내가 어제 실수를 한 게 아니라면, 왜 오늘 그의 기분이 좋
지 않다고 느껴지는 거지?

세아는 찬찬히 딘의 옆모습을 살폈다. 그녀의 머릿속에서
영구 삭제된 어젯밤의 기억은 돌이킬 수 없었지만, 불면증에

대해서는 잘 알고 있었다. 잠 못 이루는 고통스러운 밤과 더욱 힘든 낮 시간을 보내고 나면 심신이 너덜너덜 해어진 넝마짝같이 느껴지는 기분을. 그리고 제아무리 이겨 내 보려고 해도 우울과 무기력이 덮쳐 오는 느낌을. 너무나 고통스러운 날은 죽음과도 같은 수면에 빠져 다시는 눈을 뜨고 싶지 않다는 생각이 들기도 한다는 걸.

딘이 고개를 돌려 그녀를 보자 세아는 알아차렸다. 그는 전혀 못 자고 있어. 피곤하고 예민하고 완전히 지쳐 있어. 무엇이 그를 괴롭히고 있는 걸까?

세아가 속삭여 물었다.

"딘, 아직도 잠을 못 이루나요?"

어둠 속에서도 그의 표정이 눈에 띄게 굳어지는 게 보였다. 딘이 익은 고기를 들자 그녀는 접시를 내밀었다.

"당신 거예요. 이제 가서 앉아요."

그의 표정에 압도당한 세아가 접시를 들고 테이블에 앉자 딘도 리치 옆에 앉았다. 그의 눈치를 살폈지만, 딘은 그녀 쪽으로 시선도 주지 않았다. 조용히 식사에만 전념했고, 누군가 질문을 건네면 짧게 대답만 하는 식이었다.

내 질문에 마음이 상한 걸까? 분명한 건 그는 내가 자신의 일에 참견하는 걸 원치 않아 한다는 거야. 애초에 그는 그런 여지를 주지 않았는데, 내가 그의 아킬레스건에 너무 무례하게 다가간 건지도 모르지.

세아는 점점 더 혼란스러워졌다.

난 그저 우리가 아주 먼 사이는 아니라고 생각했던 것뿐이야. 가끔 종잡을 수 없을 때도 있었지만 노스텔지아가 슬픈 와인이라고 했을 때나 우연히 불면증을 똑같이 앓고 있다는 걸 알았을 때도 말로 설명할 수 없는 무언가가 통했다고 믿었어. 그 모든 게 착각이었을까?

　하지만 그는 내가 힘들까 봐 농장 일 대신에 셀러 도어 일을 소개해 줬고, 바쁜 시간을 쪼개 일도 가르쳐 줬단 말이야.

　모르지. 누구에게나 으레 베푸는 친절일지도. 내가 너무 확대 해석해서 받아들이고 있는 건지도 몰라. 정말 바본가 봐. 그가 불면증을 앓는다고 내가 해 줄 수 있는 것도 없으면서 왜 또 쓸데없는 질문을 한 걸까?

　뒤늦은 후회에 휩싸여 괴로운 그녀와 달리 테이블에 둘러앉은 이들은 흥겹게 바비큐를 즐기고 있었다. 롭이 물었다.

　"다들 와인 맛은 어떤가?"

　모두 와인 잔을 들어 한 모금씩 들이켰다. 리치가 물었다.

　"비율이 어떻게 되지?"

　"새 오크 통에서 16개월 숙성시킨 카베르네 소비뇽 70퍼센트에 3년 된 오크 통에 숙성시킨 쉬라즈, 소량의 그르나슈가 블렌딩 됐어."

　"산도가 강해. 좀 거슬릴 정도야."

　"타닌이나 바디Body*감은 좋아요. 롭의 말대로 산미가 조금

_____
＊ 와인을 마셨을 때 입 안에서 느껴지는 무게감을 표현.

강하게 느껴지긴 하네요. 뭔가 싸움을 벌인 커플의 맛 같달까. 여자가 신경질을 부리고 있는 것 같죠?"

리치의 평에 다들 웃음을 터트렸다. 세아는 웃고 있지 않은 유일한 한 명을 쳐다보았다. 아직도 테이스팅을 하고 있는 딘은 와인의 향후에 대해 고민 중인 것 같았다. 롭이 물었다.

"어떻게 할까?"

"더 숙성하는 건 의미가 없을 것 같아요. 이 와인은 안 되겠어요."

딘의 말에 모두 고개를 끄덕였고, 자주 겪는 일인 듯 다시 바비큐와 와인을 즐기기 시작했다. 옆에 앉은 린다가 홀로 당황해서 앉아 있는 세아의 귓가에 속삭였다.

"괜찮아요. 늘 있는 일이니까. 열 병의 시음 중 한 병만 건져도 성공이죠."

롭이 고기를 더 굽기 위해 자리에서 일어나고, 제레미는 갑자기 온 전화를 받으러 일어났다. 리치까지 새 와인을 가지고 오겠다며 자리에서 일어나자 테이블에는 딘과 린다, 그녀만 남게 되었다. 마치 007게임이라도 하듯 세아가 얼른 빈 샐러드 그릇을 들고 일어나자 딘이 고개를 들어 쳐다보는 게 느껴졌다.

"제가 샐러드 좀 만들어 올게요. 토마토 카프레제 어떠세요?"

"만들 수 있겠어요? 토마토와 치즈는 냉장고에 있고, 바질은 내 허브 화분에 있어요."

"걱정 마세요."

세아가 뒷문으로 들어가자 린다가 딘에게 말했다.

"그녀를 따라가 봐요. 분명 타이 바질과 스위트 바질을 구별 못할 거야."

세아가 들어간 문을 통해 조용한 복도를 지나 주방으로 향했다. 샐러드 준비를 하느라 바쁠 거라 생각했지만, 그녀는 주방 한가운데 우두커니 서 있었다. 생각에 골몰한 나머지 그가 주방 앞에 선 것도 눈치채지 못했다.

오늘 그녀의 하루는 어땠을까? 셀러 도어 일이 즐거웠을까? 힘들지는 않았을까? 쓸모 있는 사람이라는 기분이 들었을까? 묻고 싶은 게 많았지만, 단 하나의 질문도 할 수 없었다.

정신을 차린 그녀가 원피스 주머니에서 머리끈을 꺼내 올려 묶자 하얀 목과 매끈한 어깨선이 드러났다. 냉장고에서 치즈와 토마토를 꺼내 적당한 두께로 썰어 간을 맞추는 모습에 눈을 떼지 못하고 바라보았다.

처음부터 당신이 위험하다는 걸 알아차렸어야 했는데. 그저 제레미를 호주로 불러들이는 데 최대 방해물이라고만 생각했어. 하지만 예상과 다르게 당신은 제레미에게 집착하지 않았고, 제레미는 당신에게서 떨어지지 않았지. 그리고 난 점점 두려워져. 나와 내 와인과 공허한 내 세계를 꿰뚫어 보고 있는 여자에게 빠져드는 내 자신이.

"맞다. 바질."

세아는 주방 창문을 열어 향신 허브를 키우는 발코니를 살피기 시작했다. 딘은 저녁 내내 다정해 보이던 제레미와 그녀의 모습을 떠올렸다. 세상에서 가장 사랑스러운 여인을 보듯 바라보는 제레미의 눈빛에서, 그리고 당연한 듯 그 눈빛을 마주하는 그녀에게서 가끔씩 느끼던 이상한 기류는 찾아낼 수 없었다. 누가 보아도 세상에 다시없을 다정한 연인들이었다.

"이건가? 아니 이건가?"

린다의 말대로 화분 두 개를 두고 고민하기 시작하자 그녀에게 다가갔다. 인기척에 고개를 돌린 세아가 마치 유령이라도 본 얼굴로 그를 쳐다보았다. 그녀의 옆으로 다가가 화분 두 개 중 하나를 손가락으로 집었다.

"이거예요. 잎사귀가 톱니 같은 건 타이 바질이라고 해서, 린다가 가끔 태국 요리를 할 때 쓰는 거예요."

"고마워요."

세아가 그가 가리킨 화분의 바질 이파리를 조심스레 뜯자 딘은 뒤돌아서 주방을 나섰다.

"딘."

그녀의 부름에 고개를 돌린 딘은 세아를 보았다. 새파란 바질 이파리를 움켜쥐고 선 그녀는 주방의 조명 탓인지, 무표정한 얼굴 탓인지 희다 못해 창백해 보였다.

"혹시 나한테 화난 일이 있나요?"

"아니요."

"솔직히 나는 딘, 당신을 어떻게 대해야 할지 모르겠어요. 친절했다가도 별장에서처럼 이유 없이 화를 내고, 다정하게 대해 주고 일을 가르쳐 주다가도 차갑게 거리를 두고. 내가…… 뭘 잘못했나요?"

딘은 혼란에 휩싸인 여자를 내려다보았다. 그녀의 잘못이 아니라고 말하고 싶었지만, 그러려면 그가 왜 변덕스럽게 구는지 이유를 설명해야 하기에 그럴 수가 없었다. 자신을 향한 참을 수 없는 분노를 가득 담아 나직이 대답했다.

"아니요. 당신은 아무 잘못도 안 했어요."

세아는 그의 대답에 막다른 골목에 다다른 듯 인내심이 사라진 표정으로 창밖을 보다 다시 그에게로 시선을 돌렸다.

"그러면 나는 당신을 어떻게 대해야 하죠?"

"신경 쓰지 말고 지금처럼 대해요."

숨을 들이쉬자 목깃 사이로 반듯한 쇄골이 도드라졌다. 잠시 숨을 멈춘 듯했던 그녀가 후, 하고 숨을 내쉬더니 억지 미소를 지어 보이며 말했다.

"알았어요. 미안해요. 아까처럼 쓸데없는 참견은 다신 안 할게요."

놀랍게도 그녀의 입에서 그가 간절히 바랐던 대답이 나오자 딘은 말없이 고개를 끄덕이고는 주방을 나왔다. 세아도 곧 샐러드 그릇을 들고 나왔다. 다들 즐거운 분위기에 맞춰 와인과 바비큐를 즐겼지만 그는 그럴 수 없었다.

늦은 밤, 자리를 파하고 세아와 제레미가 같이 계단을 올라가는 모습에 딘은 깨달았다. 그녀가 동생의 여자라는 사실이 견딜 수 없이 고통스럽다는 것과, 그녀의 말에 아니라고 대답하지 못한 걸 후회하고 있다는 것을.

Chapter.8

Is love a tender thing?
It is too rough, too rude, too boisterous,
and it pricks like thorn.

사랑이 가냘프다고? 너무 거칠고 잔인하고 사나우면서
가시처럼 찌르는 게 사랑이네.

_로미오와 줄리엣 中

"오늘부터 셀러 도어 출퇴근은 자전거로 할게요."

우유를 마시고 접시에 던 음식을 깨끗이 비운 그녀가 말문을 떼자 맞은편 대각선에 앉은 한 남자를 제외한 모든 가족들의 시선이 그녀에게로 몰렸다.

"갈 때는 그렇다 쳐도, 올 때는 하루 종일 서 있어서 다리가 아플 텐데."

"맞아요. 딘이 바쁘다면 내가 데려다주면 돼요. 그것도 불편하면 차를 하나 내줄까요?"

린다의 말에 리치까지 거들어 말렸지만, 세아는 고개를 저었다.

"운동 겸 타고 다니면 좋을 것 같아서요. 며칠 해 보고 힘들면 부탁드릴게요."

"좋아요. 그러면 절대 무리하지 말고, 힘들면 꼭 말해야 해요."

방으로 올라가 출근 준비를 하고 내려온 세아는 복도 끝에서 두 번째 방 문 앞에 멈춰 섰다. 오랫동안 숨을 고른 뒤 똑똑, 노크하자 문 안에서 "네." 하고 짧은 대답이 울렸다. 긴장한 얼굴로 문을 열자 노트북을 보고 있던 딘과 눈이 마주쳤다. 온 힘을 다해 평온한 표정을 지어 보이려 노력하며 입을 뗐다.

"부탁드릴 게 있어서 들렀어요."

"말해 봐요."

그가 다시 노트북으로 시선을 내리며 대답했다.

"혹시 별장에서 그림을 그릴 수 있을까요? 아무것도 건드리지 않고 그림만 그릴 테니까……."

"그렇게 해요."

그가 너무도 흔쾌히 허락하자 조금 당황한 듯했으나 곧 예의바른 미소를 띠며 말했다.

"고마워요."

딘이 고개를 끄덕이자 곧 문이 닫히고 발소리가 멀어졌다. 이미 꺼진 노트북 화면에서 눈을 들어 닫힌 문을 보았다. 금지된 갈망이 그를 갈가리 찢어 놓는 것처럼 고통스러웠다.

방으로 돌아와 가방에 옷가지를 챙겨 차에 올랐다. 라벤더 언덕을 지나칠 즈음 셀러 도어 주차장에 자전거를 세우고 있는 세아가 보였다. 차 소리에 고개를 돌린 그녀의 시선이 창문을 넘어 그에게 와 닿는 게 느껴졌지만 눈을 돌리지 않았다. 핸들을 꺾어 야자수 길로 들어서자 딘은 그제야 백미러를 보았다.

차 뒤꽁무니를 보고 있는 거울 속 여자는 점점 작아지다 결국 보이지 않게 되었다. 애들레이드로 향하는 도로로 들어선 딘은 속도를 높여 달리기 시작했다.

"딘은 아침에 태즈메이니아로 떠났어요."

식탁에 놓인 다섯 개의 그릇과 식기를 의아한 눈으로 바라보고 있는 그녀에게 롭이 말했다. 밤새 잠을 설쳤고, 아침부터 몸이 찌뿌듯했다. 어제 아침처럼 늦잠을 자진 않았지만, 일하는 내내 컨디션이 좋지 않아 호숫가 별장으로 가려던 계획을 접고 저택으로 돌아왔다. 의자에 앉아 잠깐 졸다 일어나니 벌써 저녁 식사 시간이었다.

"태즈메이니아가 어디죠?"

"호주 남부에 있는 작은 섬이에요. 그곳에 레이너 와인 소유의 농장이 있는데, 바로사 밸리보다 계절이 늦어서 이제야 솎아내기를 시작했죠. 그래서 딘이 둘러보러 간 거예요."

"오늘 아침 식사 때까지도 아무 말도 없었는데. 보통은 미리 이야기를 해 주잖아요."

린다가 음식 접시를 들고 오자 롭이 얼른 거들며 대답했다.

"딘 성격 잘 알잖아요. 일 안 미루는 거. 하지만 수일 내로 내가 다녀오려고 했는데, 갑작스럽긴 하네요."

"요즘 컨디션도 썩 좋아 보이지 않아서 걱정이에요."

"며칠이나 있다가 돌아올까요?"

세아의 물음에 롭이 고개를 저었다.

"몰라요. 그곳 사정이 어떤지 모르니, 며칠 걸릴지 알 수가 없어요."

자리에 앉은 세아는 대각선 맞은편의 빈자리를 바라보았다. 지난밤에는 이제 그와 어떻게 '잘' 지내야 할지 고민하느라 잠을 설쳤는데, 그런 고민 따윈 할 필요도 없게 딘은 태즈메이니아로 떠나 버렸다. 혹시 나 때문은 아니겠지?

김칫국 좀 그만! 어제 딘이 한 말 잊었어? 백 마일쯤 거리감이 느껴지고, 영혼이 한 스푼도 안 들어간 표정으로, 신경 쓰지 말고 지금처럼 대해 달라고 말했잖아. 대체 그 지금처럼이 어떤 지금처럼인지 알 수 없는 노릇이지만.

리치와 제레미가 오자 식사가 시작되었다. 제레미는 생각에 잠겨 있는 그녀의 눈치를 살피다 어제 나눈 협정 카드를 조심스럽게 빼 들었다.

"죄송한데, 저희 방 하나만 더 주시면 안 될까요? 당분간 세아와 방을 따로 쓰고 싶은데."

"왜? 혹시 둘이 싸우기라도 한 거야?"

리치가 놀라 묻자 제레미가 고개를 저으며 말했다.

"아니요. 우린 안 싸웠고 사이도 좋아요. 사실 세아가 한국에 있을 때부터 불면증이 좀 있었는데, 여기 와서 많이 좋아졌어요. 그런데 어제부터 통 잠을 못 이루더라고요. 전 괜찮은데 세아는 셀러 도어 일도 막 시작한 상황에서 잠을 계속 설치면 무리가 될 것 같아서요. 차라리 며칠 방을 따로 쓰는 게 낫지 않을까 싶어요."

"뒤척거리면 제레미도 덩달아 못 자니까, 제가 그렇게 하는 게 어떠냐고 했어요."

그녀까지 지원 사격을 하자 린다가 안쓰러운 표정으로 고개를 끄덕였다.

"그렇게 해요. 방 준비해 놓을게요."

리치가 묘한 표정으로 물었다.

"불면증이 있었나요?"

"네. 한동안 괜찮았었는데, 어제는 좀 잠을 못 이뤘어요."

대단한 우연이지. 제레미와 방을 따로 쓰기 위해 핑계를 대려고 했던 말인데, 정말로 잠을 못 이룰 줄이야. 그러니까 죄짓고는 못 사는 법이라고 했던가.

"불면증이 어느 정도로 심하죠?"

"약 처방을 받았어요. 자주 먹진 않지만요."

"희한하군요. 불면증이라."

딘도 불면증이 있다는 사실을 말하려는 것 같았지만, 리치는 더 이상 이야기를 늘어놓지 않았다.

식사를 다 한 세아가 방으로 올라오자 제레미가 따라 들어왔다.

"1층 방 치워 놨는데. 네가 갈래, 내가 갈까?"

"내가 갈게."

잠이 오지 않는 밤에 왔다 갔다 하기도 편하고, 디자인 시안 종이들로 널브러진 방에서 그녀의 물건을 추슬러 떠나는 게 빠를 것 같아 옷장에서 트렁크를 꺼냈다. 옷을 차곡차곡 개키고 물건을 챙겨 담으며 입을 뗐다.

"제레미, 나 궁금한 게 있는데 말이야."

등 뒤에서 뭘 보는지 종이 부스럭거리는 소리를 내고 있는 그가 "응." 하자 세아는 망설이듯 물었다.

"혹시 딘 성격이 어때? 약간…… 변덕스럽다거나 감정 기복이 좀 있는 편이니?"

"네가 말하는 딘이 내 형 딘은 아니겠지? 동명이인이야?"

"아니. 네 형 딘 레이너 맞아."

호주 최고의 와인 그룹인 레이너 와인의 오너이자 세계적인 와인 메이커고, 친구이자 웬수인 너의 형이자 내가 만난 사람 중에 가장 잘생기고 알 수 없는 남자 말이야.

제레미는 마치 그녀가 외계어로 요들송을 부른 것처럼 이상한 눈으로 쳐다보더니 고개를 저었다.

"난 네가 무슨 소리를 하는지 모르겠어. 딘에게 변덕이라니, 한번 생각하고 결정한 일에 절대 번복하는 일이 없는 사람이야. 난 단 한 번도 형이 무언가에 동요하는 걸 본 적이 없어. 늘 확고한 신념에 차 있지."

불룩 배가 솟은 트렁크의 지퍼를 잠그기 위해 끙끙대자 제레미가 도와주며 말을 이었다.

"그리고 감정이란 게 무언가에 애정이 있어야 생기는 거잖아. 그런데 형이 애정을 쏟아붓는 건 오로지 와인뿐이거든. 또 와이너리 식구들하고. 형은 그 외의 모든 이에게 공평하게 정중하면서 또 공평하게 무관심하지. 그런데 무슨 질문이 그래?"

대답 대신 트렁크를 끌고 방 문을 나섰다. 제레미가 들어다 주겠노라 하는 걸 거절하고 묵직한 트렁크를 들고 계단으로 내려왔다.

이제 와서 그가 어떤 사람인지에 대한 진지한 고찰도, 다른 이들이 보는 딘 레이너와 그녀가 보는 딘 레이너의 간극에 혼란스러워할 필요도 없어. 나는 그에게 하지 말아야 할 질문을 건넸고, 더 참견하지 않겠다고 약속했으니까. 딘이 태즈메이니아로 떠난 건 그 일과는 상관없이 벌어진 일이야. 그의 머릿속의 계획표까진 내가 알 수 없는 노릇이니까.

공교롭게도 1층 방은 딘의 방과 대각선 맞은편에 있었다. 크기는 2층보다 훨씬 작았지만, 깨끗하고 조용해서 마음에 들었다.

겨우 닫은 트렁크를 다시 열어 화장대에 물건을 꺼내 놓으며 생각했다.

그래, 심각하게 받아들일 필요 없어. 약속대로 나도 그처럼 예의바르게 거리를 두고 대하면 돼. 그도 원했고, 나도 원하는 대로.

하지만 내가 원한 건 그게 아니야. 그에게는 문제가 있어. 그게 뭔지 정확히 알 수 없지만, 그는 내가 그걸 아는 걸 원치 않아 해.

옷걸이에 옷을 거는 손길이 거칠어졌다.

관둬. 문제는 내게도 있어! 누구에게나 문제는 있다고. 나는 세상을 구하기 위해 호주에 온 게 아니야! 쓸데없는 참견 말고 내게 닥친 문제나 신경 쓰란 말이야. 지금 나 역시도 불면증에 시달리고, 내 앞에도 길이 없다는 걸 잊지 말라고.

탁, 옷장 문을 닫고는 창문 밖 정면으로 보이는 포도밭을 내다보았다.

이제 일주일밖에 안 남았어. 그가 태즈메이니아에 일주일 동안 묵는다면 못 보고 떠나야 할지도 모르지. 차라리 그편이 나을지 몰라. 그러면 어색한 기억 대신 좋은 추억으로라도 남을 테니까.

그 순간 똑똑, 노크 소리에 이어 롭의 목소리가 문 밖에서 울렸다.

"세아, 잠깐만 나와 볼래요?"

밖으로 나가자 복도에 서 있던 롭이 말했다.

"누가 당신을 찾아왔어요."

"저를요? 누가요?"

"몰라요. 남잔데, 들어오라고 했더니 밖에서 기다리겠대요."

남자?

세아가 현관을 빠져나가자 놀랍게도 그녀를 기다리는 사람은 전혀 예상치도 못한 인물이었다.

"애드리언."

"세아."

그가 전과 다름없이 쾌활한 웃음을 지으며 다가와 포옹하자 세아는 얼떨결에 그의 품에 안겼다.

"멋진데? 포도밭 일꾼이 알고 보니 웅장한 저택에 사는 공주였다니."

땀에 젖은 후줄근한 작업복 대신 세련된 원피스 차림의 그녀 모습에 애드리언이 감탄하자 세아는 머쓱한 얼굴로 대답했다.

"나는 공주가 아니야. 손님일 뿐, 여긴 내 집이 아니니까."

그리고 해명할 기회가 올 거라 생각지 못해 찜찜하게 갈무리해 두었던 말을 서둘러 꺼냈다.

"솔직히 기회가 없을 줄 알았어. 애드리언, 다시 널 보지 못할 줄 알았거든. 네게 할 이야기가 있어."

"혹시 딘 레이너와의 관계에 대해 설명하려는 거라면 괜찮아. 이미 그가 대신 했으니까."

쾌활한 프랑스 청년이 건넨 이야기에 가슴에 파문이 일었다.

"그가 했다니…… 무슨 소리야?"

"딘 레이너가 날 찾아왔었다고. 맞아. 넌 딘과 개인적으로 알고 있었던 걸 내게 숨겼지. 아니라고, 본 적도 없다고. 솔직히 기분이 좋지 않았어. 바보가 된 것 같았거든."

"미안해. 절대 일부러 그런 건 아니었어. 내가 딘과 잘 아는 사이도 아니고, 나도 그를 만난 게 며칠 되지 않았거든."

"들었어. 뭐 사실 우리 사이도 그렇게 돈독하냐면 그건 아니니까. 겨우 이틀 같이 일했을 뿐이지."

세상 더없이 쿨 한 듯 이야기했지만, 세아는 애드리언이 많이 상처받았다는 걸 눈치챘다.

"난 세계 이곳저곳을 여행하면서 정말 형편없는 사기꾼이나 넌덜머리가 나는 허영 덩어리들을 수없이 만났어. 그럴 때면

왜 내가 낯선 길거리에서 이러고 있는지 회의가 들면서, 당장
비행기 표를 끊어 집으로 돌아가고 싶은 마음이 수도 없이 들
었지. 그럼에도 불구하고 내가 이 여행을 멈추지 않은 건 아주
가끔이지만, 진흙 속의 보석 같은 사람들을 만날 때가 있기 때
문이야. 난 그들에게 이야기를 건네고 대화를 나누는 게 정말
즐거워. 하지만 아주 가끔 낯선 타인에게 진실하게 대하는 게
무의미하다는 생각이 들 때도 있지. 네가 딘과의 관계를 숨겼
다는 걸 알았을 때 그랬어. 난 네가 마음에 들었고, 네게 솔직
했거든. 너한테서는 뭔지 모를 끈질긴 오기와 전투심이 느껴졌
어. 때문에 널 지켜보는 건 신기하고 즐거운 경험이었지. 넌 모
르겠지만, 포도밭에서 너처럼 일하면 3일도 못 버티고 쓰러져.
아마 딘도 그걸 알고 널 그만두게 한 걸 거야."

"아, 그래?"

세아가 당황스러운 표정으로 올려다보자 애드리언이 웃었다.

"그럼. 농장 일은 체력 안배가 중요하거든. 하루 이틀에 끝
낼 수 있는 일이 아니니까. 여하튼 레이너 농장의 솎아내기가
완전히 마무리되고, 나는 백패커스로 돌아가 축 처져서 맥주를
마시고 있었지. 그때 그가 찾아왔어."

대체 그는 무슨 생각으로 애드리언을 찾아갔을까?

"그는 네가 동생의 여자 친구라며, 농장 일을 할 때 감독관
들이 불편해할까 봐 관계를 말하지 말라고 부탁했다고 했어.
네가 자길 모른 척했대도 네 탓이 아니라며 이해하라고, 날 속
인 걸 네가 매우 마음에 걸려 한다고 전했어. 그와 난 와인에

대해 이야기를 나누었고, 그는 우리 와인에 대해 물었어. 그리고 선물이라고 데스페라도를 주면서, 내가 만든 와인 맛이 궁금하니 나중에 한 병 보내 달라고 했어. 딘 레이너가 내 와인을 맛보고 싶다고 했단 말이야!"

벅찬 감동을 이기지 못한 애드리언이 어리둥절한 얼굴로 서 있는 세아의 손을 맞잡았다.

"역시 내 느낌이 맞았어! 널 처음 봤을 때 느낌이 정말 좋았거든. 그런데 네가 딘 레이너를 만나게 해 줄 천사일 줄이야!"

"도움이 됐다니 좋은데, 솔직히 난 아무것도 하지 않았어."

"아니. 넌 천사야, 세아. 네게 고맙다는 말과 작별 인사를 전하러 왔어."

애드리언이 등 뒤를 가리키자 세아는 길가에 세워진 낡은 차를 보았다.

"바로사 밸리를 떠나는 거야? 다음 목적지는 어딘데?"

"알자스. 오늘 호주를 떠나. 이제 진짜 내 와인을 만들러 가야지. 여기 우리 농장 주소랑 내 메일이야. 혹시 프랑스로 여행 온다면 한번 들러. 작지만 전원적이고 멋진 곳이거든."

세아는 애드리언과 메일 주소를 주고받고 그를 배웅했다. 포도밭 사이로 차가 사라지자 세아는 애드리언이 했던 이야기를 찬찬히 정리해 보았다.

내가 애드리언 얘기를 한 건 와인에 취한 날이었고, 솎아내기를 끝낸 날 딘이 애드리언을 찾아왔다고 했으니 뒤뜰에서 바비큐를 해 먹었던 날이다. 그는 마치 남처럼 거리를 두었지만,

그날 낮엔 애드리언을 찾아가 그녀 대신 해명을 해 줬다. 대체 왜, 왜?

앞뒤가 맞지 않는 그의 행동에 머리가 터질 듯 혼란스러웠다.

방 앞에 멈춘 세아는 복도 맞은편에 있는 딘의 방 문을 쳐다 보았다.

난 꽉 닫혀 있는 문이라 생각했어. 신경 쓰지 말고 지내 왔던 대로 지내자고 그가 말했을 때, 아무리 두드리고 열려라 참 깨를 외쳐도 소용없을 거라고. 하지만 무슨 이유에선지 그 문은 다 닫히지 못하고 조금 열려 있는 것 같았다. 그의 문이 닫히기 전에 알아낼 거야. 왜 무심한 가면을 쓰고 선의의 뒤통수를 치고 다니는지.

그리고 제발 이 의문을 해결하기 위해, 그녀가 떠나기 전에 딘이 돌아오길 기도했다.

"점심 먹고 하시게나."

바스락, 젖은 나뭇잎 밟는 소리에 이어 등 뒤에서 울리는 목소리에 포도송이를 솎아 내던 딘이 허리를 펴고 노인을 쳐다보았다. 그는 딘이 이곳을 사들이기 40년도 전부터 이곳 농장을 운영했고, 지금은 태즈메이니아의 레이너 와인 농장 총책임자였다.

태즈메이니아는 사계절이 분명하고 본토보다 훨씬 온난한 기후를 가진 섬이었다. 여름도 바로사 밸리보다 훨씬 서늘해서, 태즈메이니아의 12월은 활동하기에 딱 좋은 온도였다. 딘은 레이너 와인을 물려받자마자 이곳에 20헥타르 가까이의 농장을 사들였다. 그리고 건조하고 더운 내륙에서 자라기 힘든 샤르도네나 피노 누아 같은 품종의 포도를 재배했다. 이곳에서 생산된 와인은 레이너 와인 중에서도 최고급 와인이 되었다.

노인이 다가와 가지에 열린 포도송이를 살피며 물었다.

"올해 샤르도네가 아주 좋지?"

"네. 작년에는 송이가 들쑥날쑥했는데, 겨울에 가지치기를 신경 쓴 덕에 과실 상태가 확실히 좋네요."

"피노 누아는 날이 더워 그런지 조금 이르게 여무는 경향이 있긴 한데, 날씨를 더 두고 봐야 할 것 같아. 자, 앉게."

노인이 먼저 자리를 잡고 앉자 딘이 흙 묻은 손과 옷을 털고 그 옆에 앉았다. 노인이 내민 샌드위치의 포장을 풀며 급경사의 계곡 아래로 펼쳐진 포도밭을 내려다보았다. 푸르른 이파리 사이로 점점이 보이는 일꾼들의 모자가 솎아내기를 하느라 바쁘게 움직이고 있었다.

노인이 땀으로 흠뻑 젖은 그를 흘끔 쳐다보고는 물었다.

"동트기 전부터 포도밭에 나온 것 같은데, 몸은 괜찮은가? 새벽에 비도 왔는데."

"괜찮습니다."

하지만 제아무리 침침한 노인의 눈이라 해도 그의 얼굴에 드리워진 불면의 흔적이 보이지 않을 리 없었다. 포도나무 사잇길에 탐스럽고 빨간 꽃잎을 틔운 꽃을 보며 노인이 물었다.

"혹시 양귀비에 얽힌 신화를 아는가?"

"아니요."

"잠의 신 힙노스는 밤의 여신 닉스와 어둠의 신 에레보스 사이에서 태어났고, 죽음의 신 타나토스와 쌍둥이 형제지. 힙노스가 살고 있는 동굴은 햇빛이 들지 않아 껌껌한데다 문도 없고, 우는 닭도 없어 오로지 고요만이 흐른다고 하네. 그 동굴 앞 정원에는 저 양귀비가 지천으로 심겨 있어, 힙노스는 잠을 못 이루는 사람의 눈에 양귀비 즙을 뿌려 줘 잠을 이루게 한다네."

"제게도 좀 뿌려 줬으면 좋겠네요."

딘이 샌드위치를 씹어 넘기며 중얼거리자 노인이 웃었다.

"어느 날 곡물의 여신 케레스가 피곤에 지쳐 쓰러지자 힙노스가 양귀비 즙을 뿌려 줬어. 잠을 푹 이룬 케레스가 열심히 일을 해 대지가 풍요로워졌다고 하네. 잠을 못 잔다는 건 정말로 괴로운 일이지. 소싯적에 나도 불면증이 심해 약 없이는 잠을 이룰 수가 없었다네."

"지금도요?"

"아니. 지금은 끊었지. 그땐 농장이 어려웠고, 같이 운영하던 친구도 와이너리를 나간 뒤였어. 잠이 올 리 없는 상황이었지. 어느 날 약을 먹고 누웠는데, 일어나 보니 손이 온통 피 칠갑이 된 채로 포도밭에 누워 있었어. 무슨 일인가 놀라 보니, 수면제에 취해 포도밭을 누비고 다니면서 가지를 온통 뜯어내고 있었던 거지. 그날 이후로 나는 수면제는 입에 대지도 않는다네."

그때의 기억을 떠올리는지 노인이 가볍게 몸서리치자 딘이 음료수를 들이켜며 물었다.

"그러면 그 뒤로 잠은 어떻게 주무셨죠?"

"어떤 여자가 내 눈에 양귀비 즙을 뿌려 줬지."

딘이 알 만하다는 표정으로 다 먹은 샌드위치 포장지를 구기자 노인이 하얀 눈썹을 올리며 말했다.

"정말이라네. 매일 밤 포도밭을 걷는 걸로 잠이 오게 할 순 없을 거야. 몸만 힘들어질 뿐이지. 난 아내가 먼저 잠들어 있으면 조용히 그 옆에 눕는다네. 통통한 허리를 감싸 안고 둥근 어깨에 얼굴을 묻고 조용한 숨소리에 귀 기울이고 있노라면, 온기가 내게 옮아오면서 마치 무언가 내 안을 채워 주는 것만 같은 포만감이 몰려오지. 그리고 어느새 잠들어, 희한하게도 밤새 한 번도 깨지 않는다네."

"운이 좋으셨군요. 그런 수면제를 얻게 되시다니."

5분 만에 음료수까지 다 비운 딘이 가위를 들고 일어나자 노인이 물었다.

"언제까지 이곳에 있을 겐가? 솎아내기도 오늘이면 마무리인데."

"저녁 비행기로 갈 겁니다."

"그렇군. 차 준비시키지. 공항까지 바래다주겠네."

"고맙습니다."

노인이 언덕 내려가는 길로 들어서며 혼잣말을 하듯 중얼거렸다.

"포기하지 말게. 자네의 고통과 번뇌를 없애, 레이너 와인을 다시 풍요롭게 해 줄 천사가 어딘가에는 있을 테니."

노인이 사라지자 딘은 나뭇잎을 솎아 내며 손톱만 한 작은 포도알을 따서 씹었다. 씁쓸하고 떫은맛만 느껴질 뿐 둔해진 미뢰는 찰나에 스쳐 가는 단맛을 캐치 하지 못했다. 계속된 불면증으로 저하된 미각은 나아지기는커녕 점점 돌아올 수 없는 지경까지 이르고 있었다.

약을 먹고 누운 딘은 새벽녘 악몽에 잠에서 깼다. 꿈속에서 그는 사랑을 나누고 있었다. 목덜미를 휘감아 당기는 여자의 하얗고 봉긋한 가슴을 빨며 가느다란 다리 깊숙이에 그를 묻었다. 격렬한 쾌감이 그를 관통했고, 달콤한 신음을 흘리는 입술에 키스하려는 순간 꿈결에서도 선연한 얼굴은 세아였다.

헐떡이며 잠에서 깬 딘은 끔찍한 얼굴을 손에 묻고 오랫동안 앉아 있었다. 그리고 지옥 불 속에 타 들어가는 듯 괴로운 자신을 동도 트지 않은 포도밭에 내던지고 종일 일에 파묻혔다. 머리는 묵직하다 못해 둔했고, 손은 마치 제 것이 아닌 것처럼 기계적으로 가위질을 했지만, 그를 휘감은 고통은 멈출 기미가 보이지 않았다.

잠시나마 떠나면 나아질 줄 알았지만 바로사 밸리에서보다 더 나빠졌다. 피해 숨고 도망칠 수는 있었지만, 결코 벗어날 수는 없었다. 게다가 이곳 솎아내기까지 모두 끝났으니 이제 돌아가야 한다. 더 머무를 핑계도 없는데다 서둘러 블렌딩을 시작해야 내년에 출시될 와인을 준비할 수 있었다.

정신 차려!

그녀에게서 벗어날 수도, 붙잡아 제레미를 이곳에 머물게 할 자신도 없지만, 동생의 여자에게 빠져 와이너리가 망하게 둘 수는 없었다. 그녀를 외면해야만 한다. 이곳을 떠날 때까지 온 힘을 다해.

저 멀리 노인의 차가 길을 따라 달려오는 게 보였다. 딘은 무거운 발걸음을 언덕 아래로 옮겼다.

짐을 싸서 1층 방으로 내려온 날, 세아는 포도밭 위에 떠 있는 가느다란 눈썹 모양의 달을 보며 잠을 설쳤다. 달은 빛을 머금어 점점 살이 올랐고, 딱 반달이 된 것은 딘이 떠난 지 4일째 되던 날이었다.

단단히 다져진 흙바닥을 긁고 오는 차바퀴 소리를 들은 건 자정이 넘은 시간이었다. 잠을 이루지 못해 뒤척이고 있던 그녀는 커튼을 젖히고 밖을 내다보았다. 너무 선명해서 분화구가 보일 정도로 커다란 달과 드넓은 포도밭뿐, 그곳에는 아무것도 없었다. 이제 환청까지 들리는 건가, 실망하는 순간 차고 쪽에서 나오는 인영이 보였다.

그야! 그가 돌아왔어!

벌떡 일어나 앉은 세아는 점점 저택으로 다가오는 그림자를 바라보았다. 어둠 속에서도 식별 가능한 익숙한 실루엣은 분명 딘이었다. 제레미와 약속한 일주일에 가까워질수록 그에게 작별 인사도 하지 못하고 떠나야 하는지 고민하던 찰나였는데.

달빛 아래 멈춰 선 딘이 어딘가를 뚫어져라 바라보았다. 세아는 커튼 뒤로 몸을 숨기며 그를 보았다. 어딜 보고 있는 거

지? 고개를 들고 있는 모습이 저택 2층 어딘가를 보고 있는 듯
했지만 어딘지는 알 수 없었다.

곧 현관문 열리는 둔탁한 소리에 한달음에 방 문 앞으로 달
려갔다. 문에 귀를 대고 온 신경을 청력에 쏟아 붓자 발걸음 소
리가 점점 가까워지더니 문이 열리고 닫히는 소리가 들렸다.
그가 방에 들어간 뒤로 적막이 흘렀고, 한참을 서 있었지만 다
시 나올 기미는 느껴지지 않았다.

다행이야. 떠나기 전에 돌아왔으니, 내일 애드리언에게 왜
찾아갔는지 이야기를 나눠 보는 거야.

안도한 얼굴로 문에서 물러서려는 순간 달칵, 하고 문 열리
는 소리가 울렸다. 세아는 그대로 얼음처럼 굳어져 귀를 쫑긋
세운 채 서 있었다. 아마 목이 말라 물을 마시러 주방에 간 걸
거야.

하지만 그녀의 예상을 깨고 묵직한 현관문 소리가 다시 울
리자 믿을 수 없는 눈을 들어 어둠 속에서 부지런히 바늘을 옮
기고 있는 벽시계를 올려다보았다. 1시가 넘은 시간이었다. 창
가로 달려가 커튼을 들치자 포도밭을 향해 걸어가는 딘의 모습
이 보였다.

이 시간에 포도밭엔 왜?

그의 모습이 포도밭 사이로 사라지자 그녀는 완전히 멘붕에
빠져 버렸다.

어떡하지? 롭이나 리치에게 알려야 하나?

아니야. 그가 방에 들어갔다 나온 지 겨우 20분 정도밖에 안

됐으니 그는 절대 제정신인 상태야. 몽유병이거나 수면제에 취해서 저러는 건 아니라고.

그렇다면 대체 왜 이 시간에 포도밭에 들어간 거야?

저도 모르게 손톱을 질근질근 씹으며 그를 삼켜 버린 포도밭을 보았다.

혹시나 그럴 리는 없겠지? 아주 강한 사람이니까. 그런 나쁜 생각을 하진 않을 거야. 하지만……

시시각각 그녀를 덮치는 불안감에 옷장에서 카디건을 꺼내 입고 밖으로 나섰다. 쏟아질 듯 무수히 많은 별과 달빛 덕에 생각보다 어둡지 않아 단숨에 포도밭으로 달려갈 수 있었다. 세아는 시커먼 포도나무들이 줄지어 늘어선 길 사이를 살피다 멈춰 섰다. 얼추 이쯤이었던 것 같은데.

"딘. 딘 거기 있어요?"

두 손을 나팔처럼 모아 포도밭에 대고 소리쳤다.

"딘! 거기 있냐고요."

하지만 바람 소리만이 스쳐 갈 뿐 아무도 그녀의 소리침에 대답해 주는 이는 없었다. 마치 유령처럼 을씨년스러운 그림자를 드리우고 있는 포도나무를 노려보았다. 그리고 핸드폰의 플래시를 켜 불을 밝히고 그를 먹어 치운 포도밭 사이로 용감하게 발을 뗐다.

달빛은 밝았지만, 나무 그림자 때문에 바닥은 동굴 속처럼 깜깜해서 나뭇가지나 돌에 걸려 넘어지지 않게 조심조심 걸음을 옮겼다. 하지만 한 구획이 끝나 가도록 딘의 모습은 보이지 않았다.

"딘. 딘!"

혹시 너무 늦은 건 아니겠지? 제발, 안 돼.

옥죄어 오는 공포에 발걸음을 재촉하며 소리쳤다.

"딘, 어디 있어요! 내 목소리 들리면 제발 나와 봐요."

하지만 다급한 목소리는 메아리도 없이 울리다 사그라졌다.

새로운 구획의 시작점에 멈춰 선 세아는 고민했다. 그는 계속 직진했을까, 다른 방향으로 틀었을까?

감이 오는 대로 오른쪽 라인으로 옮겨 걷기 시작했다. 하지만 걸을수록 그녀가 어디로 걸어왔는지, 어디로 향하고 있었는지 길을 잃고 어둠과 포도밭에 완전히 갇히고 말았다. 식은땀으로 축축한 손바닥으로 핸드폰을 고쳐 들었다. 너무나 고요한 나머지 바스락거리며 밟히는 나뭇잎 소리와 제 입술에서 흘러나오는 밭은 숨소리마저도 등골이 쭈뼛해지도록 무서웠다. 세아는 창백한 얼굴로 속삭였다.

"딘, 제발."

그 순간 뒤에서 그녀를 확 잡아당기는 느낌에 기겁해 펄쩍 뒤돌아섰다. 튀어나온 나뭇가지에 옷자락이 걸려 있는 걸 보자 싸늘한 뒷덜미가 확 달아올랐다. 빌어먹을 포도 가지 같으니라고!

갈고리 같은 가지에서 카디건 소매를 빼내려 잡아당기는 순간 핸드폰을 놓치고 말았다. 그러자 빛줄기 하나 없는 완벽한 암흑 속에 혼자 남겨지게 되었다. 서둘러 핸드폰을 집으려는 그녀의 눈에 저만치 검은 그림자가 어른거렸다.

뭐지? 세아는 마른침을 삼키며 낮은 목소리로 그를 불렀다.

"딘?"

아무 대답도 없었지만 그림자는 조금씩 미세하게나마 움직이고 있었다.

'야생 캥거루는 호주 어디든 살아요. 포도를 따 먹진 않기 때문에 와이너리에서도 내버려 둬요.'

죄어 오는 공포에 세아는 조금씩 뒷걸음질 쳤다. 하지만 무언가에 걸려 엉덩방아를 찧으며 뒤로 넘어졌고, 그림자는 믿을 수 없을 정도로 빠른 속도로 그녀를 향해 돌진해 왔다. 코앞까지 덮쳐 오는 그림자에 눈을 질끈 감은 순간 몸이 번쩍 들렸다.

"여기서 대체 뭐 하는 거예요?"

귓전을 울리는 익숙한 목소리에 눈을 떴다. 땀에 젖은 검은 머리칼과 우수와 분노가 뒤섞인 파란 눈동자를 번뜩이는 남자가 그녀를 내려다보고 있었다. 급작스러운 안도감에 저도 모르게 다리가 풀려 주저앉자 딘이 얼른 그녀를 잡아 세웠다.

"왜, 왜 당신이라고 대답하지 않은 거예요? 내가 캥거루인 줄 알고 어, 얼마나 무서웠는지 알아요?"

안쓰러울 정도로 떨고 있는 그녀를 내려다보았다. 포도밭을 지나오는 바람결 속 날 부르는 목소리에 환청을 듣는 거라 믿었다고. 포도나무 사이에 서 있는 당신 모습을 본 순간 환영을 보고 있는 거라고 믿었노라고.

"당신이 포도밭으로 들어가는 걸 봤어요. 일하러 가는 게 아니라는 건 어린애도 알 시간대잖아요. 당신을 따라올 수밖에 없었어요."

불 꺼진 2층 창문을 올려다보며 제레미의 품 안에서 잠이 들었을 그녀를 생각했다. 하지만 거짓말처럼 지금 그의 품 안에 있었다. 외면하고 떠나고 도망치며 안간힘을 다했는데, 마치 중력에 이끌리듯 너무 쉽게 다시 그녀에게로 되돌아왔다. 그의 의지와는 상관없이 불가항력적으로 이끌려 가는 자신과, 그를 잡아당기는 강렬한 그녀의 힘에 무력한 딘은 절망했다. 그만. 제발 날 내버려 둬! 난 도망칠 수밖에 없는데, 당신이 이러면 이제 난 어디로 가야 하지? 포도밭에서도, 저택에서도, 당신이 없는 태즈메이니아에서도 벗어날 수가 없어. 벗어날 수가 없다고!

그럼에도 불구하고 그녀를 떨쳐 내고 물러서지 못하는 자신에 대해 혐오를 가득 담아 중얼거렸다.

"최악을 상상했나 보군."

아니라고 반박하지 못하는 그녀에게서 한 걸음 뒤로 물러서며 로봇처럼 무감한 표정으로 말했다.

"제레미에게로 돌아가요."

"딘."

그녀가 속삭여 부르자 딘은 펄쩍 뛰며 소리쳤다.

"당신 입으로 더 이상 내 일에 관여하지 않겠다고 말하지 않았나? 잊고 있나 본데, 당신 역시 불면증이 있어요."

"맞아요."

"그런데? 각자 불면증은 각자 해결해요. 당신이 날 구원해 줄 필요는 없어요."

매정하게 쏘아붙인 딘은 그녀가 걸어왔던 길을 앞서 걷기 시작했다. 백 번도 넘게 이 길을 걸어 본 듯 포도나무 사잇길을 거침없이 걷는 그와 달리 세아는 핸드폰 플래시를 다시 켜지 못해 자꾸 어딘가에 걸려 비틀거리며 그를 뒤따라 걸었다.

"당신 말대로 이 시간의 포도밭이 얼마나 위험한지는 어린 애도 알 텐데, 당신같이 똑똑한 여자가 이런 위험천만한 짓을 벌이다니 정말 믿을 수 없군. 캥거루나 다른 들짐승이 나타나거나 길을 잃어 밤새 헤매게 될 경우는 생각 안 해 봤어요? 돌 조심해요."

그가 귀신처럼 그녀 발 앞에 놓인 돌부리를 가리키고는 다시 발걸음을 옮겼다. 세아가 종종걸음으로 따라가며 물었다.

"밤의 포도밭이 위험한 줄 알면서, 당신은 이곳에서 뭘 하고 있었던 건데요?"

"당신과는 다르지. 내겐 눈을 감고 걸을 수 있을 정도로 익숙한 길이니까. 그저 조금 걷고 싶었을 뿐이에요."

그녀가 멈춰 서자 발소리가 들리지 않는 걸 알아챈 딘이 고개를 돌렸다. 세아가 물었다.

"아직도 잠을 못 자고 있는 거죠?"

"제발 나와 한 약속을 지키도록 해요."

그의 우울한 음성에 세아는 고집스레 고개를 내저었다.

"싫어요."

딘이 믿을 수 없다는 표정으로 되물었다.

"뭐라고?"

"미안하지만 당신 일에 참견하지 않겠다는 그 약속 못 지키겠다고요. 당신은 내가 힘들까 봐 셀러 도어에 일자리를 내줬어요. 바쁜 시간 쪼개서 일을 가르쳐 주기도 했죠. 날 위해 꿀차를 타 주라고 하고, 애드리언에게 대신 해명을 해 줬어요. 왜 날 도왔죠? 왜 당신은 날 돕는데 나는 당신을 외면해야 하죠? 말해 봐요."

구름이 걷히고 하얀 달이 포도밭을 비추는 동안 둘은 말없이 서로를 노려보았다.

"왜냐하면 당신이 날 돕는 걸 원치 않으니까."

딘은 상처받아 굳어진 여자의 얼굴을 외면하고 다시 걸음을 옮겼다. 포도밭의 시작점이 저만치 보이는데, 세아가 달려와 그의 팔을 붙잡았다.

"내가 간절히 바라던 그 자리에 오르지 못한 이유가 뭔 줄 아세요? 바로 불면증 때문이었어요. 나는 강산의 후계자가 되기 위해 그림도 포기하고 쉼 없이 달려갔는데, 할아버지는 내가 그 자리를 감당할 수 없을 거랬어요. 나는 뭐든지 하겠다고, 뭐든 배우겠다고 했죠. 하지만 할아버지는 날 한직으로 내치셨어요."

들으면 안 돼. 그녀가 내 손을 잡는 순간 불면증이 시작됐고, 그녀의 이야기에 귀 기울이는 순간 빠져들어 버렸지. 더 듣고 있노라면 저번처럼 이 여자에게 한없이 빠져들어 도망칠 수 없을 거야.

310

"세아."

하지만 그녀는 딘이 말을 잇지 못하게 고개를 세차게 저으며 말했다.

"내가 고집을 꺾지 않자 할아버지께서 말씀하셨죠. 부모님이 차 사고로 돌아가셨는데…… 아버지가 그때 우울증 약을 먹고 계셨고, 그 부작용 때문에 사고가 난 거였다고. 그래서 아빠를 닮은 저도…… 안 된대요."

그녀가 어찌할 바 모르는 얼굴로 그의 팔을 놓자 나뭇가지에 걸려 찢어진 카디건 소매가 마치 부러진 천사의 날개처럼 처연하게 늘어졌다. 세아가 고개를 들어 물었다.

"만약 아빠가 솔직하게 우울증을 앓고 있노라, 힘들다고 말했다면 우리 부모님은 아직 살아 계실까요?"

힘겹게 숨을 들이마시는 여자의 쇄골에 우묵한 우물이 패었다. 떨리는 목소리에서 느껴지는 생생한 고통에 딘은 그만 말을 잊고 말았다. 어린 그녀는 잠이 오지 않는 밤에 이런 생각을 했던 걸까?

"그랬다면 나도 여전히 그림을 그리고 있었을 테고, 불면증 따윈 앓지도 않았을 테고, 우리 가족은 모두 행복하게 살았을까요? 하지만 난 알아요. 그런 '만약'이란 말은 아무런 소용이 없다는 걸. 아무것도 바뀌지 않는다는 걸 안다고요."

그녀는 또 거절당할까 봐 두려운 얼굴로, 하지만 끈질기게 손을 내밀며 속삭였다.

"하지만 난 또 그럴 수 없어요. 만약 당신을 외면하지 않았다면, 당신을 도왔다면, 그런 만약을 상상하며 후회할 순 없다고요."

터져 버릴 것 같은 머리를 짚고 세아를 내려다보았다. 지금 그녀는 내게서 자신이 잡아 주지 못했던 아버지를 보고 있는 거야. 순수한 선의의 손길일 뿐, 그 이상도 그 이하도 아니지. 내가 욕망을 품고 저 손을 잡는 순간 모든 것은 엉망진창이 되어 버릴 거야. 도망치려면 기회는 지금뿐이야. 그녀가 쫓아오지 못하게 가. 어디든 멀리멀리 가라고.

하지만 그의 속마음이라도 읽은 듯 그녀가 고개를 저었다.

"제발, 딘."

바람이 불었다. 어디서부터 시작됐는지 모를 미약한 한 줄기 바람이 점점 힘을 더해 드세고 사나워졌다. 잎사귀가 하늘 높이 떠오르고, 굳건한 가지가 휘영청 구부러졌다. 바람은 나무를 통째로 날려 버릴 듯 마구마구 뒤흔들었다. 금지된 욕망과 제어 불능의 심장이 속삭였다. 위선 따윈 버려. 저 손을 잡으라고.

간살맞은 유혹에 맞서 근엄하고 차가운 이성의 목소리가 말했다. 네가 그런 짓을 하지 않을 거라는 걸 믿어. 어서 그녀를 보내, 제레미에게로.

음험한 목소리가 그 앞을 가로막았다. 그녀가 내게로 온 거야. 그녀를 간절히 원하면서, 가식을 떨며 성인군자처럼 굴지 말라고.

하지만 동생의 여자야. 제레미에게 상처를 줄 순 없어.

이성의 목소리에 욕망이 한껏 비웃었다.

딘! 오, 딘. 좀 솔직해질 순 없어? 넌 이미 제레미의 의지에 반해 그를 와이너리에 끌어들일 계획을 세운 순간 그에게 상처를 줄 준비를 한 거야. 만약 제레미와 네가 돈독한 형제 사이였다면, 네가 제레미와 엄마에게 원망하는 마음이 없었더라면 지금 이렇게 망설였을까? 왜 늘 너만 참고 견뎌야만 하는데? 왜 아무렇지 않은 척해야만 하냐고. 그녀를 뺏어. 뺏으라고.

욕망의 거센 요구에 주춤한 양심이 위축된 목소리로 속삭였다. 그만둬. 넌 모든 걸 망칠 거야.

겨우 몇 초의 시간 동안 인생에서 가장 격렬하고 힘겨운 싸움이 그의 안에서 벌어졌다. 그녀의 손을 잡고 키스를 나누고 싶은 그와 등 돌려 외면하며 그녀를 제레미 곁으로 보내는 그 사이에서 수천 번 찢기고 수만 번 뜯어졌다. 너무 고통스러운 나머지 그냥 이대로 산산이 부서지길, 온 우주가 끝장났으면 좋겠다고 딘은 간절히 바랐다.

"딘."

그녀가 한 발짝 다가서자 더 오지 말라는 듯 손바닥을 방어적으로 올리며 겨우 입을 뗐다.

"좋아요."

그가 백기를 들자 바람이 멈췄다. 거짓말처럼 모든 게 고요해졌다.

"알았어요. 단, 내가 더 이상 원치 않는다고 말하면 당신도 그만 하고 물러나야 해요."

"좋아요. 고마워요."

세아가 환한 미소를 지으며 세차게 고개를 끄덕였다. 어린 아이처럼 좋아하는 얼굴에 스르르 괴로움이 녹아내리는 걸 느끼며 딘은 완전히 자포자기해서 물었다.

"당신은 왜 이 밤에 안 자고 있었던 거예요?"

"잠이 안 와서 뒤척거리고 있었어요."

"우선 이곳에서 나갑시다."

둘은 포도밭을 빠져나와 정원을 걸었다. 세아는 땀에 흥건히 젖어 탄탄한 몸에 딱 달라붙은 하얀 티셔츠를 보며 물었다.

"포도밭을 걸으면 잠이 오나요?"

"아니요."

그래, 마음의 괴로움을 잊기 위해 몸을 괴롭히려는 것뿐일 테지. 그녀 역시도 그런 경험이 있기에 잘 알고 있었다.

세아가 다시 물었다.

"그러면 그동안 잠들기 위해 뭘 해 봤죠?"

"불면증 있는 사람들이 하는 것들을 대부분 다 해 봤죠. 동이 틀 때까지 양을 세 보기도 하고, 독서를 하기도 하고, 고주망태가 되도록 술을 마시기도 하고."

적막이 흐르는 저택 안으로 들어서자 세아가 어둠에 휩싸인 복도에서 그를 올려다보며 속삭였다.

"효과가 있을진 자신 없지만, 그럼 오늘은 내가 쓰는 방법을 같이 해 봐요."

세아는 거실을 지나 그의 방 대각선 맞은편 방 안으로 들어

가더니 무언가를 들고 나왔다. 딘이 물었다.

"왜 여기서 나오죠?"

"제 방이니까요."

"2층 방은?"

"자꾸 잠을 설쳐서 당분간 방을 따로 쓰기로 했어요."

딘은 당혹스러운 표정을 감추지 못한 채 미간 주름을 손가락으로 눌렀다. 수많은 방 중에 하필 그의 방 앞이라니, 누구 생각인지 몰라도 기가 찰 지경이었다.

세아가 거실로 나오며 물었다.

"와인 한잔할까요?"

"여기 있어요. 내가 가져올 테니까."

딘이 주방에서 와인과 잔 두 개를 들고 돌아오자 세아는 TV와 연결된 DVD 플레이어를 켜고 있었다.

"뭐 해요?"

딘의 물음에 비밀스러운 미소를 지어 보이며 DVD를 넣고 소파로 돌아왔다. 딘은 익숙하게 와인 병 캡슐과 코르크를 땄고, 세아는 소파의 쿠션을 다 끌어모아 등 뒤를 받쳤다. 곧 화면이 붉은 노을로 바뀌며 오래된 영화 음악이 흘러나왔다.

"Gone with the Wind(바람과 함께 사라지다)?"

"맞아요. 어떻게 알았어요?"

세아가 반가운 얼굴로 그를 쳐다보자 딘은 잔에 와인을 따르며 웃음을 삼켰다. 다행인지 불행인지 그녀는 정말로 그날 밤의 기억을 통째로 잃어버린 모양이었다.

세아는 신발을 벗고 가부좌를 틀고 앉아 그가 내미는 잔을 받아 들었다.

　"사람이 그렇잖아요. 빨리 자야지 하고 억지로 잠을 청하면 정신이 더 또렷해지는데, 지루한 수업을 들을 때면 눈꺼풀이 천근만근 내려앉죠. 어디에서 봤는데, 잠이 정말 정말 오지 않아 괴로울 때에는 조용한 음악을 듣거나 지루한 책을 읽거나 잔잔한 영화를 보래요. 그냥 언젠가는 잠이 오겠지 그러고 있으면 정말로 오는 거죠, 언젠간. 전 정말로 잠이 안 올 때면 이 영화를 봐요. 러닝 타임이 엄청 길거든요. 네 시간 가까이 되는데, 이 영화의 엔딩까지 본 적은 열 손가락 안에 들어요. 대부분은 1부가 끝나기도 전에 잠이 들어 버리죠."

　"단지 그 이유뿐이에요?"

　"아니요. 사실은 제가 제일 좋아하는 영화예요. 레트 버틀러가……."

　딘은 세아의 와인 잔과 가볍게 부딪히며 뒷말을 빼앗았다.

　"당신 이상형이겠지."

　"어떻게 알았어요?"

　세아가 놀라 등을 곧추세우고 보자 딘은 등 뒤를 푹신하게 받친 소파에 기대앉으며 웃었다.

　"왠지 그럴 것 같아서."

　"뭔가…… 내가 모르는 게 있는 거죠?"

　"영화나 봅시다."

　둘은 와인을 홀짝이며 영화에 집중하기 시작했다. 사랑하는 애슐리의 약혼 소식에 충격받은 스칼렛이 그녀의 아버지를 쫓아가 대화를 나누는 장면이 흘러나왔다.

"내가 죽으면 타라는 네 거다."

"타라는 싫어요. 농장도 싫고."

"땅이 네게는 아무 의미가 없다는 거냐? 일하고 싸우고 죽을 가치가 있는 건 오직 땅뿐이다."

"아일랜드 인 같은 말씀만 하시네요."

'엄마를 따라갈래요. 나도 데리고 가 주세요. 제레미도 엄마와 함께 가잖아요.'

'딘, 넌 여기 남아야지. 아빠와 와이너리를 남기고 모두 떠날 수는 없잖니.'

'싫어요. 와이너리도 싫고, 와인도 싫어요.'

'아니. 딘. 그런 말을 하면 안 돼. 와인은 너의 인생의 전부가 될 거야. 네 모든 것이지. 지금은 엄마 말을 이해할 수 없겠지만, 네가 조금 더 자라면 알게 될 거야. 그때가 되면 모든 걸 이해할 거야.'

와인 잔을 기울이며 딘은 생각했다. 아직도 그녀가 말한 나이만큼 자라지 않은 게 분명하다고. 여전히 그와 아버지를 두고 간 그녀를 이해할 수가 없으므로. 아마 죽을 때까지도 이해할 수 없을지도 모르겠다는 생각이 들었다.

"전 이 장면이 너무 좋아요."

세아의 말에 잡념에서 깨어나 TV로 시선을 돌렸다. 화면에서는 상복을 입은 스칼렛과 레트가 자선 바자회에서 춤을 추는 장면이 나오고 있었다.

"계속 추면 내 평판은 땅바닥에 떨어져요."

"용기만 있으면 그런 건 상관없지."

"수치스러운 말이군요."

나비처럼 날 듯 우아하게 춤을 추는 남녀에게서 눈을 돌려 여자의 섬세한 옆얼굴을 쳐다보았다. 마시려던 와인 잔을 든 채로 세아는 화면에서 눈을 떼지 못하고 있었다.

"아무리 그래도 명색이 남편이 죽었다는데 눈곱만큼도 슬퍼하지 않고. 어떻게 저렇게 대담하고 뻔뻔스러울 수가 있을까 싶으면서도 너무 사랑스럽잖아요."

아무런 대답을 하지 않자 세아가 그를 쳐다보았다. 딘이 제 빈 잔에 와인을 따르자 그녀가 그의 눈치를 살피며 물었다.

"지금 나만 즐거운 거죠?"

"확실히 잠이 오는 건 맞아요?"

그가 되묻자 세아는 지금 주객이 전도되었다는 사실을 인정하고 일어나 거실 불을 껐다. TV 불빛 아래 둘만 남자 어둠 속에서 주문을 걸 듯 딘에게 속삭였다.

"이제 슬슬 졸음이 몰려올 거예요."

둘은 영화를 보며 천천히 와인을 마셨고, 병이 반 이상 비워졌을 때 영화는 흘러흘러 남북 전쟁의 막바지에 이르렀다. 붉은 노을이 진 언덕을 배경으로 남녀는 격렬한 이별을 나누고 있었다.

"레트, 제발 가지 말아요. 그럼 용서 안 할 거예요!"

"용서를 바라진 않소. 내 자신도 용서가 안 되니까. 총에 맞으면 난 바보였던 내 자신을 비웃겠소. 하지만 분명한 건 당신을 사랑한다는 거요. 주위의 우스운 세상이 가루가 된다고 해도 사랑하오."

"날 그렇게 껴안지 말아요."

"스칼렛. 날 봐요. 세상 어느 여자보다 당신을 사랑했소. 어느 여자보다도 오래 기다렸고. 당신을 사랑한 남부 군인이오. 전쟁터로 가기 전에 당신의 품과 키스를 맛보고 싶소. 사랑이 아니더라도 떠나는 용사에겐 아름다운 추억이 되겠지. 스칼렛, 키스해 주시오. 단 한 번만이라도."

불타는 애틀랜타처럼 붉은 노을 아래서 두 연인은 격정적인 키스를 나누었다. 딘은 고개를 돌려 옆을 보았다. 쿠션에 비스듬히 기대앉은 여자는 어느새 곤히 잠들어 있었다.

침대가 편할 테지만 지금 옮기면 깰지 몰라. 조금만 더 깊이 잠들게 두자.

딘은 그녀의 무릎 위에 위태롭게 놓인 와인 잔을 치우고 머리를 편하게 쿠션에 기대 주었다. 그리고 자신의 와인 잔을 채우고 영화 1부의 끝을 혼자 시청했다. 영화 속 여자 주인공은 흙더미 속에 묻힌 무를 파 먹으며 다시는 굶주리지 않겠노라 울부짖고 있었다.

하지만 딘은 그 뒤의 2부를 보지 못했다. 눈이 아파 잠시 소파에 기댄다는 게 그대로 잠들어 버렸기 때문이었다. 중력에 이끌려 점점 기울어진 머리가 작은 어깨에서 멈췄다. 그 무게에 여자가 뒤척이자 남자의 머리가 가슴으로 미끄러져 내려왔다. 봉긋한 둔덕은 막 구운 빵처럼 보드랍고, 잘 익은 오렌지처럼 새콤한 향기를 풍겼다. 젖을 찾는 아이처럼 본능적으로 가슴에 얼굴을 묻고 가는 허리를 끌어 품에 안자 제 몸에 딱 맞는 조각을 찾은 동그라미처럼 포만감이 몰려왔다. 밤의 신 힙노스가 양귀비 즙을 뿌려 준 듯 둘은 서로의 품에서 밤새 깊은 잠을 이루었다.

아침에 제일 먼저 일어난 린다는 놀라운 광경을 목도하게 되었다. 거실 테이블에 놓인 빈 와인 병과 와인 잔 둘. 딘의 품에 안겨 잠든 세아와 그녀를 안고, 세상모르게 잠을 이루고 있는 딘의 모습을.

Chapter.9

It was just taking her hand,
It was like....... magic.

그녀를 처음 보고 손을 잡는 순간 내게 느낌이 찾아왔어요.
그건 바로 매직이었죠.

_시애틀의 잠 못 이루는 밤 中

"딘."

"형."

그가 식당에 들어서자 아침 식사 중이던 모두의 시선이 그에게로 향했다. 리치가 놀란 눈빛으로 옆자리에 와 앉는 그를 보았다.

"우린 네가 온 줄도 몰랐어. 몇 시에 집에 돌아온 거야?"

"자정 넘어서."

"4일 만에 귀환이군. 미리 전화라도 주지 그랬어."

린다가 접시와 커피를 가지러 일어나자 롭이 물었다.

"그래, 태즈메이니아 농장은 어땠나?"

"좋아요. 관리도 잘되어 있고. 날씨만 변덕을 부리지 않는다면 올해 최고의 샤르도네와 피노 누아를 얻을 수 있을 것 같아요."

"다행이군. 농장도 당분간 휴지기니 조금 쉬면서 재충전 좀 하라고."

"오늘은 양조장에 가 봐야 할 것 같아요."

"블렌딩을 시작하려고?"

"네."

"마침 오늘 래킹Racking 작업이 있는데, 같이 가면 되겠구먼."

린다한테서 접시와 커피를 받아 든 그가 샐러드 그릇 쪽으로 손을 뻗다 세아의 손과 마주쳤다.

"먼저 하세요."

그녀가 손을 물리자 딘은 집게로 샐러드를 옮겨 담으며 그녀의 얼굴을 살폈다. 잠을 푹 이룬 듯 하얀 얼굴이 비 온 뒤 하늘처럼 맑았다.

그 역시도 정말로 오랜만에 숙면을 이뤘다. 심지어는 언제 잠들었는지도 알 수가 없었다. 아침 햇살에 눈이 부셔 깨어 보니 그는 소파에 누워 있었고 혼자였다. 포도밭, 영화, 와인, 그 모든 일이 꿈인 것처럼 TV는 꺼져 있었고 와인 병과 잔도 없이 테이블은 깨끗했다. 그녀가 먼저 깨어 치워 놓은 걸까? 언제 일어나 사라졌을까?

"그러면 라벨 디자인도 더욱 박차를 가해야겠군. 롭은 아무래도 혼자 먼저 가셔야 할 것 같은데요. 제레미가 디자인 시안 때문에 바쁘니, 딘이 양조장으로 가는 길에 세아를 바래다줘야 할 것 같아서요. 세아, 오늘 기온이 38도 가까이 오른다고 했어요. 무리하지 말고 차를 타고 가요."

리치의 말에 세아가 고개를 저었다.

"아니에요. 오후에는 선선해져서 괜찮아요."

"종일 서서 일하느라 힘들 텐데 차를 타고 가요. 와이너리 일을 하면서 그 정도 대우를 받을 자격은 충분하죠."

리치가 친절하지만 단호하게 막아서자 딘도 덧붙여 말했다.

"데려다줄게요. 같이 갑시다."

식사 후 서재로 향하자 리치가 뒤따라와 방 문을 뒤로 닫으며 말했다.

"말할 게 있어. 세아가 불면증이 있어서 제레미와 각방을 쓰고 있어."

"알아."

"알아? 어떻게?"

딘이 대답 대신 책상에 앉아 컴퓨터를 켜자 리치가 다가와 모호한 얼굴로 말했다.

"그래서 우리가 시드니에서 돌아온 날 둘이 와인을 마시고 있었던 거지? 잠이 안 와서? 이게 좋은 건지 나쁜 건지는 아직 파악이 안 되긴 하는데, 둘 사이에 공감대 형성하기는 좋을 거란 건 분명해. 네 앞방이야. 그녀를 잘 설득해 봐."

누가 이렇게 기가 막히게 그의 앞방에 그녀를 데려다 놨나 했더니.

리치가 나가자 메일을 열었다. 답 메일을 보내고 전화 몇 통을 하고 시계를 보니 9시가 조금 못 된 시간이었다. 딘은 거실로 나와 신문을 보기 시작했다. 호주 광산업 경쟁력 저하와 은행 부실화 급증, 부동산 폭등, 워킹홀리데이, 차이니즈 관광. 눈으로는 보고 있지만 머리로는 들어오지 않는 기사를 넘겨 마지막 장에 다다르자, 달칵 하는 문소리와 함께 점점 발걸음 소리가 가까워져 왔다.

천천히 고개를 드는 순간 그녀가 거실로 들어왔다. 느슨히 묶어 올린 머리칼과 하늘색 블라우스에 청바지를 입은 여자의 모습에 묵직한 돌덩이 같은 것이 가슴에 내려앉는 걸 느끼며 딘이 물었다.

"갈까요?"

그녀가 고개를 끄덕이자 신문을 접어 테이블에 놓고는 자리에서 일어났다. 복도를 지나 묵직한 현관문을 열자 그를 지나치는 그녀에게서 풍기는 시트러스 향이 코끝을 간질였다. 어젯밤 내내 이 향기에 취해 달디단 잠을 이뤘던 것 같은데, 나만의 착각일까? 그저 달콤한 꿈이었을까?

그들은 차고로 가 파란 트럭에 올랐다. 차를 출발시키며, 벨트를 매고 있는 그녀에게 물었다.

"어젯밤 잘 잤어요?"

"네."

세아가 짤막하게 대답하자 잠깐의 침묵 후에 딘이 물었다.

"왜 나한테는 잘 잤냐고 물어보지 않죠?"

그의 물음에 세아는 당혹스러운 눈을 들어 그를 보았다.

왜냐하면 나는 잠든 당신을 봤기 때문이에요. 고요히 잠든 눈꺼풀 아래 길고 가지런한 속눈썹과 우뚝한 콧날, 반듯한 입술이 부드럽게 풀어져 있는 얼굴을요. 뺨 아래로 규칙적인 심장 박동이 느껴지고, 감싸 안은 팔은 단단하고 따뜻했죠. 기분 좋은 밀착감과 온기에 다시 잠을 청하려고 눈을 감은 순간 내가 당신 위에 있고, 당신이 내 아래 누워 있다는 걸 깨달았다고요!

재빠르고 조심스레 그의 위에서 일어난 세아는 시계를 보았다. 하늘이 도우사 아직 가족들이 일어날 시간 전인 걸 확인하고 서둘러 지난밤의 잔재를 치웠다. 그리고 이 상황을 초래하게 된 모든 정황과 가능성을 골똘히 되짚어 보기 시작했다.

어제 남북 전쟁이 일어난 것까지는 영화를 본 기억이 나. 그러고 나서 잠이 들었을 텐데……. 그러면 그때 그가 날…… 안은 걸까?

그럴 리가 없잖아!

내가 잠든 걸 알았다면 깨지 않게 조심히 안아다 눕혀 줬을 사람인데 그렇지 않았다는 건 그와 내가 동시에 잠을 이뤘다는 말일까? 그러다 새벽에 추운 탓에 온기를 찾아 서로의 품에 안겼을 수 있어. 맞아. 그게 아니고선 설명이 안 되는 상황이야. 나도, 그도 어떤 의도를 가진 행동이 아니라 추워서였을 뿐이야. 무의식중의 본능적인 행동이었다고. 하지만…… 나쁘지 않았어. 전혀 불편하지도 않고, 너무나 오랜만에 달게 푹 잤지. 단단하고 부드러운 무언가에 편히 기대어 쉰 것처럼.

근육질의 남자를 깔고 누웠으니 당연히 그랬겠지!

그 몰래 달아오른 뺨을 양 손바닥으로 눌렀다.

대체 무슨 짓을 한 거니?

전방을 바라보고 있는 푸른 눈동자에서 강인한 턱 선과 굵은 목을 지나 티셔츠 안에 감춰진 넓고 단단한 가슴으로 내려왔다.

밤새 저 품에 안겨 잠을 잤어. 난생처음으로 남자 품에 안겨서 잠을 잤는데, 딘 레이너였지. 그도 가족들도 모두 내가 제레미의 애인이라고 믿고 있는데, 나는 애인의 형과 부둥켜안고 거실 소파에서 잠을 잤단 말이야! 혹시나 누군가 그걸 봤다면 무슨 일이 벌어졌을지 상상을 해 봐. 거짓말쟁이에다, 애인의 형이랑 뒹군 질 나쁜 여자가 됐을 테지.

부지불식간에 히스테릭한 웃음이 터져 나올 것만 같아 입술을 깨물며 물었다.

"어젯밤 잘 잤나요?"

"잘 잤어요. 고마워요. 당신 덕분이에요."

입 발린 말은 아닌 듯, 오랫동안 짓누르고 있던 불면의 늪에서 탈출한 그의 얼굴은 편안해 보였다.

그래, 어차피 나 말고는 아무도 몰라. 누구에게도 털어놓을 수 없는, 웃지 못할 해프닝이 벌어지긴 했지만 그에게 도움이 된 것으로 충분하니까.

"효과가 있었다니 다행이에요."

라벤더 밭을 지나자 포도밭 사이로 파란 지붕 건물이 보였다.

"당신은 어때요? 셀러 도어 일은 안 힘들어요?"

"전혀요. 즐겁고 재밌어요. 오늘은 오전만 근무가 있어서 별장에서 그림을 그리려고요."

"데려다줄까요?"

"아니에요. 같이 끝나는 직원이 있어서 별장까지 데려다 달라고 하려고요."

부드럽게 핸들을 틀어 셀러 도어 주차장에 멈춰 서자 세아는 벨트를 풀고 내렸다.

"오늘 블렌딩 잘되길 빌게요."

차에서 내린 딘이 고개를 끄덕이자 세아는 뒤돌아 셀러 도어로 향했다. 등 뒤로 느껴지는 시선에 고개를 돌리자 그는 여전히 그 자리에서 그녀를 바라보고 있었다. 가볍게 손을 흔들어 보이곤 문을 열고 들어갔다.

양조장에 도착한 딘은 차를 세우고 안으로 들어갔다. 시끄러운 소음을 따라가니 롭과 일꾼 세 명이 오크 통에서 숙성 중인 와인을 다른 오크 통으로 옮기고 있었다.

래킹 작업은 오크 통 바닥에 깔린 침전물을 제거해 주면서 와인을 산소와 접촉시켜 숙성에 도움을 주기도 해, 양조 과정 중 아주 중요한 작업이었다. 하지만 한 오크 통당 3개월에서 6개월 단위로 서너 번은 반복해야만 하는 고된 중노동이기도 했다.

딘은 오크 통 구멍에 펌프를 꽂아 와인을 퍼 올리고 있는 롭에게 다가갔다. 그는 혹시 침전물이 섞여 있는지 와인 잔에 와인을 계속 떠 확인을 하고 있었다.

"도와드릴까요?"

"됐네. 우리 네 명이면 크리스마스 전까지 충분히 다 마칠 수 있어. 자네는 자네 일이나 보게."

수천 통의 바리크의 와인을 옮겨야 하는 중노동에 겨울이면 한 번씩 시큰거리는 롭의 허리가 걱정되어 한마디 거들었다.

"허리 조심해서 하세요. 무거운 건 다른 이들한테 시키시라고요."

"아직 쓸 만하니까 날 늙은 말 취급하지 마."

롭의 퉁명스러운 대답에 웃으며 양조장 지하의 카브로 내려갔다. 어두운 계단을 지나 돔 모양의 천장에 희미한 불이 밝혀진 지하에 이르자 어마어마한 규모의 카브가 그 모습을 드러냈다. 와인 창고인 카브는 깊은 동굴처럼 어둡고 습해서 와인 병 숙성에 더할 나위 없이 적합한 조건을 갖추고 있었다.

딘은 끝없는 와인 진열대를 지나 제일 안쪽에 보관해 둔 와인 세 병을 찾아 연구실로 올라왔다. 손을 깨끗이 씻은 후 들고 온 와인 병들을 땄다. 그것들은 2년 전 수확한 포도즙으로 블렌딩을 해서 숙성시킨 것들이었다. 블렌딩은 양조 전에 하기도 하고, 1차 숙성 혹은 2차 숙성이 끝난 후에 하기도 하는데, 이런 변수들이 와인의 맛을 새롭게 했다.

잔에 조금 따라 향을 맡았다. 오크 향과 달콤한 베리 향, 풀 내음과 약간의 감초 향까지. 어젯밤의 숙면으로 컨디션이 많이 좋아진 탓인지 와인 향이 날카롭게 코끝에 스몄다. 딘은 안도

하며 시음을 시작했다.

첫 번째 와인은 아쉽게도 평범했고, 두 번째 것은 향은 훌륭했으나 맛이 그를 못 미친 느낌이었다. 세 번째 와인을 마신 그의 입술 꼬리가 미세하게 올라갔다. 바디감이 묵직하진 않지만, 은은한 산도와 신선한 과일 향이 삼킨 후에도 계속 입가에 맴돌았기 때문이었다.

딘은 기록지에 후기를 적고는 와인을 두고 연구실을 나왔다. 와인은 개봉 후에 산소와 접촉하면서 그 향과 맛이 또 달라지기 때문에 조금 더 두고 봐야 하기 때문이었다.

양조장으로 내려온 딘은 오크 통을 돌며 샘플을 채취했다. 롭은 여전히 래킹 작업 중이었다. 딘이 소리쳤다.

"롭, 그것만 끝내고 잠깐 와서 시음 좀 해 주세요!"

"알았네."

연구실로 돌아온 딘이 샘플에 라벨링을 하고 있자 롭이 들어왔다. 딘은 새 잔을 꺼내 와인을 따랐다. 차례로 마신 롭이 말했다.

"2번, 3번."

딘은 새 잔에 와인을 따르고 시음을 했다. 놀랍게도 잠깐 사이에 2번 와인의 맛이 열려 처음에는 느끼지 못했던 우아한 풍미가 입 안을 맴도는 게 아닌가. 와인을 만들면서 자주 겪는 일이지만, 정말 알다가도 모를 마법 같은 일이었다.

일꾼 세 명도 시음을 했다. 모두 만장일치로 2, 3번을 골랐다. 롭이 물었다.

"오픈 한 진 얼마나 됐지?"

"40분 정도요."

"좋아. 나쁘지 않아. 이만하면 숙성은 다 된 것 같은데, 오늘 저녁 식사 때 다 같이 시음해 보자고."

롭이 일꾼들과 함께 다시 양조장으로 내려가자 딘은 채취해 온 샘플들을 테이블에 죽 늘어놓았다. 여러 병 중에서 '2012년 4월 15일 태즈메이니아 35번 구획 카베르네 프랑' 라벨이 붙은 와인을 반쯤 비커에 따랐다. 그 해의 태즈메이니아는 기후가 서늘해 카베르네 프랑의 품질이 매우 좋았던 기억이 떠올랐기 때문이었다.

고민하던 딘의 눈이 '2013년 3월 25일 헌터 밸리 57번 구획 메를로'와 '2012년 3월 15일 바로사 밸리 49번 구획 카베르네 소비뇽'이라는 라벨이 붙은 와인에 멈췄다. 딘은 두 와인을 비슷한 비율로 비커에 덜어 섞었다. 낯설고 충동적인, 그 스스로도 의구심이 드는 조합이었다. 여태껏 한 번도 카베르네 프랑과 메를로를 주 원액으로 블렌딩을 시도한 적이 없었기 때문이었다. 그것은 호주 와인 스타일이기보다는 프랑스 보르도 와인 스타일에 가까운 것이었다.

잔에 조금 따라 향을 맡자 우아한 꽃 향이 슬슬 올라와 후각을 기분 좋게 자극했다. 한 모금 머금어 마셨다. 타닌은 부드럽고, 미디엄 와인 특유의 목구멍을 넘기는 질감이 아주 매끈해서 청초하고 매혹적인 젊은 여인이 연상되는 와인이었다. 여태껏 레이너 와인에서 생산되었던 쉬라즈나 카베르네 소비뇽을 주 원액으로 만들었던 남성적인 와인과는 전혀 다른 와인이었다.

딘은 일지에 정확한 와인의 비율과 맛을 기입하고, 몇 개의 와인을 더 블렌딩 했다. 그리고 비커에 든 와인을 병에 담아 다시 카브로 내려왔다. 섞인 와인이 서로 자리를 잡고 안정화가 될 때 비로소 시음을 제대로 할 수가 있기 때문이었다.

장식장에 와인을 꽂고 적막이 흐르는 지하를 천천히 둘러보는 순간, 툭 치고 올라오는 얼굴에 푸르른 눈동자가 일순 동요했다.

장세아.

더 이상 그녀를 어떻게 해야 할지 고민하지 않기로 했다. 머리가 터져라 고민하고 생각해도 결론이 안 날 테니.

그녀의 애원 때문이라는 상투적인 변명은 하지 않을 것이다. 그가 원했기 때문에 그녀의 손을 잡은 것이었다. 논리적인 사고와 이성은 그녀를 외면하라 소리쳤지만, 결국 그럴 수 없었다.

반짝거리는 명석함과 삶에 대한 투지, 그 작고 유혹적인 몸에 완전히 매료되어 몰아내려고 하면 할수록 더 깊이 빠져들었고, 더 이상 감정의 옳고 그름을 따질 수조차 없었다. 그녀에게 이끌리는 그의 모든 게 의지를 벗어난 불가항력이었다.

돌이킬 수 없음을 깨달은 딘은 감옥을 만들기 시작했다. 그녀를 가슴 안에 가둘, 튼튼한 감옥을. 더 이상 그녀를 원하는 마음을 외면하지 않겠지만, 누구도 그걸 알게 하지도, 그녀를 취하지도 않을 것이다. 가장 중요한 건 와인과 가족이었다. 만약 그녀를 얻고자 한다면 둘 다를 잃게 돼 버린다.

열일곱, 한국에서 호주로 돌아오던 비행기 안에서 다짐했었다. 누구도 그의 인생에 들이지 않고, 누구도 바라지 않고, 누구도 기다리지 않겠노라고. 그 후 그를 향해 내밀어진 수많은 손들을 무심히 지나치며 와인을 만들었고, 그런 그를 인간사의 달콤한 면을 너무 외면하고 산다며 리치는 걱정했지만 딘은 자신의 삶에 만족했다. 그에게는 롭과 린다, 리치가 있었고, 때론 와인이 견딜 수 없이 그를 고통스럽게 했지만, 적어도 그를 외롭게 하진 않았다.

그러던 어느 날 그녀가 제레미와 함께 나타났고, 딘은 깨달았다. 완벽하다 믿었던 그의 인생이 실은 한껏 비틀려 있다는 걸. 얄궂은 운명은 성 꼭대기에서 마지막 물레를 들고 기다리는 심술궂은 마녀처럼, 그가 피하려고 안달했던 그 고통을 준비하고 있었다는 걸. 온 힘을 다해 도망쳤지만, 결국 운명의 쳇바퀴 안에서 쉼 없이 달리고 있었던 것이다.

그는 지금 독에 찔렸다. 장세아가 그에게 딜레마의 독이었다. 그는 그녀에게서 벗어날 수도, 그녀를 원할 수도, 그녀를 가질 수도 없었다.

그녀는 그의 감정을 알지 못한 채 떠날 것이고, 그는 이곳에 남을 것이다. 그가 할 수 있는 일은 힘을 잃고 누워 기도할 뿐이었다. 그 독이 심장까지 퍼지지 않길. 그를 완전히 부수지 않길.

"딘."

위에서 부르는 롭의 목소리에 딘은 고개를 들었다. 롭이 손가락으로 위를 가리키며 말했다.

"올라오게. 밥은 먹고 일해야지."

고개를 끄덕이고 시계를 확인했다. 1시를 조금 넘긴 시간. 그녀는 별장으로 향하고 있겠지.

스위치를 내려 카브의 불을 끄고 위로 올라갔다.

오전 근무가 끝난 후, 별장에 도착한 세아는 전에 가져다 두었던 화구 가방과 이젤을 들고 테라스로 나왔다. 물 냄새와 풀 내음이 섞인 공기는 맑았고, 이름 모를 새가 적막을 깨며 시끄럽게 울었다.

파란 하늘을 올려다본 세아는 구름이 끼기 전에 재빨리 핸드폰으로 사진을 찍고는 테라스에 이젤을 펼쳐 캔버스를 걸었다. 그리고 연필을 비녀 삼아 머리를 틀어 올리고는 스케치를 시작했다.

"제발, 이번에는 망치지 말자."

이 손 어딘가에는 예민한 감각과 스킬이 쥐똥만큼이나마 남아 있을 거야. 내가 몇 년이나 그림을 그렸는데, 그게 다 사라져 버렸다는 건 말이 안 되지. 많은 걸 바라진 않아. 이 환상적인 풍경의 감동을 백만분의 일이나마 담아서 내 방에 걸어 둘 정도로만 그려 낸다면.

처음엔 더디게, 점점 속도를 높여 고도의 집중력을 발휘해 빼곡한 나무숲에서 풀숲, 호수까지 스케치했다. 그러자 어느 순간부터는 머릿속이 차분해지면서 그림에만 몰두할 수 있게 되었다.

해가 서쪽으로 서서히 기울어지는 동안 하얀 캔버스를 풍경으로 채우는 데 취해 있었다. 나무 그림자가 빼빼로처럼 길게 늘어지는 모습에 그제야 시간이 꽤 지났다는 걸 깨달을 정도였다. 연필을 놓고 송골송골 땀이 맺힌 이마를 훔쳤다. 오랜만의 작업이라 긴장했는지 뻐근한 어깨를 돌리며 계단을 내려온 세아는 갈증이 이는 눈으로 호수를 바라보았다. 롭의 말에 의하면 수영도 한다고 했었지?

풀숲에 운동화와 양말을 벗어 두고 호숫가로 내려갔다. 물에 발을 담그자 짜릿한 냉기가 등줄기를 타고 올라왔다. 생각보다 물이 차가웠지만 종아리까지 잠기게 더 들어갔다. 수풀에서 나오던 송사리처럼 작은 물고기 떼가 꼬물거리는 발가락에 놀라 흩어졌다. 아, 난 여기가 너무 좋아.

더 깊이 들어가고 싶어, 수영복이 있었더라면 하는 아쉬움이 들었다. 그때 희미하게 들리던 차 소리가 언덕 아래서부터 점점 가까워 오더니 곧 파란 트럭의 모습이 보였다.

꾸꾸까까…… 우꺄꺄꺄꺄…….

그 순간 낯설고 거친 울음소리를 내는 무언가가 머리를 치고 지나가자 놀란 세아가 고개를 숙였다. 균형을 잃은 건 순식간이었다. 그대로 미끄러져 풍덩, 하고 요란스레 물보라를 일으키며 넘어지자 호수에 있던 오리 떼들이 일제히 하늘로 날아올랐다. 트럭에서 내린 딘이 한달음에 달려와 손을 내밀었다.

"괜찮아요? 안 다쳤어요?"

다친 것 같지는 않았지만, 적나라하게 넘어진 모습을 보인 데다 위아래가 다 흠뻑 젖은 상황이었다. 황망한 얼굴을 끄덕이며 그의 손을 잡고 일어나자 온몸에서 물이 뚝뚝 떨어져 내렸다.

넘어지지 않게 그녀를 잡아 호수 밖으로 나오다 운동화를 발견한 딘이 말했다.

"호수 바닥이 미끄러워서 신발을 신지 않으면 위험해요."

그에게 안기다시피 별장으로 돌아오자 딘이 수건을 건네며 위아래를 찬찬히 살폈다.

"정말 다친 데 없어요?"

"아니요."

그저 쪽 팔릴 뿐이죠.

세아가 발갛게 달아오른 얼굴을 가로젓자 딘이 방 밖으로 나서며 말했다.

"말리고 있어요. 갈아입을 게 있는지 찾아볼게요."

침실에 남은 세아는 얼굴을 닦으며 제 모습을 내려다보았다. 착 달라붙은 블라우스 안으로는 볼록한 가슴 언저리와 브래지어가 훤히 비쳐 보였다. 오 마이 갓. 이 꼴을 보인 거야?

똑똑, 울리는 노크 소리에 펄쩍 뛰어 문 뒤로 몸을 숨겼지만, 열린 문 사이로 옷을 든 손만 들어왔다.

"아무리 뒤져 봐도 이것밖에 없네요."

수건에 낯 뜨거운 얼굴을 묻으며 중얼거렸다.

"고마워요."

몸에 척척 휘감기는 블라우스와 청바지를 벗고 수건으로 몸을 말렸다. 속옷도 흠뻑 젖어 있었지만 차마 그것까진 벗을 수 없어 물기를 대충 닦아 내기만 하고는 그가 두고 간 옷을 걸쳤다. 하얀 셔츠는 엉덩이를 덮을 정도로 길었고, 바지는 허리통이 커서 손을 놓는 즉시 주룩 발아래로 흘러내렸다. 마치 거인 옷을 빌려 입은 듯한 기분이었다.

"어때요? 입을 수 있겠어요?"

"네. 그런데 혹시 끈 같은 것 좀 구할 수 있을까요?"

"기다려 봐요."

그가 노끈을 구해 오자 바지에 벨트 대신 묶어 허리춤이 흐르지 않게 고정시켰다.

밖으로 나오자 무언가를 끓이고 있는 딘의 뒷모습이 보였다. 인기척에 그가 등 뒤로 물었다.

"물에는 왜 빠진 거예요?"

"너무 더워서 발만 담글 생각이었는데, 갑자기 이상한 소리를 내는 동물이 제 머리를 치고 갔어요."

그제야 생각이 나 정수리 언저리를 더듬어 만졌다.

"원숭이 울음소리였는데, 이곳에 원숭이도 있나요?"

"원숭이는 없어요. 아마 쿠카부라였을 거예요. 호주에서 아주 유명한 새인데, 울음소리가 요란해서 마치 사람 웃음소리나 원숭이 소리로 들리거든요."

세아는 믿을 수 없다는 얼굴로 되물었다.

"새였다고요?"

"머리는 크고 귀엽게 생겼는데, 성격이 귀엽진 않죠. 여기 있는 동안 종종 보게 될 거예요."

찻잔을 들고 돌아서던 딘은 그대로 멈춰 섰다. 그의 반밖에 안 되는 여자니 옷이 클 거란 예상은 했다. 하지만 그것이 오히려 그녀의 몸매를 돋보이게 할 줄은 예상치 못했다. 넓은 목깃 사이로 보이는 갸름한 목과 어깨로 이어지는 우아한 곡선이, 소매를 여러 번 접어 올려 드러낸 하얀 팔이, 노끈으로 묶어서 추켜 입은 우스꽝스러운 바지 아래 늘씬한 다리가 눈이 부시게 매혹적이었다.

그녀가 물었다.

"혹시 당신 옷인가요?"

"맞아요."

그리고 그녀가 자신의 옷을 입고 있다는 사실이 견딜 수 없을 정도로 그의 욕망을 자극했다. 지금 그 모습이 같이 밤을 보낸 후 그의 셔츠를 입고 있는 상상이 들게 한다는 걸 알까. 차라리 젖어서 속이 비쳐 보이는 옷을 입고 있는 편이 더 나을 정도였다.

그녀가 다가와 그의 젖은 청바지와 티셔츠를 내려다보자 눈길이 와 닿은 옷 아래 근육과 무언가가 동시에 꿈틀거렸다.

"당신 옷도 젖었는데, 어떡하죠?"

검은 눈동자에 어린 미안함에 그는 서둘러 찻잔을 건네주고 뒤로 물러섰다.

"많이 안 젖었으니 금방 마를 거예요."

그녀가 소파에 앉자 딘은 이성과 양심이 본능이라는 용광로에 녹아 없어지기 전에 저만치 떨어진 식탁에 기대섰다. 둘은 말없이 찻잔을 기울였고, 느슨하고 향긋한 차 향기만이 그들 사이를 맴돌았다.

세아가 물었다.

"이 별장에 자주 오나요?"

"가끔."

"혹시 처음 이 별장에 왔을 때 내게 화낸 이유를 말해 줄 수 있나요?"

"당신에게 화를 냈다고 느꼈다면 미안해요. 사실 당신이 아니라 내게 화가 난 거였어요."

잠시 말을 멈추자, 세아는 그의 문이 천천히 열리는 동안 인내심을 가지고 기다렸다.

"당신이 호수를 내려다보고 있는 모습에 어머니가 떠올랐어요. 어머니도 그 소파에 앉아 호숫가를 바라보곤 했었죠."

"그 모습을 떠올리는 게 싫었나요?"

세아는 딘의 얼굴에 여러 복합적인 감정이 동시에 떠오르는 걸 지켜보았다.

"가끔은 너무 행복했던 추억이 날카로운 유리 파편처럼 찔러 아프게 해요. 왜냐하면 더 이상 그때로 돌아갈 수 없다는 걸 아는데, 즐겁고 행복했던 기분만 생생히 떠올라 그렇지 않은 지금이 불행하게 느껴지기 때문이죠. 그럴수록 점점 추억을 떠올리는 게 두려워지는 거예요. 그래서 그 추억을 가슴 깊이 묻고 떠올리지 않으려 애쓰게 되죠."

"지금도 내게 아주머니가 오버랩 되어 보이나요?"

딘은 불안한 얼굴로 묻는 세아를 마주 보았다.

"아니요."

하지만 이젠 당신 그대로, 당신 하나만으로 내게 충분히 괴롭지.

느슨하게 풀어진 젖은 머리칼과 그의 옷에 감싸인 작고 부드러운 몸, 석양이 내리기 시작한 창가에 앉은 그녀의 모습은 너무나 아름다웠다.

아마 당신이 떠난 후에도 오랫동안 잊히지 않을 모습으로 기억되겠지. 그럴 때마다 나는 얼마나 아프고 나야 무뎌질까.

"지금이라도 내가 별장에 오지 말까요?"

"정말로 괜찮으니 와서 그림을 그려요. 밖에 스케치는 다 완성된 건가요?"

"네. 내일부터 채색을 하려고요."

갑자기 꺅꺅, 소리가 울리자 세아가 창밖을 내다보았다.

"혹시 저 새가 쿠카부라인가요?"

소파로 다가가 그녀가 손으로 가리키는 방향을 보니 하얗고 조그만 몸체에 둔탁하고 큰 부리와 푸른 점박이 무늬가 있는 갈색 날개를 가진 새가 나뭇가지에 앉아 있었다.

"맞아요."

"원숭이랑 전혀 닮지 않았네요. 왜 절 공격했을까요?"

"당신 머리에 작은 도마뱀이나 벌레가 있었을 수도 있죠."

눈을 휘둥그렇게 뜨며 손을 머리에 얹자 딘은 웃음을 참지 못하고 어깨를 들썩였다. 그런 그를 흘겨보았지만, 스스럼없이 건네는 농담에 남몰래 안도의 한숨을 내쉬었다.

별장에서 화를 낸 이유를 들은 순간 그의 깊숙이에 숨겨져 있던 외로움을 보았기 때문이었다. 모두 잠든 밤 와인을 마시며 '당신도 외롭나요?'라고 물었을 때, 무표정한 얼굴과 달리 위아래로 요동치던 목울대와 깜깜한 밤 포도밭을 헤매는 그를 찾았을 때 느꼈던 감정의 실체를 확실히 마주한 기분이었다.

그는 외로워.

밤새 포도밭을 걸으며 무슨 생각을 했을까?

걸어도 걸어도 끝이 나오지 않는 드넓은 포도밭에서 마치 세상에 혼자 던져진 것처럼 외롭고 고독했겠지. 그 막막한 외로움을 그는 어떤 마음으로 견뎌 냈을까?

아직 웃음기가 머물러 있는 입술에서 호수처럼 파란 눈동자로 올라왔다.

누군가가 당신에게 위로가 되었으면 좋겠네요. 당신의 외로움을 달래 주고, 당신의 낮과 밤을 채워 줄 아름답고 마음씨도 고운 누군가 말이죠. 그러면 당신은 그 매력적인 눈동자로 다정하게 바라보며 사랑한다 속삭일 테죠. 그 누군가가…… 부럽고 질투가 나는 건 왜일까요?

딘이 소파에서 몸을 일으키며 말했다.

"저녁 시간이 거의 다 되어 가네요. 이제 갈까요?"

딘이 테라스에 놓인 캔버스를 안으로 들여놓자 얼른 뒤따라가 화구 가방을 챙기기 시작했다. 하지만 서두르는 손길에 가방 안의 물건들이 우르르 쏟아져 내렸고, 세아는 당황스러운 웃음을 흘리며 무릎을 굽히고 앉았다.

"정말 오늘은 되는 일이 없네요."

"당신 탓이 아니에요. 잠금장치가 고장 났어요."

같이 바닥에 떨어진 물건을 주워 화구 가방에 담던 그가 망가진 잠금장치를 확인하고는 말했다.

"돌아가서 고쳐 줄게요."

그리고 가방이 벌어지지 않게 들고 일어나는 그녀의 팔을 잡아 주는 순간 세아는 느꼈다. 그를 보며 들었던 설명할 수 없는 감정의 정체를.

나는 그에게 빠져 있어.

딘이 손을 놓자 상실감이 몸을 휘감았다.

나는 그가 좋아. 그래서 그 누군가가 부럽고 질투가 났던 거야.

그 깨달음은 아주 아픈 고통이 되어 그녀의 심장을 두드렸다. 별장을 나서는 길에 보이는 석양에 빛나는 호수도, 바람결에 흔들리는 풀숲도 더 이상 눈에 들어오지 않았다. 모든 것이 바랜 그림처럼 빛을 잃고 말았다.

차라리 몰랐으면 좋았을 텐데. 한국에 돌아가 자꾸 생각이 나더라도, 그냥 멋지고 좋은 사람이었지, 그러다 시간이 지나

잊히도록. 아련한 추억 속의 남자로 남도록.

그들을 태운 차가 언덕 아래로 내려가자 세아는 창문을 열었다. 차가운 바람이 뺨을 스치고 지나갔다.

Chapter.10

A woman happily in love, she burns the souffle.
A woman unhappily in love,
she forgets to turn on the oven.

행복한 사랑에 빠진 여자는 수플레를 태우고,
불행한 사랑에 빠진 여자는 오븐을 켜는 것조차 잊지.

_사브리나 中

"세아, 세아."

부르는 소리에 이어 똑똑, 싱크대를 두드리자 와인 잔을 닦던 세아가 놀라 소리의 진원지로 고개를 돌렸다.

"네, 톰."

대답은 했지만 무슨 일이 벌어진 상황인지는 알지 못해 당황스러운 눈으로 그를 보자 톰이 친절하게, 콸콸 쏟아져 나오는 수돗물을 가리켰다.

"호주는 물이 귀한 곳이에요. 물 낭비는 중범죄죠."

얼른 수도꼭지를 잠그며 말했다.

"죄송합니다."

"무슨 일 있어요?"

세아는 씻은 와인 잔을 깨끗한 천 위에 가지런히 엎으며 고개를 저었다.

"아니요."

"당신을 세 번이나 불렀어요."

"죄송해요."

시음할 와인을 헷갈려 다른 와인으로 준비한 덕에 화가 난 까다로운 중년 여인에게 열 번쯤은 되뇌었던 'Sorry'가 종일 입에 붙은 듯 떨어지지가 않았다.

"그런 말을 듣자고 하는 말이 아니에요. 샐리가 말하길, 당신이 점심에 거의 손도 대지 않았다고 하던데."

"입맛이 좀 없어서요."

그건 거짓말이 아니었다. 어제 저녁으로 나온 린다의 환상적인 크랩 요리를 절반이나 남겼고, 오늘 아침은 우유 한 잔으로 때우고 나온 터였다.

하지만 톰이 믿음이 안 간다는 얼굴로 팔짱을 낀 채 집요하게 바라보자 세아는 우울한 표정으로 농담을 건넸다.

"이제 전 잘리게 되나요?"

"혹시 잘려 본 적 있어요?"

"호주에 오기 직전에 잘렸죠. 제 인생을 전부 걸었던 곳이었는데요."

세아가 씁쓸한 얼굴로 답하자 톰이 안됐다는 표정으로 말했다.

"걱정 말아요. 이곳에서는 그럴 일 없을 테니까. 당신은 유능한데다, 내가 자르고 말고 할 상대가 아니죠."

"무슨 뜻이에요?"

"딘이 부탁했으니까."

아, 전지전능한 딘. 하지만 바닥이 보이지 않는 우물처럼 외로움을 무심한 가면 뒤에 숨기고 있는 불쌍한 딘. 내 심장을 쥐고 괴롭히는 그 이름, 딘.

"그는 내게 전화를 걸어 당신에게 일자리를 주라고 했어요. 어렵고 힘든 일 말고 적당한 업무로. 나는 혼란스러웠죠. 셀러 도어 일이야 시음, 판매 뻔한데 그럼 대체 어떤 일을 시키라는 건지 그의 의중을 알 수가 없었어요."

"딘이 그런 말을 했다고요?"

톰이 고개를 끄덕이며 덧붙였다.

"그리고 말했죠. '하지만 소용없겠죠. 그녀는 부러 그런 일을 찾아 할 테니까'라고."

그는 내 상처를 알아. 내가 왜 고된 일을 찾아 하는지도 알고. 그럼에도 불구하고 그가 할 수 있는 최대한으로 날 배려해줬어. 전혀 티를 내지 않고. 딘 레이너, 당신이 그래서 지금 내가 더 괴로운 거야.

"테일러와 오프 날짜를 바꿨다면서요?"

셀러 도어는 일주일에 한 번 반차와 월차가 있었다. 비행기 티켓을 예약하려고 보니 주말에 표가 없어 사흘 뒤에 인천행 티켓을 끊어야만 했는데, 하필 셀러 도어 근무 날이었다. 떠날 때 떠나더라도 근무 날을 나 몰라라 펑크 내고 갈 수는 없는 노릇이었다.

"혹시 무슨 일 있는 건 아니죠?"

그녀가 사흘 뒤에 떠나는 건 극비로 부쳐야 할 일이었기에 아무렇지 않은 얼굴을 꾸며 되물었다.

"아무 일 없어요. 궁금한 게 있는데, 셀러 도어에서 일하는 직원 모두에게 이렇게 관심을 두고 보살피시나요?"

"내가 특별히 아끼는 직원에게만 그렇죠. 게다가 놓칠 수 없는 유능한 직원이라면 더욱더. 오늘 아침에 당신은 셀러 도어에 일손이 많이 부족하고, 크리스마스까지 계속 이렇게 정신없이 바쁘냐고 물었죠. 그리고 셀러 도어에 갑자기 사람 한 명이 부족해도 돌아가는 데 무리가 없겠냐고 물었던 게 왜 내겐 갑자기 당신이 오프 날짜를 바꾸는 것과 맞물려 보이는 걸까요?"

세아는 뜨끔해서 톰을 보았다. 내가 너무 티 나게 하고 다닌 거야, 아니면 이 남자가 너무 예리한 거야?

"혹시 한국이 그리워요? 대부분의 외지인들이 한 번씩 향수병을 앓죠."

"아니요."

세아가 고개를 젓자 톰이 의외라는 표정을 지어 보였다.

"그곳에 두고 온 거 없어요? 간혹 헤어진 애인이라든지, 당신을 기다리는 남자라든지."

"없어요."

다른 여자가 있는 약혼남을 보내 버리려다가 역으로 좌천되어 프로젝트까지 넘겨주고 와야만 했던 웃기고도 슬픈 이야기를 할까? 아니면 눈물 없이 들을 수 없는 그녀의 CEO 실패기를 얘기할까? 안타깝지만 그녀에게 한국은 돌아올 수 없는 행복했던 시절과 좌절과 슬픔으로 얼룩진 기억밖에 남아 있지 않았다.

톰이 흥미진진한 얼굴로 말했다.

"그럼 문제는 그곳이 아니라 이곳에 있나 보군. 무엇이 당신의 정신을 빼앗아 놓은 건지, 왜 오프 날을 바꾼 건지 털어놔 봐요. 훨씬 마음이 가벼워질 테니까."

세아는 다시 수도꼭지를 틀고 온수로 와인 잔을 닦으며 중얼거렸다.

"그날 애들레이드에 나가야 할 일이 갑자기 생겼어요. 그리고 아침의 질문은, 크리스마스 이후에 손님이 줄면 근무를 느슨하게 조정할 수 있을까 해서 물어본 거예요. 저도 언젠가는…… 이곳을 떠나야 할 텐데, 사실 줄곧 여기 온 이후로 일만 하고 있거든요. 물론 제가 원해서긴 하지만요."

"알았어요. 당장은 손님들이 많아 힘들지만, 크리스마스 이후로 당신이 원하는 대로 조정해 줄게요."

"고마워요."

아마도 그땐 제가 없겠지만요.

톰이 사라지자 남은 와인 잔을 씻고 탈의실로 들어가 옷을 갈아입었다. 그만. 이제 연극을 끝내야 할 시간이야. 막 내릴 시간 다 되었다고. 지금 떠나지 않으면 정말 돌이킬 수 없을 정도로 일이 커질 거야.

셔츠를 벗고 원피스를 머리 위로 걸쳐 입는 내내 음울한 얼굴을 하고 있는 자신에게 되물었다. 대체 왜 그래? 뭐 때문에 망설이는 거야? 어차피 안 된다는 걸 알잖아. 그는 이곳에 머물 사람이고, 나는 떠날 사람이야. 게다가 날 동생의 애인이라고 알고 있지. 당장 떠난대도 제레미의 애인이라는 오명을 벗을 순 없겠지만, 그렇대도 계속 사기극을 벌이고 있을 수는 없어. 그건 롭, 린다, 리치, 그리고…… 그에게 너무나 잔인한 거짓말 이지. 하늘이 무너져도 3일 뒤에는 떠나야 해. 그 전까지는 아무 생각 말고 즐겁게 보내는 거야. 설령 돌아간 뒤에 그를 잊기 위해 여러 밤을 뒤척여야 한대도.

셀러 도어를 나서자 한산한 주차장에 서 있는 파란 트럭과 남자가 보였다. 무언가를 느낀 듯 포도밭을 바라보고 있던 딘이 고개를 돌려 그녀를 보았다. 짙은 눈썹 아래 미동도 없이 보는 시선이 명치에 걸려 뻐근하게 아팠다. 애써 아무렇지 않은 얼굴로 걸음을 옮겼지만 걷잡을 수 없이 가슴이 뛰어, 그의 앞에 서자 숨을 헐떡거릴 정도였다. 겨우 호흡을 고른 후 흔들리는 미소를 지어 보였다.

"오래 기다렸어요?"

"아니요."

딘이 보조석 문을 열자 세아는 올라타며 물었다.

"오늘 블렌딩은 좋았나요?"

"건질 만한 와인 몇 개가 있어서 가져왔어요. 저녁 먹으면서 같이 테이스팅 해 봐요."

딘이 고개를 까딱해 보이자 세아는 뒷좌석에 놓인 바구니 안에 와인 병들을 보았다. 그래요. 아마도 당신과 하는 마지막

테이스팅이겠죠.

세아는 활짝 웃으며 말했다.

"좋아요."

저택에 도착하자마자 옷을 갈아입고 2층 제레미의 방으로 갔다. 똑똑, 노크 후 방에 들어가니 통화를 하던 제레미가 그녀에게 잠깐만 기다리라는 눈짓을 주었다.

"응. 얼추 절반 정도 진행됐어. 열대여섯 개 정도 해야 하는데, 아직 시안이 잡힌 것만 일곱 개밖에 안 돼. 아니, 한 달은 더 걸릴 것 같아. 미안해. 최대한 빨리 하면 크리스마스 전까지는 될 거라 생각했는데."

세아는 소파에 앉아, 방 중앙에 서서 한국말로 통화하고 있는 제레미를 보았다.

"그래. 나도. 하루에도 몇십 번씩 돌아가고 싶은 마음뿐이야. 내 마음 알잖아. 여긴 너무 답답해. 종일 리치한테 시달리며 디자인만 해야 하고. 미안해. 크리스마스를 혼자 보내게 한 게 계속 마음에 걸려. 나도 그래. 네가 너무 그리워."

통화 내용에 상대가 누군지 느낌이 온 세아가 입술 모양으로 '김승우?' 하고 묻자 제레미가 고개를 끄덕이고는 등을 돌려 섰다.

"알았어. 또 전화할게. 저녁 먹고 돌아와서. 응, 나도 사랑해."

달콤한 사랑 고백으로 통화를 끝맺은 제레미가 풀썩 침대에 몸을 뉘며 중얼거렸다.

"한국 가고 싶다."

"헤엄쳐 가게? 크리스마스 전후로 비행기 표 매진돼서 없어."

"진짜?"

고개를 쳐드는 제레미에게 한심스러운 표정으로 되물었다.

"그리고 지금 네가 한가하게 애인 보러 갈 때야? 네 애인 나잖아. 바로 옆에 있잖아. 그러고 보니 이 희대의 사기극의 최대 피해자를 잊고 있었네. 사랑하는 연인이 이성애자인 척 가족들 앞에서 연극을 벌이고 있는 줄 꿈에도 모르고 있을 김승우 말이야."

"안 그래도 괴로우니 긁지 마라."

제레미가 힘없이 중얼거리자 세아가 진지한 얼굴로 물었다.

"진심으로 부탁할게. 지금이라도 우리 모두를 위해 다 털어놓는 건 어때?"

"고지가 저기 보이는데 왜?"

제레미가 얼토당토않다는 듯 되묻자 슬픈 얼굴로 고개를 끄덕였다.

"그래. 반성과 회개란 늘 어렵지. 사흘 뒤에 시드니발 인천행 10시 40분 비행기야."

"뭐? 벌써 티켓 끊었어?"

"네 말대로 회사에서 온 급한 호출로 떠나게 되는 거야. 프로젝트가 갑자기 엎어져서 연락이 온 걸로 입 맞추자. 애들레이드에서 첫 비행기로 가야 환승 시간 맞출 수 있으니까, 가족들 깨기 전에 새벽에 떠나야 해."

애초에 거짓말로 왔으니 거짓말처럼 사라져야지. 얼굴 마주

하며 작별 인사까지 나눌 정도로 뻔뻔스러울 자신은 없으니.
시드니 관광도 포기했다. 지금은 손톱만큼의 미련도 남기지 않
고 최대한 빨리 이곳을 떠나야 한다는 생각뿐이었다.

"진짜 가려고?"

"그럼 가야지, 언제까지 여기에 머무르게?"

"그러니까 뭐랄까……. 난 네가 여길 정말로 좋아한다고 느
꼈거든. 심지어는 여기서 나고 자란 나보다 더 말이야. 솔직히
이곳에서의 넌 서울에서의 너보다 훨씬 더 행복하고 안정돼 보
였어. 셀러 도어 일도 즐거워하고, 가족들도 널 많이 좋아하고."

뜨거운 태양과 부지런한 일꾼들의 땀방울 아래 농장의 포도
알은 익어 가고, 양조장 바리크 안의 와인이 숙성되고, 셀러 도
어에서는 최고의 와인을 찾아온 손님들을 맞았다. 쓸데없는 눈
치 보기와 경쟁 따윈 없고, 죽을 만큼 덥고 힘들지만, 잔수를
쓰지 않고 노력한 자에게 그 결실을 되돌려 주었다. 그녀는 레
이너 와이너리의 정직함이 좋았다. 이렇게, 이런 식으로 도망
치듯 떠나고 싶지 않았다.

"어차피 휴가는 넉넉하니 조금 더 머물지도 모르겠다고 생
각했어. 그리고 너도 이곳에 더 머물고 싶은 이유를 찾겠다고
했었고."

찾았으니 떠나는 거야. 미련과 후회가 깊어지기 전에.

세아가 방을 나서자 제레미도 따라 내려왔다. 거실에 앉아
있던 리치가 그들을 발견하고는 일어났다.

"제레미, 딘이 블렌딩 중인데 네 테이스팅 실력을 좀 보여

주는 게 어때?"

"지금요?"

"응, 저녁 식사 전까지 시간이 있잖아. 세아, 당신도 같이 가서 볼래요?"

왠지 흥분한 듯한 리치의 물음에 엉겁결에 고개를 끄덕였다. 그를 따라 연구실로 향하며 제레미에게 귓속말로 물었다.

"테이스팅 실력이라니, 무슨 소리야?"

"리치는 내게 와인 테이스팅에 재능이 있다고 믿고 있어."

"너한테?"

제레미가 무슨 말인가 더 하려고 했지만 리치가 문을 열자 입을 다물 수밖에 없었다. 넓은 방의 한쪽 벽에는 수많은 와인 병들로 채워진 와인 랙이 있었고, 쓰임을 알 수 없는 기계와 커다란 테이블이 놓여 있었다. 그리고 그 가운데 딘이 있었다. 그의 시선이 제레미와 리치의 뒤에 선 자신에게 머무는 게 느껴졌다.

제레미는 억지로 끌려와 언짢은 티를 만면에 팍팍 내며 중얼거렸다.

"솔직히 난 라벨 디자인만 하면 되는데, 왜 이걸 해야 하는지 이유를 모르겠어요."

"물론 네 말이 맞아, 제레미. 하지만 나는 네가 테이스팅에 재능이 있다는 걸 발견했고, 딘 역시 매우 흥미로워했어. 한 번쯤 그걸 형에게 보여 주는 것도 나쁘지 않잖아."

어린아이를 달래듯 한없이 부드러운 리치의 말에 제레미는 곤혹스러운 표정으로 어깨를 으쓱 올렸다.

"그러니까 그게…… 재능이라고 부를 만한 수준은 아니에요."

"그 수준인지 아닌지 한번 보자고."

딘이 와인 병을 들어 빈 잔에 따르며 말했다. 그가 잔을 내밀자 제레미가 자포자기한 얼굴로 잔을 받아 들었다.

벽돌색인 걸 보니 숙성이 많이 된 와인이야. 노스텔지아, 혹은 패트릭일까?

역시나 시음을 한 제레미가 말했다.

"노스텔지아 같은데요."

딘은 아무런 질문도 건네지 않고 다른 와인 병을 들어 잔을 채웠다. 이번에는 약간 옅은 자줏빛의 와인이었지만 향과 맛을 보지 않고 색만으로는 도저히 어떤 와인인지 가늠할 수 없었다.

시음을 한 제레미가 고개를 저었다.

"이건 음…… 전혀 모르겠어요."

"그럼 이번에는 이 와인을 마시고 향, 맛, 품종, 이미지화된 느낌, 무엇이라도 말해 봐."

딘이 또 다른 와인을 빈 잔에 채워 내밀자 제레미는 잔을 들어 마셨다.

"무슨 와인인지는 모르겠는데 향기가 좋고, 자두, 체리, 초콜릿 맛도 조금 나는 것 같아요. 쉬라즈에 그르나슈가 블렌딩된 느낌?"

"좋아. 수고했어."

"끝이에요?"

"그래."

"그럼 그만 나가 볼게요. 린다와 함께 저녁 식사 준비를 도와야겠어요."

제레미가 뭔가 켕기는 얼굴로 도망치듯 방을 나가자 세아 역시 딘에게 말했다.

"저도 이만……."

"세아. 잠깐만 이리 와서 시음 좀 해 줄래요?"

딘의 부름에 걸음을 돌려 테이블로 다가갔다. 리치 역시 그녀처럼 영문을 모르겠다는 표정이었지만 잠자코 뒤로 물러섰다.

딘이 검은 병을 들어 와인 잔을 채워 내밀었다. 세아는 벽돌색 와인의 향을 맡고 한 모금 삼켰다. 그러고는 물었다.

"이 와인은 무슨 와인이죠?"

"모르겠어요?"

딘이 되묻자 고개를 끄덕였다.

"네. 처음 맛본 것 같은데요."

"맛이 어때요?"

"색이 많이 숙성시킨 느낌이어서 맛도 그러지 않을까 싶었는데, 생각보다 젊고 신선한 느낌이에요. 무엇보다 향기가, 은은한 꽃향기가 정말 좋네요. 건강하고 매력적인 여인 같아요."

딘은 다른 병을 들어 잔에 따라 건넸다. 시음을 한 세아가 코끝을 찡긋하더니 말했다.

"이 와인 좋네요."

"어떻게 좋죠?"

세아가 "음……." 하고 기분 좋은 신음을 흘리며 이 느낌을 설명할 말을 고민했다.

"비단처럼 매끄럽게 혀를 스쳐 지나가요. 과일 향이 이렇게나 풍부한데, 이렇게 실키 하게 넘어가는 게 놀라워요. 미디엄 바디 와인에 별 매력을 느끼지 못했는데, 이건 좋네요."

"품종이 뭔 것 같아요?"

"모르겠어요. 피노 누아는 아닌 것 같고."

"왜 피노 누아는 아니죠?"

"피노 누아보다는 좀 더 강하고 묵직한 느낌이 있어요."

그녀의 대답에 알 수 없는 표정을 한 딘이 다음 와인을 내밀었다.

"이번엔 이걸 마셔 보고 느낌을 말해 봐요."

딘이 내민 새 잔을 든 세아는 입에 한 모금 머금었다 삼켰다.

"어때요?"

"진해요. 전에 마셨던 두 와인의 맛을 싹 덮어 버릴 정도로요. 뭐랄까…… 아주 활기찬 느낌은 아닌데 강해요. 여운도 길고. 쉬라즈나 카베르네 소비뇽 같은데, 보통 마셨던 것들보다 뭔가 더 강렬하네요."

"좋아요. 벌써 저녁 시간이 다 되었네요. 나가 봅시다."

딘이 세아와 리치를 이끌고 복도로 나왔다.

세아가 주방으로 들어가는 걸 확인한 리치는 딘을 붙잡아 거실로 나왔다. 그리고 벽에 붙어 나직한 목소리로 물었다.

"말해 봐. 어때?"

"네가 먼저 말해 봐. 제레미가 테이스팅에 재능이 있다고 믿게 된 근거가 뭐였어?"

"제레미와 난 종종 메일을 주고받았어. 별다른 이야기는 없고, 서로 어떻게 지내는지 안부를 나누는 정도였지. 매해 출시되는 와인을 추려 보내면서 제레미에게 마시고 난 후 느낌을 말해 달라고 했고, 녀석은 메일로 시음 소감을 보내왔어."

알 수 없는 이상한 예감에 딘이 물었다.

"제레미가 뭐라고 말했는데?"

"노스텔지아가 마치 버버리 코트를 입은 쓸쓸한 뒷모습의 남자 같다고 하거나, 브리딩을 시킨 후에 마셨더니 혀에 척척 휘감길 정도로 진한 느낌이 좋다고 말했지. 몇 개 더 있었는데, 기억이 가물가물해. 어쨌든 그래서 난 제레미에게 분명 테이스팅에 재능이 있다고 믿었단 말이야. 말해 봐. 제레미가 테스트를 다 맞힌 거야?"

"아니, 하나도 못 맞혔어. 제레미한테 테이스팅 재능은 없어. 녀석이 말한 감상들은 그의 혀에서 나온 게 아닐 테니까."

그게 무슨 소리냐고 물으려는 찰나 딘이 주방으로 들어가자 리치는 풀지 못한 의문과 충격을 안고 따라 들어갔다.

식탁에 모두가 모여 앉자 딘이 양조장에서 가져온 와인의 시음회가 벌어졌다. 딘은 다섯 개의 와인을 바 위에 늘어놓고 와인 잔에 차례로 따라 나누어 주었다.

와인을 다 맛본 린다가 말했다.

"난 1번, 4번이요. 1번은 여성스럽고 우아한 게 딘의 와인 같지가 않네요. 바디감이 강하진 않지만 전체적인 텍스쳐와 여운이 좋아요. 비율이 어떻게 되죠?"

"카베르네 프랑 48퍼센트, 메를로 27퍼센트, 카베르네 소비뇽 25퍼센트예요."

딘의 대답에 린다가 깜짝 놀란 표정이었다.

"역시 전혀 새로운 블렌딩이네요. 4번은 1번과 달리 베리와 자두의 풍미가 진해서 입에 침이 고일 정도인데, 목 넘김은 의외로 부드러워요."

"저도 1, 4번이요."

린다와 제레미의 말에 리치 역시 맞장구를 쳤다.

"저도 같은 의견이에요. 1번은 아주 강펀치를 먹은 듯한 충격이네요. 아마 다들 놀랄 거예요. 얼핏 보르도 와인 스타일을 구현해 놓은 느낌인데, 또 달라요. 구조감이 더 단단하죠. 이번 해 플래그십 와인 급이라고 봐요."

"난 1, 4, 5번. 1번은 이번 빈티지의 대표 와인 급의 퀄리티고, 5번 와인은 평범해 보이지만 텍스쳐는 아주 훌륭하거든. 조금 더 블렌딩을 가미하면 뭔가 터질 것 같은 느낌이 드는데."

롭의 말에 진지하게 고민하던 딘의 시선이 자신에게로 머물자 세아도 조심스레 입을 뗐다.

"저도 1번, 4번이요. 그 이유는 다른 분들이 충분히 설명해 주셔서 저까지 안 해도 되겠죠. 그럼 이제 우리…… 그만 먹고 마셔도 되나요?"

그녀의 말에 테이블에 둘러앉은 이들이 모두 웃음을 터트리며 식사를 시작했다. 좋은 와인과 맛있는 음식이 있는, 더없이 완벽하고 환상적인 저녁이었다. 제레미가 무슨 농담을 건네자 린다가 웃기 시작했고, 결국 롭의 팔을 붙잡고 눈물까지 흘리며 웃자 롭은 고개를 내저으면서도 팔을 내어 주고 있었다. 리치가 어느 포인트에서 그렇게 웃음이 터지는지 모르겠다고 중얼거렸고, 딘은 그녀의 빈 잔에 와인을 따랐다. 세아는 웃으며 시끌벅적한 식탁 위의 모습을 지켜보았다.

아마 이 모습은 내 기억 속에 아주 오랫동안 남을 거야. 살살 녹는 스테이크와 맛있는 요리, 향기로운 와인이 있고, 그날 있었던 일과를 나누며 농담과 웃음이 내내 식탁 위를 떠도는 광경. 늦은 퇴근 후 텅 빈 오피스텔의 소파에 앉아 우유에 시리얼을 타 먹으며 떠올리겠지. 롭과 리치, 린다와 딘. 그들과 그런 편안하고 즐거운 시간을 보냈던 때가 있었다는 걸. 아마 아득하게 먼 과거처럼 느껴질 거야.

식사를 마치고 방으로 돌아온 세아는 침대에 앉아 생각에 빠졌다. 왜 난 안간힘을 쓰며 한국으로 돌아가려는 걸까? 꿈도 희망도 기다리는 이도 없는 그곳에.

아니야. 강산도, 할아버지도, 세연이도 있어. 거긴 내 집이고 고향이고, 그것만으로도 내가 돌아갈 이유로 충분해. 할아버지께서 진노하셔서 인사팀으로 내치셨지만, 화가 풀리시면 전략기획팀으로 돌려보내 주실지도 몰라. 물론 오너 자리를 탐내지 않는다는 전제하에.

장세아, 너는 그걸 견뎌 낼 수 있겠니? 아무런 목적도 열정도 없이 공장의 기계처럼 주어진 일만 할 수 있겠어? 영원히 그림자로만 살아갈 수 있겠느냐고?

해야만 한다면 해야지. 공허하고 슬프겠지만.

아니, 아니야. 그건 진짜가 아니야. 그렇게 살 순 없어! 대체 난 어디로 가야만 하는 걸까?

끝도 없이 막막한 우울을 떨쳐 내리기 위해 테이블 위의 핸드폰을 들어 세연에게 전화를 걸었다.

— 언니!

쩌렁쩌렁 울리는 목소리에 귀에서 핸드폰을 뗀 세아가 물었다.

"그래. 어디야?"

— 나 집에 가는 길인데, 눈 와! 눈이 엄청 온다고!

할아버지 집에서 키우는 백구 순심이처럼 흥분해서 떠드는 동생의 목소리에 세아는 빙긋 웃으며 말했다.

"좋겠네. 조심히 걸어. 넘어질라."

— 내가 그럴 줄 알고 장화 신고 나왔지. 웬일로 기상청이 맞는 예보도 하네. 언니는 뭐 하느라 전화가 이렇게 뜸해? 거기서 잘생긴 파란 눈의 남자랑 눈 맞아 썸이라도 타고 있는 거야?

언뜻 스치는 얼굴을 외면하고 얼른 본론을 말했다.

"사흘 뒤에 서울 가. 열 시간 정도 걸리니까, 밤 10시 넘어서 도착할 거야."

— 뭐야. 휴가 엄청 몰아 냈다면서 벌써 돌아와?

"응."

추운지 전화 저편에서 쿵, 하고 코를 들이켜는 소리가 빵빵거리는 시끄러운 경적 소리에 섞여 울렸다.

— 별로 재미없었나 보네. 알았어. 공항으로 데리러 갈게. 아, 맞다. 석호 오빠 본사로 들어왔어.

"석호가? 어디로?"

석호는 세아보다 한 살 어린 스물아홉 살로, 작은아버지의 장남이었다. 대학 졸업 후 낙하산으로 우리밀원 본부장에 앉혀 놓은 지 1년밖에 되지 않았는데 갑자기 본사 진출이라니. 작은아버지가 큰 꿈을 품고 보내신 건가, 아니면 할아버지께서 석호를 가르쳐 볼 생각으로 부르신 건가.

— 영업팀이던가, 해외사업부던가? 흘려들어서 기억이 잘 안 나네. 언니 휴가 가고 나서 바로 발령 났어. 자세한 건 와서 얘기하자고. 출발 전에 전화 미리 줘. 요즘 여기 날씨 안 좋아서 연착될 수 있으니까.

"알았어."

전화를 끊은 세아는 침대에 둥그렇게 몸을 말고 누웠다. 한국으로 돌아가면 바로 회사로 복귀를 해야 할지 말아야 할지 망설여졌다. 따지고 보면 겨우 보름 남짓 쉬었을 뿐이지만, 그녀의 인생은 11월과는 전혀 다른 방향으로 가고 있었다. 두려웠다. 예전에는 그녀 앞에 놓인 길이 분명했고, 그 끝에는 강산의 오너가 있었다. 하지만 지금 앞에 놓인 길은 안개 속처럼 뿌옇고 불투명해서 그 끝이 어디로 향하는지 알 수가 없었다.

눈을 들어 창밖에 펼쳐진 포도밭을 바라보았다. 이 모습을 더 볼 수 있는 날도 얼마 남지 않았다는 게 믿기지 않았다.

　문득 시간이 한참 흘렀음을 깨닫고 시계를 보니 막 11시를 넘어가고 있었다. 서울이었다면 야간 근무를 하고 있을 시간, 혹은 좀비처럼 흐느적거리는 몸을 이끌고 집으로 돌아왔을 시간이지만, 이곳에서는 9시면 집 안의 거의 모든 조명이 꺼지는 한밤중이었다.

　무언가에 홀린 듯 침대에서 일어나 방 문으로 다가갔다.

　잠이 들었을 거야.

　한 발짝 남기고 마치 대치하듯 멈춰서 고동색 문을 보았다.

　아니, 벌써 꿈나라일걸.

　뻗어진 손이 허공에서 멈췄다.

　만약 그가 오늘도 잠을 이루지 못하고 있다면? 혹시 나를…… 기다리고 있다면?

　망설이다 결국 문손잡이를 비틀어 당겼다. 어둑한 복도로 나와 주방으로 가자 당연히 그곳은 어둡고 아무도 없었다.

　거봐, 잠들었을 거라니까.

　하지만 거실을 지나치던 세아는 창가에 서 있는 남자의 모습에 놀라 덜거덕 멈춰 섰다. 가슴에 손을 얹고 속삭여 물었다.

　"여기서…… 뭐 하세요?"

　그가 천천히 몸을 돌려 그녀를 보자 푸른 눈동자에 스르르 자조적인 빛이 어리는 게 보였다. 간절히 무언가를 기다렸지만, 동시에 그게 이뤄지지 않길 빌었던 것처럼. 왠지 모든 것이 그의 이성을 벗어나 있는 듯 지치고 체념한 얼굴이었다.

딘이 물었다.

"당신은 이 시간까지 왜 안 자고 나왔죠?"

"잠이…… 안 와서요."

그가 천천히 다가와 그녀 앞에 멈춰 서자 심장이 미친 듯이 날뛰었다.

"텔레파시가 통했군요. 따라와요."

딘이 그녀를 지나쳐 복도로 나서자 위험하다는 마음속 소리를 무시하고 그를 따라나서며 물었다.

"어디 가는 거예요? 포도밭?"

"아니요. 한 번은 당신 방법으로 숙면을 이뤘으니 오늘은 내가 잠이 안 올 때 쓰는 방법을 같이 해 봐요."

묵직한 현관문을 열고 나서자 마치 동아줄로 엮어 머리 위로 끌어 내린 것처럼 커다란 달이 그들을 맞았다. 차고 쪽으로 걷는 동안 은은한 달빛이 두 사람을 뒤따랐다. 달그림자에 숨어 그를 훔쳐보았다.

그래. 어차피 나 혼자만의 감정일 뿐, 딘은 몰라. 단지 불면증의 파트너로서 도우려는 마음뿐이지. 사흘 뒤면 난 떠날 거고, 그동안만이라도 그와 함께 있는 시간을 즐기고 싶어.

고개를 돌려 보니 저택은 불빛 하나 없이 어둠에 휩싸여 있었다. 아마 모두들 깊은 잠에 빠져 있으리라. 왠지 부모 말 안 듣고 일탈을 일삼는 악동이 된 것 같은 낯선 흥분을 느꼈다.

차고에 도착한 딘은 안으로 들어가는 대신 차고 뒤쪽으로 향했다. 그러자 보지 못했던 문이 하나 나왔다.

"여긴 뭐 하는 곳이죠?"

"비밀 아지트죠."

딘이 열쇠로 문을 따고 들어가 스위치를 올렸다. 갑작스러운 불빛에 찡그린 눈을 깜빡이자 생각지도 못한 광경이 펼쳐졌다. 크고 작은 목재들이 창고 벽에 기대어져 있고, 둔탁한 기계와 페인트 통으로 채워진 그곳은 마치 작은 목공소 같았다.

휘둘러보던 세아는 한편에 놓인, 그녀의 키만 한 장 쪽으로 다가갔다. 평범한 선반인 줄 알았는데 앞으로 돌아가 보니, 벌집처럼 오밀조밀하게 정사각형으로 공간이 나눠져 있는 그것은 와인 랙이었다. 믿을 수 없는 눈을 들어 그에게 물었다.

"이걸…… 당신이 직접 만든 건가요?"

"시간이 날 때면 취미로 조금씩 하는 거예요. 연구실에 놓을 용도로 만들어 봤죠."

"대단해요. 화구가방을 보고 알았지만, 정말 목수의 재능이 있었군요."

손을 뻗어 나이테가 굽이치는 선반을 쓸어 보려다 멈추고 물었다.

"만져 봐도 되나요? 다 완성된 건가요?"

"아직. 사포질을 해 놨으니 이제 일곱 번째 오일을 바르고 말리면 끝이에요."

딘이 오일이 들어 있는 그릇과 천을 들고 오자 세아는 경악한 표정으로 되물었다.

"일곱 번이나 발라야 한다고요?"

"와인이 숙성되는 데 시간이 걸리는 것처럼 나무를 길들여 가구로 만드는 것 또한 시간이 걸리죠. 생각보다 그리 큰 기술을 요하진 않아요. 인내심만 있다면 누구나 만들 수 있죠."

"인내심이라면 최고 난이도의 기술 아닌가요?"

그녀의 농담 섞인 물음에 딘이 웃으며 천장 면을 바르기 시작했다. 세심한 손길 아래 오일이 발린 나무가 점차 광택을 띤 짙은 색으로 변하자 그의 눈빛에 감출 수 없는 희열이 떠올랐다.

그는 진심으로 이 일을 즐기고 있어.

포도밭과 와인을 다루는 것과는 또 다른 낯선 모습에 가슴이 뛰었다.

그녀의 시선을 느낀 딘이 물었다.

"한번 해 보겠어요?"

세아는 호기심이 왕성한 얼굴을 끄덕이면서도 걱정스러운 목소리로 물었다.

"그런데 망치면 어떻게 하죠?"

"망치지 않게 가르쳐 줄게요."

세아의 손에 장갑을 끼워 주고 와인 랙 가까이 이끌었다.

"너무 두껍게 발리면 건조가 잘 안 돼요. 표면도 매끄럽지 않게 되고요. 나무 표면이 촉촉하게 적셔진다는 느낌이 들 정도로만 발라 줘야 해요. 그 후에 흡수되지 않은 남은 오일은 닦아 내 주고 말리면 끝이에요. 이제 발라 봐요."

세아가 천을 오일에 적신 뒤 조심스레 닦아 내며 물었다.

"이 정도면 괜찮나요?"

"좋아요. 잘하고 있어요."

그녀가 꼼꼼히 오일을 바르면 딘이 그 뒤에서 배어 나온 오일을 닦아 냈다. 두 옆면과 뒷면까지 바르자 나무는 숨어 있던 나뭇결을 드러내며 고급스러운 광택을 뿜어냈다. 반짝이는 와인 랙을 감탄 섞인 눈으로 보며 세아는 중얼거렸다.

"이렇게 되는 거군요. 시간을 투자할 만한 가치가 있네요."

"잠이 안 올 때 시간 때우려고 하는 것뿐이에요."

그리 대단치 않다는 듯 말하며 그녀를 빈 의자에 앉히고는, 테이블에 놓인 네모난 가방 뚜껑을 열어 나사를 풀었다. 잠금장치가 고장 난 제레미의 화구 가방이었다.

"그런데 이걸 하다 보면 잠이 오긴 하나요?"

"솔직히 말하면 별로 잠이 오진 않아요. 대신 잡생각을 잊게 하죠."

"이건 뭘 만들려던 거죠?"

테이블 구석에 놓인 나무판 거치대를 발견하고 묻자 새 잠금장치를 달던 딘이 그녀가 가리킨 것을 보았다.

"거실에 놓을 독서대예요. 사포질을 하고 마감 처리만 하면 돼요. 자, 이걸 들어 봐요."

세아는 딘이 건넨 검고 네모난 것을 받아 들었다. 사포였다.

"사포질을 해서 나무의 거친 결을 다듬어 주고, 모서리의 뾰족한 부분을 죽여야 해요. 우선 넓은 면을 사포질해 줘요."

그의 말대로 테이블에 나무판을 놓고 사포질을 하기 시작했다. 사포도 종류가 여러 가지여서, 입자가 거친 사포부터 점점 입자가 고운 사포질까지 하고 나자 이마에 송골송골 땀이 맺혔다.

"좋아요. 이번에는 모서리를 문질러 줘요. 네 귀퉁이가 똑같은 모양이 되도록 힘을 잘 분배해야 해요."

"생각보다 꽤 힘든데요."

오기가 난 얼굴로 사포를 고쳐 들고 굽어진 모서리를 쓱쓱 문지르자 나무 가루가 먼지처럼 뽀얗게 날렸다.

"와인 랙처럼 큰 것들은 트리머나 샌딩기 같은 기계로 해도 되는데, 독서대는 작아서 수작업으로 해야만 하죠."

"아, 이쪽만 움푹해졌어요. 어떡하죠?"

세아가 당황한 얼굴로 발을 동동 구르자 다가온 딘이 사포를 잡은 그녀의 손을 겹쳐 잡고 문질렀다.

"손에 익지 않아 힘 조절이 안 돼서 그런 거예요. 자, 같이 해 봐요."

그의 손길이 이끄는 대로 모서리를 둥글게 다듬기 시작하자 세아가 중얼거려 물었다.

"이렇게 살살 문질러야 한다고요?"

"말했잖아요. 인내심이 필요하다고."

"정말 저처럼 성질 급한 사람은 못할 것 같……."

어이없는 웃음을 터트리며 고개를 돌린 그녀는 말끝을 흐리며 바로 코앞에 있는 딘을 보았다. 그 순간 그녀의 손을 감싼 거친 손의 감촉과 그에게서 풍기는 희미한 비누 냄새와 어깨에 닿은 단단한 가슴이 생생하게 느껴졌다. 두 눈동자가 마주쳤다. 마치 블랙홀에 빨려 들어가는 별처럼 푸른 눈동자에 속절없이 빠져드는 기분이었다. 그가 속삭였다.

"눈 감아 봐요."

"네?"

눈을 휘둥그렇게 뜨고 보자 그가 말했다.

"가루가 속눈썹에 묻었어요."

"아……."

대체 무슨 상상을 한 거야?

빨개진 얼굴로 재빨리 눈을 감자 미지근한 입바람이 눈두덩을 간질였다. 그래도 안 떨어지는지 손끝이 눈가를 조심스럽게 쓸더니 미간을 깃털처럼 가볍게 건드리고는 뺨을 감쌌다. 천천히 눈을 뜨고 그를 보았다. 그들 사이로 오고가는 수많은 눈빛 속에 딘이 속삭였다.

"정말 인내심이 필요한 건 다른 데죠."

그러고는 불규칙적이고 긴 숨을 내쉬더니 뺨에서 손을 떼고는 뒤로 물러섰다.

의자에서 일어난 세아는 마치 누군가에게 한 대 얻어맞은 듯한 얼굴로 서 있는 그를 혼란스러운 눈으로 바라보았다.

"이제 그만 갑시다."

목소리에 숨길 수 없는 열기와 분노가 묻어났다.

차고에서 나와 저택에 도착할 때까지 둘은 아무 말도 하지 않았다. 숨 막힐 듯한 침묵을 깬 건 그들의 방 앞 복도에서였다. 어둠 속에 표정을 숨긴 채 딘이 말했다.

"잘 자요. 당신의 불면증에 효과가 있으면 좋겠네요."

"당신도요."

어색한 인사를 나누고 서둘러 방으로 들어오자 그의 방 문
이 열렸다 닫히는 소리가 희미하게 울렸다. 천천히 몸을 돌린
세아는 눈을 감은 채 오랫동안 문에 기대서 있었다.

《퀸》 2권에서 계속